ARCHE

ANDREAS MOSTER

KLEINE PALÄSTE

ROMAN

ARCHE

Für Marlene

NULL

Es ist nicht das erste Mal, dass der Hund versucht, mich zu ermorden.

Normalerweise rettet mich seine schiere Größe, er ist eigentlich nicht zu übersehen, wenn er sich anschleicht, ein Bullmastiff von knapp sechzig Kilo, rehbraun mit schwarzer Maske.

Lupus.

Was für ein völlig verfehlter Name für dieses Tier. Er hat nichts von einem Wolf, nichts an ihm ist schlank oder lang gezogen, die Ohren hängen herab, die Schnauze ist faltig und stumpf, der ganze Hund wie aus einem Block geschlagen. Die Vorstellung, dass er in einem Rudel durch den Wald jagt, ist lachhaft. Lupus schläft gerne, Lupus frisst gerne, Lupus ruht gerne. In unserem stillen Haus hat er alle Möglichkeiten dazu, wir verlangen nichts von ihm, nur ein wenig Schutz in der Nacht, dass er anschlägt, wenn jemand ins Haus will. Ansonsten lassen wir ihn in Ruhe. Seit Carl im Rollstuhl sitzt, gibt es auch die langen Märsche nicht mehr, ich gehe mit ihm nach draußen, wende mich diskret ab und warte geduldig, bis er fertig ist, dränge ihn zu nichts.

Deshalb verstehe ich nicht, was er gegen mich hat.

Seine Mordpläne müssen über Jahre gereift sein. Vielleicht war es am Anfang nur ein Aufblitzen, der Schatten einer Idee, eine entfernte Wärme, die ihm angenehm war. In seinem großen, schweren Kopf mahlen die Gedanken langsam, aber sorgfältig. Es dauert, bis er zu einer Entscheidung kommt, entsprechend unausgereift waren seine ersten Versuche: Lupus trottete mir im Flur zwischen die Beine. Lupus schlang mir seine Leine um die Füße. Lupus stupste mich in die Kniekehlen, als ich an der Böschung über dem Elbe-Havel-Kanal stand. Ich habe das damals nicht ernst genommen, habe gedacht, du dummes, ungeschicktes Vieh, und sonst nichts weiter. Dass er mir ans Leben will, habe ich erst später begriffen.

Wir wanderten im Berchtesgadener Land, es war eigentlich schon zu viel für Carl, aber er hielt sich noch gerade so, quälte sich über die Wege, blieb oft stehen. Wir gingen ganz langsam. In der Wimbachklamm war ein Abschnitt des Holzgeländers entfernt worden, die Stelle nur durch ein rot-weißes Absperrband gesichert, zehn Meter unter uns das reißende Wasser, so laut, dass ich Lupus nicht hörte, der mir plötzlich von links in die Beine lief. Ich stolperte, griff nach dem Geländer und bekam nur das Band zu fassen, mein rechter Fuß rutschte ab, das Band gab nach, riss, ich fiel auf die Knie. Er hätte es dort schon beenden können. Ein leichter Stoß mit seinem mächtigen Schädel, und ich wäre über die Kante gegangen.

Auf Nimmerwiedersehen und schöne Grüße aus dem Wimbachtal.

Danach zehn Jahre nichts. Keine Drohungen, keine Anschläge, keine Andeutung irgendeiner Gefahr. Wie ein Schläfer lag er im Untergrund und ließ sich von mir füttern, verhielt sich, wie ein Hund sich verhält, schlief, fraß, ruhte, wartete mit einer Engelsgeduld, bis meine Wachsamkeit nachließ.

Wartete bis heute.

Ich komme aus dem Badezimmer und wende mich nach links, in den Händen der volle Wäschekorb, Buntwäsche vierzig Grad, Carls Hemden und Hosen, das Bettlaken für Hannos Zimmer. Der Korb ist schwer, die Sachen kommen frisch aus der Maschine. Tausende Mal bin ich so die Treppe hinuntergegangen, ich könnte sie blind gehen, kenne sie auswendig, ihre Abstände, die Höhe, die Länge der Stufen. Lupus liegt auf der zweiten von oben. In seinem Leben hat er noch nie auf der Treppe gelegen, kein einziges Mal. Ich erwarte ihn nicht, der Korb nimmt mir die Sicht, außerdem ist es schon fast dunkel, ich bin spät dran heute Abend. Mit dem rechten Fuß trete ich auf ihn und weiß sofort alles, diesmal hat er mich erwischt, denke ich, als mir der Korb aus den Händen fliegt und mit ihm die Wäsche in dunklen, klatschenden Schwingen.

Ich falle.

Mein Leben rast in Bildern an mir vorbei, dort hängen sie an der Wand, vergrößerte Fotografien unserer Urlaube, die wir bei Krusmann haben rahmen lassen, viel Italien am Anfang, Riviera, Toskana, Pisa, Rom, weiter unten dann Österreich, Seefeld und Zillertal, überhaupt die Alpen, Zugspitze, Jungfraujoch, Bad Gastein, dazwischen noch der katastrophale Abstecher an die Costa Blanca, knapp vierzig Grad und vierzigtausend Engländer, zuletzt das sanfte Ausklingen im Allgäu: Carl und ich auf einer Bergwiese, hinter ihm zwei wenig interessierte Milchkühe. Ich kenne die Bilder auswendig, könnte sie blind erzählen. Wir werden alt auf ihnen, Carl und ich, vielleicht hätte ich sie nicht chronologisch aufhängen sollen, sondern in umgekehrter Reihenfolge, sodass ich im Sturz von oben nach unten jünger werde und als knapp Dreißigjährige auf dem Boden im Erdgeschoss aufschlage, im himbeerfarbenen Bikini am Strand von Sestri Levante und nicht mit Ende sechzig auf einer Kuhwiese bei Kempten.

Ich bleibe am Treppenabsatz liegen, verdreht, zerschlagen, aber ohne Schmerzen. Mein rechtes Bein hängt über den Wäschekorb, mein Blick geht zur Seite, in Richtung Wohnzimmer, wo Carl vor dem Fernseher sitzt.

Ich weiß nicht, wie lange ich so liege.

Das Licht scheint schwächer zu werden, Minuten, Stunden, es ist schwer, ein Gefühl für die Einheiten zu bewahren. Immer wieder schwimmt mein Bewusstsein weg, erst als das Blaulicht durch die offene Haustür in den Flur wabert, komme ich wieder halbwegs zu mir. Carl muss meinen Sturz gehört und den Hausnotruf an seinem Handgelenk betätigt haben. Ein schlecht rasierter Notfallsanitäter spricht mich an und leuchtet mir mit einer Taschenlampe in die Augen, fühlt an der Halsschlagader meinen Puls, prüft meine Atmung, indem er seine Wange an meinen Mund legt. Aus dem Kragen seines weißen Polohemdes ragt der Ausläufer einer Tätowierung, eine Art Schwanzspitze oder Stachel, von der ich eigentlich gar nicht wissen will, wie sie sich unter dem Hemd fortsetzt.

Ein Skorpion, so scheint es, oder ein Hummer.

Aber wer lässt sich einen Hummer in die Haut stechen, der, ausgehend von der Größe der sichtbaren Schwanzspitze, über die gesamte linke Körperhälfte reicht, mindestens aber hinab bis zum Oberschenkel und vielleicht noch weiter, über das Knie hinaus? Nur ein Verrückter würde so etwas tun, oder ein Hummerfischer, der in Abstammung von einer langen Linie an Hummerfischern seine Familie mit Hummern ernährt und somit jedes Recht hätte, sich das Tier auch symbolisch anzueignen.

Wie auch immer.

Der junge Mann – Skorpion oder Hummer – beginnt mit der Reanimation: Herzdruckmassage, Mund-zu-Mund-Be-

atmung. Als er seine Lippen auf meine drückt, bleibt die Welt stehen. Wann bin ich zuletzt so geküsst worden? Die Berührung ist fest und klar, will nur eine Sache, das Leben. Eine gute Frage: Wann hat Carl mich zuletzt so geküsst? Kann es sein, dass ein Mensch dreiundzwanzig Jahre nicht geküsst wird, keine liebevolle Berührung, nichts, und trotzdem weiterlebt? Der junge Mann scheint es zu spüren, sogar die Bluse macht er mir auf, zerschneidet meinen BH, klebt die Elektroden für das Notfall-EKG auf.

Die Nulllinie ist eindeutig.

Gemeinsam beobachten wir den Monitor, leuchtend grün und pulsierend die Linie, dann spritzt er mir Adrenalin, es gehört sich wohl so. Noch einmal sucht mein Blick die Tätowierung an seinem Hals, die ringförmigen Segmente, die Giftblase, den gebogenen Stachel.

Es muss ein Skorpion sein.

Ich hoffe für den jungen Mann, dass es ein Skorpion ist.

Mit der flachen Hand fährt er über mein Gesicht und schließt meine Augen. Ich will es nicht glauben, aber es ist eine Tatsache:

Lupus hat mich erwischt, endgültig.

2018

Geisterstunden

EINS

Zwischen den Augen, sechs Zentimeter tief hinter der faltigen Stirn, sitzt der Gehorsam des Hundes und zwingt ihn nach oben. Er drückt die Hinterläufe durch und streckt die Vorderläufe, stemmt sich hoch, der Kiefer reißt auf, ein gewaltiges Gähnen schüttelt das Tier, überwältigt es fast. Einen solchen Körper zu bewegen, in einer solchen Nacht, nach einem solchen Tag – die ganze Schwerkraft wirkt dagegen, die Natur im Ganzen mit ihren Gesetzen. Und doch steht der Hund, eindeutig steht er da im Licht der Stehlampe und leckt sich mit der Zunge den Speichel vom Gesicht.

Hanno nippt an seinem leeren Glas, schluckt trocken, ohne es zu bemerken. Seit Stunden sitzt er mit seinem Vater am Tisch und säuft, beobachtet den Hund, der sich zum ersten Mal an diesem Abend von seiner Decke entfernt und quer durchs Wohnzimmer an ihm vorbei zu seinem Vater tappt. Ohne zu begreifen, wie es gelingt, hebt Hanno die nächste fast leere Flasche an und gießt den Rest des klaren Schnapses in sein Glas. Zeitlupenhaft rinnt der letzte Tropfen aus dem Hals und hält sich zitternd am Rand. Der ganze

Tag ist darin gefangen, Hanno starrt hinein und erkennt sich selbst, sein ruckhaftes Hochschrecken am Morgen, wie er den Hund versorgt und seinen Vater aus dem Bett in den Rollstuhl hievt, ihn ins Bad fährt und in die Wanne kippt, Schutt auf Emaille, sein in die Wanne prasselnder Vater, unförmig und ausufernd, begrenzt nur vom Wannenrand, über den er nicht hinausläuft, höchstens ein Arm, der hochschießt und sofort wieder ins Wasser schlägt.

Als Kind hat Hanno selbst in dieser Wanne gelegen. Das Sonnenlicht fiel als Säule durch die Milchglasscheibe und traf ihn mit Wucht, blendete ihn, es sei denn, er setzte sich mit dem Rücken zum Fenster auf den Stöpsel und die Kette aus kleinen Metallkugeln, gegen den Ring gelehnt, der den Stöpsel beim Ablaufen des Wassers in der Fassung hält. Im ganzen Haus gibt es solche Orte des Unwohlseins. Die Kammertür kreischt über eine Unebenheit im Boden. Im Keller hängt ein Balken so tief, dass Hanno mit der Stirn dagegen läuft. Seinen Vater scheint es nicht zu stören. Teilnahmslos starrt er in das grelle Licht, während Hanno ihn mit dem Waschlappen abreibt und der Schaum in der Wanne zerfällt, zitternd bei jedem Wellenschlag, der Oberkörper seines Vaters wächsern und weich, die Muskulatur zurückgebildet, als benötigte er sie nicht mehr.

»Untenrum mach mal selber«, nuschelt Hanno und drückt seinem Vater den Lappen in die Hand. Er wendet sich diskret ab, während sein Vater sich zwischen den Beinen wäscht, dann greift er ihn unter den Armen und hebt ihn an, auf den Schultern das ganze Gewicht dieses schweren, alten Körpers, der ihm wegrutscht und ins Wasser klatscht, ein wildes Schlagen und Strampeln, bis Hanno ihn wieder zu fassen bekommt.

Sie geht auf den Rücken, die Arbeit. Ein Stechen im Lendenwirbelbereich, Hanno greift hin, dort, am Grab, es ist ganz deutlich in der Klarheit des Tropfens zu erkennen, wie er eine Hand auf den Rücken legt, das Gesicht schmerzverzerrt, und ins Hohlkreuz geht, bevor er die Schaufel nimmt und die dunkle, feuchte Erde in den Schacht wirft. Ein dumpfes Prasseln, als die Erde auf das Holz trifft, kaum vorstellbar das Dröhnen und Donnern im Inneren, ein dritter Weltkrieg in der Bunkerenge des Sarges, aber diesmal, wirklich, der letzte.

Bumm, bumm, geht die Erde nieder.

Hanno steckt die Schaufel in die Schale zurück und stellt sich neben seinen Vater, nimmt die Hände der Trauergäste entgegen, raue Pranken, weiche Mädchenhände, die sich ohne Widerstand zwischen seine Finger schlängeln, ein paar kalte Fische mit glitschiger, schillernder Haut. Susannes Hand dagegen ist warm und trocken, als hätte er sie nicht zuletzt vor über dreißig Jahren, sondern gerade eben erst in seiner eigenen gehalten. Im Nebel des Alkohols kann Hanno nicht unterscheiden, ob er die Wärme erst jetzt spürt oder sie schon vor ein paar Stunden am Grab gespürt hat. Wahrscheinlich ist beides, unwahrscheinlich, dass er sich vorhin nicht daran erinnert hat, wie unzertrennlich sie als Kinder waren, Susanne Dreyer, die knapp Ältere, immer einen Schritt vorneweg, er, der Kleinere, in ihrem Schatten hinterher, durch die Gärten, die Stadt, den Wald, Leopardenflecken im Gesicht von der Sonne, die durch die Blätter fiel, die Schienbeine blutig vom Unterholz. Susanne schlug den Weg mit einem Stock frei. Hanno sicherte nach hinten ab. Die Gefahren des Dschungels waren mannigfaltig, Susanne zählte sie auf: Vogelspinnen, Piranhas, Würgeschlangen, die aus den Blasrohren gefeuerten Pfeile der Indios, die mit einem Froschgift präpariert waren und den Körper innerhalb von Sekunden lähmten. Grüner Schaum käme einem aus dem Mund, wenn man das Gift nicht sofort aussaugte. Sie machte es an seinem Unterarm vor. Fasste ihn mit beiden Händen an Ellenbogen und Handgelenk, beugte sich vor, setzte die Lippen an. Unter seiner Haut kribbelte das Gift in den Adern, es schien schon zu wirken. Hanno regte sich nicht. Eine Kinderewigkeit verging, drei Mal rief ein Vogel, ein Riesenpapagei, der über ihnen im Baum hockte. Beim vierten Ruf spuckte Susanne das Gift auf den Boden und wischte sich über den Mund. Die Stelle an seinem Arm war rot und taub, das sei normal, sagte sie, vielleicht bleibe das so, sie könne ihm aber eine Salbe aus Moos, Spucke und Vogelbeeren machen, die er dann eine Woche lang auftragen müsse.

Hanno lächelt mit geschlossenen Augen.

Im Tropfen, der sich beult und dehnt und nur noch von der Oberflächenspannung am Flaschenrand gehalten wird, umklammert er Susannes Hand eine Sekunde zu lang. Mit einem Ruck macht sie sich los, und er lässt den Blick auf ihre schwarzen, hochhackigen Schuhe sinken, die unschlüssig auf der Stelle tänzeln, bevor sie knirschend zur Seite wegtreten. Hanno starrt auf die halbmondförmigen Abdrücke im Kies, streckt die Hand aus, aber es kommt niemand mehr. Über den Friedhof ziehen weiße Schleier, ab und zu ein Räuspern, jemand zieht die Nase hoch, dann ist es still.

»Schiebt mich doch gleich mit rein! Dann wär endlich Ruhe!«

Ein Speichelfetzen fliegt aus dem Mund seines Vaters und fächert sich in der Luft zu einem feinen Sprühregen auf. Platz wäre genug. Hanno schätzt die Breite des Grabes auf knapp einen Meter, die des Rollstuhls auf achtzig Zentimeter. Er versichert sich kurz, ob die Hebelbremsen eingerastet sind, dann kehrt sein Blick zu den Halbmonden im Kies zurück. Er will seinen Vater nicht ansehen. Fast dreißig Jahre hat er ihn nicht ansehen müssen, hat er es sich in der Ferne bequem gemacht, während seine Mutter sich allein um alles kümmern musste, kein freier Tag, keine Stunde, die sie nicht bei ihm gewesen ist. Hanno hebt den Kopf. Aus dem Pulk lösen sich die ersten Trauergäste, die Jungen wollen nach Hause, die Alten ins Café. Er hat die Standardvariante bestellt, Wasser, Kaffee und Kuchen für 10,50 Euro pro Person, die alkoholischen Getränke kosten extra.

Der Tag löst sich vom Rand der Flasche und schlägt einen Krater in die flüssige Oberfläche des Schnapses. Mama ist tot, denkt Hanno oder ein anderer, vielleicht der, dessen Hand die Flasche noch immer fest umklammert hält. Er stellt sie ab, will nicht mehr trinken. Träumen möchte er, dumpf einlullende Träume wie hinter dickem Schaumstoff geträumt, ein träge angedeuteter und nicht ausgeführter Akt, aus dem er sanft in den Schlaf gleiten kann. Er horcht in seine Überforderung hinein. Es ist dort ganz still, die Bewegungen erstarrt, die Empfindungen ausgesetzt wie im Auge eines Sturms. Um ihn herum wirbeln die entwurzelten Bäume und abgedeckten Dächer, von der Weide gerissene Kühe, Traktoren, andere Landmaschinen.

Mama ist tot.

Vater ist krank.

Ich bin wieder hier.

Auf der Terrasse flackern die Kugelleuchten, eine Unregelmäßigkeit im Stromkreis. Der Hund schreckt unter der Hand seines Vaters hoch, die Ohren aufgerichtet, die Fänge leicht geöffnet. Der Gehorsam ist ein schwarzer Tumor sechs Zentimeter tief im limbischen System. Er muss mit den Jahren gewachsen sein, von einem mikroskopisch kleinen Punkt zur Erbse, oder noch weiter, auf die Größe eines Tischtennisballs. Eine Tomografie könnte die Veränderungen in der Hirnaktivität sichtbar machen, rot pulsierende Areale um den Tumor herum. Es ist zu befürchten, dass der Gehorsam unbemerkt weiterwächst, bis der Hund qualvoll daran verendet. In einer Obduktion könnte er als Todesursache festgestellt werden, aber wer obduziert einen Hund, der treu bis in den Tod seinem Herrn gefolgt ist? Niemand schöpft in einem solchen Fall Verdacht.

Hanno selbst würde es nicht tun.

ZWEI

Herr Holtz sieht schlecht aus.

Susanne Dreyer findet ihn blass und grau, obwohl das Wetter in den letzten Tagen schön war und sie ihn mehrfach auf der Terrasse hat sitzen sehen, das Gesicht zur Sonne gewendet, eine Decke lose um die Beine geschlagen. In der Kapelle ist es ihr nicht aufgefallen, erst hier am Grab, im hellen Tageslicht, erkennt Susanne die Müdigkeit in seinem Gesicht. Er hält den Kopf gesenkt, bemerkt die Menschen kaum, die gekommen sind, um ihm ihre Anteilnahme auszusprechen. Sie müssen erst auf sich aufmerksam machen, manche gehen leicht in die Knie, andere legen ihm eine Hand auf die Schulter, wieder andere sprechen ihn an, viel lauter, als es sich auf einem Friedhof gehört.

Drei sind noch vor ihr.

Susanne wischt ihre Handflächen am Rock ab. Herr Holtz soll keine Feuchtigkeit spüren, wenn sie gleich vor ihm steht und ihm die Hand reicht. Auf den Tag genau vor einunddreißig Jahren und acht Monaten hat er sie zuletzt berührt. Die Erkenntnis trifft sie vollkommen unvorbereitet. Für eine Sekunde ist alles unwirklich, das grellweiße Kreuz und das schwarze Loch davor, die beiden Gestalten, Vater und Sohn, nebeneinander im Gegenlicht. Sie hebt den Blick über den Friedhof, rechts hinter der Pappelreihe liegen Jürgen und ihre Mutter in einer Familienparzelle. Es ist vorgesehen, dass Susanne irgendwann Jürgens Platz übernimmt, damit ihre Mutter nicht alleine liegen muss. So hat sie es gesagt, kurz vor ihrem Tod: *Damit ich nicht alleine liegen muss.* Die Schlange rückt um eine Stelle vor, zwei sind noch vor ihr.

Einunddreißig Jahre, acht Monate.

Eine solche Unmenge an Zeit, überwältigender mit jeder Sekunde, die dazukommt. Herr Holtz, in seinen Rollstuhl eingesunken, die Füße zitternd auf den Fußstützen, wie er eine weitere Hand fallen lässt. Seit Sylvias Tod hat Susanne diesen Moment vorausgedacht. Wenn ihr Arm sich streckt und seiner, wenn die zitternden Finger sich berühren, am Ansatz des Zeigefingers, am ersten Gelenk des Daumens, wenn die Hände ineinandergleiten und Druck ausüben, erst ihre, dann seine, oder umgekehrt, wenn die Form sich findet, zwei Hände vereinigt zu einer Skulptur:

Der Händedruck.

Susanne streckt die Hand aus. Herr Holtz braucht eine Sekunde, bevor er reagiert, dann greift er zu, und die Zeit kollabiert, die Jahre fallen ineinander, sacken zusammen wie die Türme in New York, ein Trümmerfeld unter aufwallenden Staubwolken, Rauch, flatternden Papieren.

Das Städtchen Kufstein ist die Perle Tirols, umrahmt von Bergen, so friedlich und still.

Sie hat es sich im Netz angesehen, auf der Seite der Tourismusbehörde, im Ortskern die barockisierte Kirche mit Zwiebelhelm, auf einem Felsen über dem Inn die Festung Kufstein, terrassiert über zwei Ebenen, Bürgerturm, Kaiserturm, Heldenorgel, täglich um zwölf die Weise vom Guten

Kameraden (in den Sommermonaten Juli und August zusätzlich um achtzehn Uhr), die bei günstigen Windverhältnissen bis ins benachbarte Bayern und auf den Gipfeln des Wilden Kaisers zu hören ist. Eine schwebende Melodie, so hat sie auch das Lied in Erinnerung, das sie vor einunddreißig Jahren und acht Monaten gleich zwei Mal gehört hat.

Es gibt so vieles dort in Tirol, ein gutes Weinerl aus Südtirol, da denkt ein jeder, es möcht immer so sein.

Wenn es immer so wäre. Ihre Hand in der Hand von Herrn Holtz, das Gewebe miteinander verwachsen, ein gemeinsamer Klumpen Fleisch, zwischen ihnen schwingend wie ein Kind, das sich beim Spaziergang an die Arme seiner Eltern hängt. Es geht am Inn entlang, unterhalb der Festung, die sich senkrecht über ihren Köpfen erhebt, gegenüber die sich zum Bahnhof hin auffächernden Gleise, die Römerhofgasse mit ihren bunt bemalten Häusern, auf einen Kaffee ins Auracher Löchl, ein Eis für das Kind, einen Obstler für den Herrn Papa, danach ins Hotel für den Mittagsschlaf, es muss noch gepackt werden, der Zug geht am Abend.

Und ist der Urlaub dann wieder aus, dann nimmt man Abschied und fährt nach Haus.

Susanne macht ihre Hand los. Für einen Moment glaubt sie nicht, dass es gelingen kann, dann ist sie frei. Um nicht zu fallen, greift sie das Nächstbeste, erwischt Hannos Hand und hält sie fest, spürt die Verwandtschaft zwischen ihm und seinem Vater nur kurz an einer Schwiele unter dem Daumen. Unmöglich, dass er so alt sein soll wie sie. Ihm fehlt doch ein Großteil der Zeit, ungültig die Jahre, die er in der Ferne verbracht hat, an einem anderen Ort als hier, wo sie mit Herrn Holtz gealtert ist, während er fast unverändert vor ihr steht, das gleiche Grübchen im Kinn, die gleichen schmalen Wangen, der gleiche stille, aufmerksame

Blick. Unmöglich, dass sie zusammen Kinder gewesen sein sollen.

Mein liebes Maderl, leb wohl, leb wohl.

***

In ihrem Elternhaus bewohnt Susanne nur eine Etage, eigentlich nur ein Zimmer mit Blick auf das Haus und den Garten von Herrn Holtz. Es ist früher Nachmittag, als sie von der Beerdigung zurückkehrt, hell, die Sonne noch hoch über den Bäumen. Susanne nimmt das Fernglas und lässt den Blick über die Terrasse gleiten, die leeren Räume so nah, dass sie glaubt, hineingreifen zu können. Wohnzimmer und Küche im Erdgeschoss, im Obergeschoss das Badezimmer und Hannos altes Kinderzimmer, das Schlafzimmer und Sylvias Nähzimmer mit dem großformatigen Druck von Max Liebermanns *Birkenweg im Wannseegarten* an der Wand. Das Haus der Familie Holtz strahlt in einem fast makellosen Weiß. 2014 wurden nach Installation einer neuen Wärmedämmung die Außenwände frisch gestrichen, drei Monate ihres Lebens, die Susanne nicht wiederbekommt. Die Fenster verstellt von Gerüsten, das ganze Haus eingehüllt in ein Kleid aus milchigen Folien, sodass sie selbst mit dem Fernglas nicht erkennen konnte, was im Inneren geschah. Fremde Arbeiter im Garten, Staubwolken beim Abschlagen des Verputzes, ein Schrottcontainer auf dem Rasen. Die Terrasse unbenutzbar, das Gras zerfurcht von schwerem Gerät, achtlos hingeworfene Stangen, ein feiner Mehltau auf den Blättern der Rosen. Eine blinde Zeit, in deren Kern Herr Holtz und Sylvia auch noch unangekündigt für vier Wochen verreisten, es war ihnen wohl selbst zu viel geworden. Ein Großraumtaxi holte sie frühmorgens ab, Susanne war gerade im Bad, sah noch die Rücklichter in der Einfahrt, als sie auf eine Ahnung hin zum Fenster stürzte. Vielleicht hätte sie damit rechnen müssen, aber es hatte keine Anzeichen gegeben. Sylvia musste in der Nacht heimlich hinter den Folien gepackt haben.

Lupus kommt um die Hausecke und legt sich vor der Terrasse ins Gras. Er starrt auf den Fleck, wo sonst Herr Holtz sitzt, links neben dem rechteckigen Tisch aus dunklem Holz, der während der Sanierung, ebenfalls mit einer Folie bedeckt, drei Monate lang mitten auf der Rasenfläche stand. An einem normalen Samstagnachmittag wäre nun Zeit für eine Tasse Kaffee und ein Stück Kuchen. Sylvia würde beides auf einem roten Tablett nach draußen tragen, dazu eine Schale Leckerlis für Lupus, die sie vor ihm abstellte, bevor sie sich zu Herrn Holtz an den Tisch setzte, genau wie er mit dem Gesicht zum Garten, und mit vorsichtig nippenden Schlucken anfinge, ihren Kaffee zu trinken. Susanne hat Kuchen im Kühlschrank, aber kein Verlangen danach, wenn dort draußen niemand ist, der mit ihr teilt, wenn dort draußen nur der Hund liegt und nicht begreift, dass das Leben, wie er es kennt, endgültig vorüber ist. 2006 kam er in die Familie, an einem Freitag im Januar, im Garten tiefer Schnee, Eichhörnchenspuren. Am Halsband führte Herr Holtz ihn in das Weiß hinaus, jeden Tag ein Stück weiter, bis der Hund seine Angst überwand und freiwillig mitkam. Gemeinsam tobten sie durch den Schnee. Herr Holtz warf einen Stock in das Geäst der Bäume, sodass ein feiner Puder niederging, der Hund apportierte den Stock, wieder und wieder. Susanne stand am geöffneten Fenster, hörte, wie Herr Holtz den Namen des Hundes rief, *Lupus*, ließ es geschehen. Erst als Tauwetter einsetzte und die Eiszapfen tropfend von der Regenrinne schmolzen, wagte sie sich an den Zaun und hielt Lupus ihre zitternde Hand hin. Er roch daran und sie an ihm, dann gingen sie auseinander.

Ein Burgfrieden, noch immer gültig.

Draußen im Gras hebt Lupus den Kopf und spitzt die Ohren. Für eine Sekunde spürt Susanne ihre Leidensgenossenschaft wie ein starkes, durch die Gärten gespanntes Band, dann hört auch sie das Knirschen der Reifen auf dem Kies, sieht einen Teil des Wagens, der sich über die Einfahrt nähert und hinter dem Haus aus ihrem Blickfeld verschwindet. Lupus trottet um die Ecke, eine Wagentür schlägt zu, Susannes Herz rasend in ihrer Brust, dass sie glaubt, sie muss sterben davon. Weil sie nichts sieht, stellt sie sich alles vor. Wie Hanno den Rollstuhl aus dem Kofferraum hebt und neben der Beifahrertür aufstellt, wie er seinem Vater heraushilft, wie schwer Herr Holtz in den Sitz fällt; Lupus, der vor Herrn Holtz stehen bleibt; Herr Holtz, der seine Hand ausstreckt und sie von Lupus lecken lässt; Hanno, der die Haustür aufschließt und seinen Vater über die Rampe ins Haus schiebt. Sie werden im Flur die Sakkos ausziehen und an die Garderobe hängen. Hanno wird das tun. Er wird die Flügeltüren zum Wohnzimmer aufstoßen, Lupus wird sich an ihm vorbeidrängen und mit seinem Kopf sanft gegen die Terrassentür stoßen, Hanno wird die Tür öffnen, und sie werden herauskommen, die Sonne scheint so schön, vielleicht gibt es doch noch Kaffee und Kuchen, es kann gar nicht anders sein.

Susanne nimmt das Fernglas und macht sich bereit, ein inneres Aufrichten, ein Straffen, wie jedes Mal, kurz bevor es beginnt. Hannos Gestalt scheint hinter der Fensterfront auf, eine schemenhafte Bewegung in der Tiefe des Wohnzimmers. Er kommt auf sie zu, mit jedem Schritt deutlicher, bleibt vor der Terrassentür stehen und sieht hinaus, die Schultern gebeugt, die Arme schlaff am Körper. Als er die Vorhänge zuzieht, glaubt Susanne zunächst an einen Scherz, lächelt sogar über das neckische Spiel, das er mit ihr treibt.

Drei grausame Stunden.

Im Fernglas verschwimmt das schwarz-weiße Streifenmuster der Vorhänge zu einem verwaschenen, fleckigen Grau, im Garten wachsen die Schatten, ein kurzer Hoffnungsschimmer, als sich die Terrassentür einen Spalt öffnet, Susanne erkennt einen Arm, ein Bein, Lupus wankt heraus und erleichtert sich am nächsten Baum, verschwindet in dem schmalen Spalt, der sich sofort wieder schließt. Die Vorhänge zittern, dann ist es still. Susanne lässt das Fernglas sinken. Ihr Blick geht zur Uhr über dem Fenster, eine Digitaluhr, tellergroß und mit roten Leuchtziffern, die lautlos umspringen.

18.59

19.00

Das Haus gegenüber bleibt stumm.

Mit einer Faust, die ihr klein und schwächlich vorkommt wie die eines Kindes, schlägt Susanne gegen die Wand. Der Schlag bleibt ohne Wirkung, nur ihre Fingerknöchel tun etwas weh, ein Schmerz, der auszuhalten ist und in den folgenden Stunden am Fenster rückstandslos vergehen wird.

DREI

Auf der Terrasse flackern die Kugelleuchten, eine Unregelmäßigkeit im Stromkreis.

Längst hätte das gemacht werden sollen.

Der Elektriker war für Montag bestellt, drei Mal hat er den Termin verschoben, bis ich ihn daran erinnert habe, was er unserer Familie alles zu verdanken hat, und ausgerechnet jetzt muss mir diese Sache dazwischenkommen, dieses Ärgernis, diese Frechheit, oder bilde ich mir das alles ein, und der Elektriker war längst hier, und die Leuchten flackern nur in meiner Vorstellung von den flackernden Leuchten, wie sie vor dieser Sache geflackert haben? Mein Kopf schwirrt, und ich versuche zur Beruhigung meinen Namen zu denken, Sylvia Annette Holtz, geborene Weber, verheiratet, ein Sohn, aus unerfindlichen Gründen vorzeitig abberufen, weggepackt und wieder aufgestanden, denke, wie überhaupt, erhebe mich von dem Platz, auf dem ich immer sitze (immer gesessen habe?), und trete zwischen die Vorhänge vor der breiten Fensterfront, der Garten ein dunkles Rauschen in den Bäumen, der graue Rasen eine von unruhig zuckenden Schatten betanzte Fläche, auf der ich selbst als junge Frau einmal getanzt habe. Mein schwarz gepunkteter Rock drehte sich zwei Fingerbreit über meinen Knien, Carl konnte gar nicht anders, als hinzusehen und die Umstehenden zu fragen, wer das sei, wer da so tanze, als gäbe es kein Morgen, wer da so mühelos die Zeit anhielt, dass der Abend nicht zu vergehen schien und wir am Morgen, der doch noch kam, nebeneinander aufwachten, in ein Laken gewickelt, die Füße am Kopfende, und nie mehr auseinandergingen.

Schnee von gestern.

Es lässt sich gut anschauen, sicherlich, wie ich da in Carls Armen liege, ganz glatt und fest und dumm, und glaube, dass nichts je zu Ende geht, aber da endet die Erinnerung, und ich wende mich vom Garten ab, in dem ich vor wenigen Tagen noch die welken Blüten der Rosen entfernt habe. Die Kränkungen des Todes blättern sich so vielfältig auf, es ist nur eine davon, dass ich offensichtlich nicht mehr eingreifen kann in die materielle Welt, nicht mehr hineingreifen kann in den Rittersporn, der es doch so nötig hätte, wenn er diesen Sommer zwei Mal blühen soll.

Eine weitere Kränkung: die Endgültigkeit.

Kaum kann ich Hanno ansehen, wie er da sitzt, über den Schnaps gebeugt, die Traurigkeit wie Galle im Mund, bitter und metallisch, all das Ungesagte, das noch hätte gesagt werden müssen. Er hat ja nie die Zähne auseinandergekriegt, alles musste man ihm aus der Nase ziehen. Schmeckt's dir? Ja. Wie war's in der Schule? Gut. Möchtest du Nachtisch? Nein. Hanno ist ein stilles Kind, hat es geheißen. Hanno überzeugt durch aufmerksames Zuhören. Hannos Stärken liegen im künstlerischen Bereich. Er führt das Glas zum Mund, immer noch fällt ihm die Strähne in die Stirn, wenn er sich vorbeugt, wie früher am Esstisch. Hast du

Hausaufgaben? Ja. Welche Fächer? Weiß nicht. Bis wann? Irgendwann.

Besser nicht darüber nachdenken, was gewesen ist.

Ich mache mich los und stakse durch das Zimmer zur Tür, schnappe nach Luft, greife nach dem Türrahmen. Damit war nicht zu rechnen; im Tod so herumgeworfen zu werden, der doch eigentlich die Fortsetzung des Schlafes ist. Ich muss froh sein, dass sich kein Gedanke mehr lange hält, eine Lücke, und ich schlüpfe hinaus in den Flur, schleiche so leise wie möglich die Treppe hinauf, horche am oberen Treppenabsatz stehend nach unten. Kann ich das überhaupt noch, ein Geräusch verursachen? Kann ich noch die Ursache für etwas sein, Auslöserin einer Kette von Ereignissen, Teil eines Geschehens? Ich öffne den Mund, um zu rufen, schließe ihn sofort wieder. Im Haus ist es still, kein Laut dringt von unten herauf. Seit Tagen habe ich nicht mehr nach dem Rechten gesehen. Ich mache ein paar Schritte, im Flur liegt Carls Bademantel, und ich steige darüber hinweg, an der Wand hängt ein Bild schief, von einem Körper, der versehentlich dagegen gestoßen ist. Ich lasse es schief hängen. Überall brennt Licht, obwohl niemand da ist. Aus der geöffneten Tür zum Badezimmer strömt muffig-feuchte Luft, nasse Handtücher liegen in einem Klumpen auf den Fliesen, gräulich angetrocknete Schaumränder in der Wanne, das Fenster geschlossen, sodass die Feuchtigkeit nicht entweichen kann und sich Schimmel in den Fugen bilden wird, wenn Hanno sie nicht bald trocken wischt, gefälligst, will man denken, zack, zack, besser heute als morgen, und traut sich nicht.

Eine weitere Kränkung: die plötzliche Abhängigkeit von den Lebenden.

Ich ziehe den Kopf aus der Tür, gehe weiter in Hannos

altes Kinderzimmer, ein Teller mit Essensresten neben dem Bett, eine Zeitschrift, sein Schlüsselbund. Alte Gewohnheiten. Ich habe immer alles halbwegs erhalten, für den Fall, dass er zurückkommt, das Bett war immer frisch bezogen, im leeren Schrank lagen Handtücher bereit. Sinnlos zu berechnen, was das gekostet hat, das Waschen, Bügeln, Falten, Einräumen, Saugen, Wischen, Fensterputzen, nicht zu vergessen die Renovierungsarbeiten, ein neuer Parkettboden, das Streichen der Wände, zwei Mal in den letzten dreißig Jahren. Was verdient eine Putzfrau? Zehn Euro pro Stunde, dazu die Kosten für Wasser, Strom und Putzmittel, Staubsaugerbeutel, Fenstertücher, dazu die Sonderausgaben, fünfzehn Quadratmeter Parkett, zehn Liter Farbe.

13 000 Euro, konservativ gerechnet.

So viel hat mich Hannos Abwesenheit gekostet, ein Kleinwagen, aber es war doch gut investiertes Geld, immerhin ist er jetzt da, endlich zurück, und seine dreckige Wäsche liegt auch schon wieder über den ganzen Boden verstreut.

Ich schließe die Augen, so leicht verliert man sich in der Vergangenheit und den Belangen der Lebenden, es scheint überhaupt keinen Kern mehr zu geben, auf den ich mich zurückziehen kann. Das Obergeschoss kommt mir riesig vor, viel größer als früher. Wer braucht so viel Platz? Fünf Zimmer, und in jedem die Spuren einer aus den Fugen geratenen Ordnung, die ersten Staubmäuse in den Ecken, aufgezogene Schubladen, aus denen wie Gedärm die Wäsche hängt, eine schwarze Banane auf dem Tisch im Nähzimmer. Im Schlafzimmer das zerwühlte Bett, nicht nur Carls Seite, sondern auch meine, offenbar hat er sich in der Nacht herumgeworfen, Decken und Kissen zusammengerafft, die Laken herausgezogen. Auf dem Boden vor Carls Nachttisch liegen zwei Flaschen, Schnaps und Wasser, die Hälse einander zugewandt wie Liebende. In seinem Kampf mit den nächtlichen Ungeheuern muss Carl gegen den Tisch gestoßen sein, der quadratische Fuß der Nachttischlampe hat sich leicht verschoben und einen schmalen Keil aus hellem Holz freigegeben, den ich anstarre, bis er sich von der Tischplatte löst und aufsteigt, die Spitze gegen mein rechtes Auge gewendet, und in unendlicher Langsamkeit in mein Hirn eindringt.

Fast denke ich: Wie soll ich leben damit?

Korrigiere mich und denke: Wie soll ich in Frieden tot sein, wenn niemand die Lampe je in ihre natürlichen Grenzen zurückversetzt, wenn überhaupt nie jemand Ordnung schafft und die Lampe bis in alle Ewigkeit um einen Fingerbreit verrückt neben ihrem Platz steht? Die Versuchung, hinzufassen, ist überwältigend. Mein Arm streckt sich schon wie von selbst, fast berühren die Fingerspitzen den seidenen Schirm.

Aber ich kann nicht, falle aufs Bett, an der Decke ein Wasserfleck, den ich noch nie bemerkt habe. Der Keil in meinem Hirn beschränkt meine Aufmerksamkeit auf eine Länge von zehn Zentimetern. Es tut nicht weh, dafür klumpt die Bettdecke unangenehm im Rücken, ein flächiger Druck auf die Nierengegend, punktiert vom Häkchen des Reißverschlusses knapp neben dem Rückgrat. Ich spüre, wie die Erschöpfung in mir aufsteigt. Die Müdigkeit des Hundes im Stockwerk unter mir ist ein dichter, mit feinen Tröpfchen gesättigter Nebel, Carl und Hanno scheinen endlich in ihren Stühlen einzunicken, sodass auch ich bald schlafen kann. Ein kleiner Tod im großen, an diesem schrecklichen, nicht enden wollenden Tag. Draußen vor dem Fenster fährt der Wind durch die Buchen, ich höre es schon nur noch als

Grundrauschen, nehme an, dass es immer so gewesen ist. Ein letzter Gedanke, ich weiß nicht, wem er gehört, ob er uns allen gehört oder mir allein, eine letzte Kränkung, bevor mir die Augen zufallen:

Wir sind ganz unten. Tiefer geht es nicht.

1986

Einunddreißig Jahre, acht Monate

Die bei Kern & Reschel auf weißem Büttenpapier gedruckten Einladungskarten sind nur mit einer kargen Inschrift versehen:

09. 09. 86
14.00 h

Kein Name, keine Adresse, kein weiterer Text.

Die Gäste wissen: Nur Holtz ruft auf diese Weise.

Sylvia fährt mit dem Daumen über die Konturen der Schrift und stellt die Karte aufgeklappt auf den Beistelltisch im Wohnzimmer. Ein letzter Gang durchs Haus, bevor am Nachmittag die Gäste kommen. Nicht dass noch viel getan werden müsste: Die meisten Vorbereitungen sind seit gestern abgeschlossen, die Möbel glänzen poliert, streifenfrei die Fenster, kein Anflug mehr von der monatelangen Unordnung, vom Chaos der Renovierung. Die Imprägnierung der Terrakottafliesen ist endlich getrocknet. Atmende Böden, die Wärme des Natursteins so angenehm unter den Füßen, dass Sylvia kurz ihre Schlappen abstreift und mit nackten Sohlen durchs Wohnzimmer und den umgestalteten Essbereich geht, ein leichtes, widerstandsloses Gleiten, wo früher die Wand war, und auch das Morgenlicht fällt ganz anders, ungehindert, durch die breite Fensterfront zum Garten.

Nicht Renovierung: Metamorphose, Transformation.

Nur das Dach und die tragenden Wände durften bleiben, alles andere haben sie herausgerissen. Türen, Fenster, Heizkörper, Fußböden, Wasserrohre, elektrische Leitungen, sanitäre Anlagen; Raum für Raum ein Abtragen der alten Schichten, bis das Haus nur noch als Hülle stand. Carls Eltern hatten es in den frühen Sechzigern gebaut. Ein großes Gebäude für die Zeit, zweistöckig, 170 Quadratmeter Wohnfläche, und trotz seiner Größe ein Haus des kleinteiligen Lebens, zu viele Mauern und Zimmer, zu wenig Luft, zu wenig Licht. Ein Setzkasten. Sylvia kippte ihn um, fegte Unmengen an Kram aus den Fächern, schüttelte ihn, bis nichts mehr übrig blieb. Als sie den Verputz abschlug, rutschte ihr der Hammer aus den Händen, zwei Mal musste sie nachfassen, bevor sie den schweren Kopf über die Schulter bekam.

Es war, als schlüge sie eine ganze Zeit weg.

Helga weg, Carl senior weg, die Geringschätzung weg, das Kleinmachen, Mundhalten, Kopfeinziehen, weg, weg, weg. Fast zehn Jahre hatte sie so gelebt. Geduldet im Obergeschoss, in einem Bett aus der Weimarer Republik, zwischen Helgas Glasfigürchen im Regal und einem Kreuz über der Tür. Dunkles Nussbaumholz, ein ganzer Hain, in grobe Formen gehauen: Buffetschrank, Musiktruhe, höhenverstellbarer Couchtisch mit Kurbel. Nach dem Tod ihrer Schwiegereltern hatte sie einige kosmetische Korrekturen vorgenommen, ein paar neue Möbel, ein bisschen Farbe, aber für das ganz große Neue war Hanno damals noch zu klein, das Geld noch zu wenig gewesen. Es dauerte Jahre, bis die Umstände stimmten. Jahre in der Fremde. Das Haus, abweisend, verteidigte den Geist seiner Erbauer unerbittlich gegen sie, im Winter fror sie erbärmlich, im Sommer blieb es dunkel, die Ankunft des Frühlings vor den winzigen Fenstern bemerkte sie kaum. Dann endlich, im Herbst 85, schob Sylvia einen Spachtel unter die Raufasertapete im Schlafzimmer und riss die erste Bahn in einem weiten Schwung herunter. Sie brachen Trennwände heraus, legten Wohn- und Esszimmer zusammen, erweiterten den Durchgang zur Küche. Die letzten Reste von Carls Eltern wurden Ende Februar in einem Container abtransportiert, Sylvia warf noch einen Brocken hinterher, als der Lkw schon aus der Einfahrt fuhr. Das Haus, als es nackt war, schien ihr dünn und schwach. Obwohl sie genau wusste, was als Nächstes zu tun war, ließ sie es für ein paar Tage, die sie in einer Pension verbrachten, in seinem Rohzustand stehen, eine Bestrafung vielleicht, für sie selbst ein Durchatmen, bevor die eigentliche Arbeit begann: die Aneignung, die Übersetzung des eigenen Wesens in die Architektur der Räume. Carl interessierte sich nicht dafür, deshalb konnte sie machen, was sie wollte. Über den Frühling nahm das Haus langsam Gestalt an. Es öffnete sich, wurde großzügiger und entspannter, atmete in tiefen, gleichmäßigen Zügen, wo es früher asthmatisch gehechelt hatte. Die neue Weitflächigkeit tat ihm gut. Eine Sichtachse quer durch das gesamte Erdgeschoss, die Sonne ein breites Band, das die vormals dunklen Räume flutete. Als die bodentiefen Fenster zum Garten hin eingezogen waren, beobachtete Sylvia einen Vormittag lang den Weg des Lichts, wie es zuerst die langen Schatten der Bäume ins Wohnzimmer warf und dann Stück für Stück verkürzte, bis die Schatten gegen halb zehn ganz verschwunden waren und Sylvia die Augen gegen das Gleißen abschirmen musste, das über die gesamte Fensterfront auf sie einströmte. In der Wärme, golden und durchdringend, obwohl die Heizung nicht lief, spürte sie, dass das Wesentliche gelungen war. Nur noch Kleinigkeiten fehlten: Estrich, Fußböden, der Anstrich der Wände, die neuen Möbel. Von Anfang an hatte sie beabsichtigt, die Präsentation ihres neuen Zuhauses mit der Feier von Carls vierundvierzigstem Geburtstag zusammenzulegen; hier im Licht, zwei Meter tief im Raum, leicht nach links zur offenen Küche hin versetzt, schien es zum ersten Mal möglich.

Sylvia erinnert sich genau, wo sie damals gestanden hat, steht genauso wieder, den Blick in den Garten gerichtet, wo die Stehtische für die Feier makellos weiß in der Sonne glänzen. Das Licht blendet sie wie vor ein paar Monaten, und sie schließt kurz die Augen, bunte Flecken tanzen in der Schwärze, Hitzebilder in Rot und Orange, chemische Leuchtspuren aus Serotonin, Oxytocin.

Gerade hat sie mit Carl geschlafen.

Sie ist noch ganz schwurbelig davon, wattig im Kopf, dazu der heiße Klumpen aus Nervosität und Vorfreude in ihrem Magen und die Sorge um Carl, der an einem Tag wie diesem zu oft über die Stränge schlägt. Zu früh zu viel Alkohol und mit dem Alkohol zu tief die Blicke in fremde Augen und Ausschnitte und mit den Blicken die Gedanken, die Sylvia nicht denken will. Sie kann es ihm nicht verübeln. Bei aller Aufregung, die sie selbst verspürt, ist es auch für ihn ein großer Tag und das Trinken nur Unsicherheit, die betäubt werden will. Dennoch. Als sie vorhin mit klopfendem Herzen erwachte und zu ihm unter die Decke kroch, war es nicht nur Lust (die auch, sicherlich), sondern ebenso die Möglichkeit, ihn ein wenig abzustumpfen für den Tag und den ersten Schluck hinauszuzögern, drei Fliegen mit einer Klappe, und vielleicht saß sie deshalb etwas länger auf ihm, krallte sich etwas fester in seinen Rücken, stöhnte etwas lauter gegen seinen Hals als sonst.

Auch das Bett ist neu, Eiche und Edelstahl, es liebt sich gut darin.

Sylvia zieht die Schlappen an, falsch herum, sie merkt es beim ersten Schritt. Mit einem Lächeln schleudert sie sie weg und geht barfuß die Treppe hinauf, horcht, bevor sie das Schlafzimmer betritt, an der weiß lackierten Tür, die noch ganz neu riecht, nach Tischlerei, nach frischem Leim und Farbe. Carl setzt sich gerade auf, und Sylvia legt sich zu ihm, fährt mit den Fingernägeln über seinen Bauch.

»Endlich wach?«

»Wach? Na ja, so halbwegs.«

»Schlecht geschlafen?«

»Schlecht nicht, nur kurz. Irgendwas hat mich geweckt, ich weiß auch nicht.«

»Ich bitte vielmals um Entschuldigung.«

»Dafür doch nicht.«

Er will aufstehen, aber sie hält ihn zurück, schlingt einen Arm um seine Hüfte, küsst die Wirbel unter der feuchten Haut auf seinem Rücken.

»Was ist denn heute los mit dir?«, fragt er.

»Nichts. Ein bisschen hibbelig vielleicht. Stört's dich?«

»Nein, aber wir haben noch genug zu tun, ich muss mich noch fertig machen.«

»Nur kurz.«

»Nicht jetzt.«

»Kurz.«

»Nein!«

Carl macht sich los, mühelos biegt er ihren Arm zur Seite und steht auf, in der Dunkelheit des Schlafzimmers ahnt sie seine Silhouette, wie er auf dem Boden nach seiner Unterwäsche sucht, die sie vorhin, nicht ganz zufällig, mit dem Fuß tief unters Bett geschoben hat.

»Ich lass dir ein Bad ein und mach solange Frühstück, ja?«

»Haben wir die Zeit noch?«

»Entspann dich. Bist ja schlimmer als ich.«

»Na gut, dann mach«, sagt Carl.

Das Bad bringt ihr eine weitere Stunde.

In der Küche bereitet Sylvia das Frühstück zu, Hanno kommt nach unten und setzt sich auf den falschen Platz, die Sitzordnung am neuen Esstisch ist ihm auch nach zwei Wochen noch nicht klar.

»Andere Seite.«

Er schlurft um den Tisch herum, fällt auf den Stuhl und sinkt über seinem Teller zusammen, begräbt ihn buchstäblich unter sich, leichte Bewegungen der Schultern und des Nackens, während er isst, so vermutet Sylvia, oder was immer er dort unten tut, in diesem rätselhaften Zustand der Formwandlung, in dem er sich seit einiger Zeit befindet.

»Hast du geübt?«

Eine Art Nicken, die Haarspitzen tanzen über der Milch, stehen still.

Manchmal erkennt sie ihr Kind nicht wieder.

Irgendwo unter den Haaren, der Akne, der Müdigkeit muss es noch sein, unmöglich, dass es so schnell verloren gegangen ist. Gerade hat sie ihm noch die Brust gegeben, jetzt findet sie klebrige Taschentücher unter seinem Bett. Sie muss es laut denken, um es zu glauben: Hanno ist vierzehn. Er riecht anders als früher. Er spricht anders als früher. Er sieht sie anders an, durchschaut sie mit einer Klarheit, die ihr Angst macht, weil sie im Gegenteil fast gar nichts mehr versteht. Unbemerkt ist es passiert, im Verborgenen, während sie sich um das Haus gekümmert hat. Die Gleichzeitigkeit lässt sich nicht leugnen; im letzten Sommer war Hanno noch anders, kindlicher, die Haare kürzer, die Haut glatter, das Wesen offener.

Ein schwieriger Gedanke: dass sie mit dem Haus auch ihren Sohn verändert hat und es nicht mehr rückgängig machen kann.

»Quatsch«, sagt Carl. »Die Natur macht, was sie will, oder hast du geglaubt, uns bleibt das erspart?«

Er kommt inzwischen fast besser mit Hanno zurecht als sie. Im Bademantel und mit nassen Haaren tritt er zu seinem Sohn an den Tisch und legt eine Hand so beiläufig auf seine Schulter, wie sie es überhaupt nicht mehr kann, fragt, wie er geschlafen hat, ärgert sich nicht, dass er brummt, statt zu antworten, und noch tiefer in seinen Teller sinkt.

Achtundvierzig Minuten sitzen sie am Tisch und essen.

Carl hat ordentlich Appetit, drei dick mit Wurst und Käse belegte Brötchen, eine gute Grundlage für später, wenn er mit jedem einzelnen Gast anstoßen muss. Sylvia schiebt ihm noch eine Schüssel Haferflocken hin, die besonders reich an Ballaststoffen sind und entsprechend lange vorhalten. Mit dem Gesicht zum Garten, die Augen gegen die Sonne zusammengekniffen, fängt Carl an zu löffeln, trinkt sogar den Orangensaft, den sie extra für ihn frisch gepresst hat. Das schöne Wetter ist ein zweischneidiges Schwert. Eigentlich hat Sylvia sich kühlere Temperaturen gewünscht, dazu einen leichten Regen, der die Töchter und Ehefrauen unter Carls Gästen zwingen würde, ihre nackten Schultern mit einer Jacke zu bedecken. Hochgeschlossene Blusen und Kostüme, mindestens knielange Röcke, dichte Strumpfhosen, vielleicht sogar Hosen, Hosenanzüge. Bei angekündigten siebenundzwanzig Grad ist jedoch etwas anderes zu erwarten, eine regelrechte Fleischbeschau, und sie wird mit einem kleinen Schwarzen dagegenhalten müssen. Aber warum auch nicht; ihre Beine geben es noch her, und Carl wird wissen, was er an ihr hat, spätestens nach heute Morgen. Sylvia sieht ihm beim Essen zu, beobachtet die kleinen Bewegungen der Gesichtsmuskulatur, das Zucken des linken Mundwinkels, den hüpfenden Kehlkopf. Zu oft war sie an solchen Tagen unaufmerksam und träge, hat den heraufziehenden Sturm verpasst, obwohl die Anzeichen eindeutig waren. Im Hochgebirge wird das Wetter in den Knochen der Alten gemacht. Sie selbst hat einmal erlebt, wie ein Bergbauer ein Gewitter drei Tage lang unter starken Schmerzen in Schach hielt, bis das Heu endlich eingebracht war.

Das muss ihr Ziel sein:

Carls Wetter zu machen, ihn in Schach zu halten, bis die Feier vorbei und die Ernte eingebracht ist.

Nach dem Frühstück bittet sie ihn, zur Gärtnerei zu fahren und die Blumen abzuholen. Dreiundsiebzig Minuten, bis der letzte Kübel befüllt und aufgestellt ist. Acht Minuten für die Reinigung der Hände von Pflanzengrün und Erde. Fünfunddreißig Minuten, in denen Carl Gesicht und Achseln wäscht, sich rasiert und anzieht.

Über den Bäumen steht die Sonne unbewegt am Himmel.

Sylvias Finger trommeln in schneller Folge über den Tisch. Sie ist längst fertig: das kleine Schwarze wie angegossen, das

Make-up dezent, eine leichte Betonung der Augen durch den schwarzen Lidstrich, den sie trotz ihrer Aufregung mit ruhiger Hand gezogen hat. Mit schweren Schritten kommt Carl die Treppe herunter. Sein Blick zuckt unruhig hin und her, auf seiner Stirn glänzt ein feiner Schweißfilm, obwohl er sich gerade erst gewaschen hat. Wortlos geht er an ihr vorbei zum Kühlschrank. Nimmt sich ein Bier, legt den Kopf weit in den Nacken, sodass die Flasche beinahe senkrecht über ihm steht, ein dunkelbrauner Kolben, in dem sich das Sonnenlicht fängt. Unwillkürlich ahmt Sylvia ihn nach, schluckt mit rauer, trockener Kehle, für eine Sekunde die Vorstellung, dass es bei diesem einen Bier bleibt, dass er die halb volle Flasche auf dem Beistelltisch aus Mahagoni abstellt und für immer vergisst, während er hinaus in den Garten geht. Sie sieht den Ring vor sich, den die Flasche auf dem Tisch hinterlassen wird, herablaufendes Kondenswasser, tödlich fürs Holz und die Integrität der vollkommen ebenen Oberfläche. In Gedanken nimmt sie vorweg, wie sie den Tisch mit einem Baumwolltuch abwischen, das Leinöl auftragen und mit dem Tuch wieder entfernen wird. Der Tisch ist das Einzige, was sie von Carls Eltern behalten hat. Ein schlankes, elegantes Stück mit geschwungenem Fuß, vollkommen untypisch für Helga und deren Welt der dunklen Blöcke, ein Eindringling wie Sylvia, und wie Sylvia selbst noch höchst lebendig, während Helga mit ihren Möbeln schon lange unter der Erde liegt.

Zehn Minuten dauert die Pflege des Tisches.

Während Sylvia das Öl mit kreisrunden Schwüngen in die Maserung einarbeitet, beobachtet sie Carl durch die Terrassentür, wie er zwischen den Pflanzen auftaucht und wieder verschwindet. Möglich, dass er unter dem Buchsbaum eine

Flasche versteckt hat, es ist früher schon vorgekommen. Ein verdächtiges Glitzern zwischen den Blättern, eine verräterische Lichtreflexion, aber der Buchsbaum liegt im toten Winkel, sodass sie nichts erkennen kann. Über dem Kühlschrank schlägt die Uhr um, noch dreizehn Minuten. Zeit, sich zu straffen und durchzuatmen, ein letzter Rundblick über Buffet und Getränkeausschank, ein Glas ist zu niedrig befüllt, und sie schenkt nach bis auf zwei Drittel. Winzige Perlenfäden steigen im Champagner auf und heften sich an die Glasinnenwände. Sylvia klopft mit dem Fingernagel dagegen, öffnet die Terrassentür und ruft Carl, geht in den Flur und ruft Hanno, prüft sich, während sie wartet, im Spiegel zur vollsten Zufriedenheit.

Es ist alles getan.

Ein ganzes Jahr Arbeit, ein Viertel Leben, wenn sie die Zeit mit Carls Eltern dazurechnet, und nur Hannos Kragen muss noch gerichtet werden, bevor Sylvia die Haustür öffnet und als Erste nach draußen tritt.

Hinter der mit Kletterrosen umrankten Gartenpforte führt ein schmaler Kiesweg zum Haus. Von dort strömt sie heran, die ganze Stadt in einer einzigen, fließenden Bewegung, und rauscht wie eine Welle aus Stimmen und Gelächter, flutet die Rasenflächen, brandet gegen den Treppenabsatz, wo Sylvia, zwischen Hanno und Carl stehend, die Augen mit der Hand gegen die gleißende Sonne abschirmt und die Ankunft der Gäste von der obersten Stufe beobachtet. Vorneweg – natürlich – die Dreyers, Jürgen, Susanne, Karin in einem hellblauen Chiffonkleid mit Ausschnitt bis zum Bauchnabel, eine vierspurige Autobahn durch hügeliges Alpenvorland. Sylvias Blick schweift großzügig über sie hinweg, weiter hinten erkennt sie Dreißigacker und Heinemann, einige Mitglieder des Chors und des Schützenvereins, dann werden die Gesichter undeutlicher, helle Flecken, ein paar Kinder, die aus dem Strom ausbrechen und durch die Beete trampeln. Noch einmal dreht Sylvia sich kurz um, betrachtet das Haus von außen, wie es schon seit über zwanzig Jahren steht. Ihre Gäste haben keine Vorstellung von dem, was sie drinnen erwartet. Die neue Welt, das neue Leben, das genau jetzt, Punkt 14.00 Uhr, beginnt.

Entfernt hört Sylvia die Glocken der Edith-Stein-Kirche schlagen. Die Euphorie macht sie leicht, schwebend, kaum berühren ihre Füße noch die Treppe, die Carl als junger Mann eigenhändig unterbaut und gegossen hat. Sie spürt ihn neben sich und nimmt seine Hand, tastet mit der anderen nach der Hand ihres Sohnes, fasst sie, drückt sie, und es ist ihr wie ein Wunder, dass Hanno die Hand nicht wegzieht, sondern den Druck erwidert, während sie kurz die Augen vor dem Licht verschließt.

Ein Gedanke, Sylvia wehrt sich nicht dagegen, obwohl er vermessen klingt:

Wir sind ganz oben. Höher geht es nicht.

2018

Keinen Trost verspricht die Broschüre

EINS

In der Broschüre des Arbeiter-Samariter-Bundes ist der Vorgang des Windelwechselns im Rollstuhl in sechs Skizzen dargestellt. Zwei stilisierte Ampelmännchen, hellgrau das pflegende, schwarz das zu pflegende, der Rollstuhl mit zerbrechlich dünnen Speichen, auf dem Kopf des Pflegemännchens zwei einzelne, wippende Haare. In der ersten Skizze sind die Mundwinkel des Rollstuhlmännchens nach unten gezogen, eine Miene des Unbehagens aufgrund der nassen Windel, während das Pflegemännchen mit schief gelegtem Kopf, wohl mitfühlend, danebensteht. Laut Bildunterschrift soll das Vorderteil der gebrauchten Windel nach unten geklappt und die neue Windel auf der rechten Lehne positioniert werden. Das Pflegemännchen schlägt die Beine des Rollstuhlmännchens übereinander und verlagert den Körper auf die linke Seite des Rollstuhls (Skizze 2). Auf seinem Gesicht zeichnet sich ein breites Grinsen ab, dazu zwinkert das Rollstuhlmännchen mit einem Auge, eine plötzliche Heiterkeit, die Hanno irritiert, als gäbe es etwas zwischen den beiden, was er nicht versteht. Er fragt sich, in welcher Beziehung die beiden zueinanderstehen, ob es sich um ein professionelles Pflegeverhältnis oder um eine Blutsverwandtschaft handelt.

Vater und Sohn.

Hanno sieht zu seinem Vater hinüber, der in Erwartung der frischen Windel in seinem Rollstuhl sitzt, die Jogginghose schon um die Knöchel. Sie haben besprochen, warum sie sein muss, diese Übung, vor der ihnen beiden graut, so vermutet Hanno zumindest, denn er lernt gerade erst, die Gefühle seines Vaters aus dessen Gesicht und Körperhaltung abzulesen.

»Ich kann dich nicht ständig rein- und rausheben, mein Rücken macht das nicht mit. Und wenn wir unterwegs sind, muss es auch so gehen.«

»Mach. Machst ja sowieso, wie du willst.«

Skizze 3: Die alte Windel in Richtung Sitzposition einschlagen.

Aus dem Gesicht des Rollstuhlmännchens ist das Grinsen verschwunden, eine tiefe, fast zornige Falte steht zwischen den Augenbrauen, und wieder versteht Hanno nicht, warum sich seine Stimmung so plötzlich verändert hat. Es fehlen die Übergänge, zu viel lassen die Skizzen aus. Gesagtes, Erlebtes, Erinnertes, die verklebte, miteinander verwachsene Vergangenheit der beiden Männchen, eine ganz eigene Art von Gewebe, dehnbar nur bis zu einem gewissen Punkt, ab dem die Fasern reißen. Hanno fasst sich an den Rücken, es kann nicht so weitergehen wie in den letzten Tagen. Das Pflegemännchen verlagert das Gewicht des Rollstuhlmännchens auf die andere Seite und zieht die alte Windel heraus. Auf Skizze 4 hat der vom Arbeiter-Samariter-Bund beauftragte Grafiker jeden Ausdruck aus den Gesichtern getilgt, eine Diskretion in diesem intimen Moment, wenn die urinschwere Windel über Anus und Skrotum reibt und die ohnehin schon wunde Haut noch weiter reizt. Nur die beiden Haare des Pflegemännchens, flach an den Kopf gedrückt wie unter einer Last, verraten die Anstrengung. Es entrollt die neue Windel und fixiert sie mit den Klebestreifen (Skizze 5), richtet sich auf, während das Rollstuhlmännchen eine entspannte, aber ebenfalls aufrechte Haltung einnimmt (Skizze 6). Wie nach einem gelungenen Reifenwechsel heben die beiden den Daumen, dem Betrachter zuzwinkernd und breit lächelnd. Der Warnhinweis am Ende der Broschüre ist fett und in einer größeren Schrift gedruckt:

Diese Methode sollte nur durchgeführt werden, wenn der Po nicht kotverschmiert ist!

Seit der Beerdigung haben Hanno und sein Vater das Haus nicht mehr verlassen. Vier Tage ohne Sonnenlicht und frischen Sauerstoff, eine geschlossene Gärkammer, nur wenn Hanno Lupus zur Terrassentür herauslässt, dringt ein Stoß Atmosphäre zwei Meter tief ins Wohnzimmer und wirft ihn fast gegen den Tisch. Sein Vater beugt sich vor und greift nach der Schnapsflasche. Er benutzt kein Glas, schon seit der zweiten Nacht nicht mehr. Mit zitternder Hand packt er den Flaschenhals, die Gläser liegen umgeworfen auf dem Tisch und rollen bei der kleinsten Erschütterung klirrend gegeneinander. Hanno betrachtet sie, wie sich das Morgenlicht darin bricht und das Abendlicht ganz anders, unfähig, etwas zu tun, die Gläser aufzustellen oder sie mit dem Unterarm vom Tisch zu fegen. Der Gedanke, zu gehen und seinen Vater zurückzulassen, ist kristallklar. Er ist mit einer kleinen Reisetasche aus Hamburg gekommen, die wird er nehmen und die Haustür leise hinter sich schließen, drei Stufen hinunter, dann knirscht der Kies unter seinen Füßen. Sein Vater wird entweder dehydrieren oder mit dem Notrufarmband an seinem Handgelenk Hilfe holen. Ein Rettungswagen vor dem Haus, das Blaulicht geräuschlos kreisend in der Nacht, Lupus, der sich neben seinem reglos daliegenden Herrchen niederlässt und ihm winselnd das Gesicht leckt. Die komische Verzweiflung ist nur in dem Hund, Hanno selbst spürt sie nicht. Er riecht am Schoß seines Vaters, prallt zurück. Am Anfang war es noch auszuhalten, jetzt nicht mehr. Nur so zeigt sich die Zeit in diesen vier Tagen: als anschwellender Gestank, als Wolke, die ihn und seinen Vater in ein gemeinsames Schicksal hüllt. Schon jetzt ist ihr Leben ein natürlicher Kreislauf: Sein Vater säuft und frisst und scheißt, Hanno macht ihn sauber, bereitet das Essen zu, holt die Flaschen aus dem Keller, damit sein Vater saufen, fressen und scheißen kann. Es gibt Bratkartoffeln, Kartoffeln mit Quark, Hausmacherleberwurst, Schwartenmagen aus der Dose. Vom Instant-Porridge, den Hanno mit Wasser anrührt, wenn er hinter den Vorhängen das erste Morgenlicht vermutet, muss sein Vater würgen, der Löffel klatscht in den Teller, Spritzer auf Tisch und Boden, und wieder denkt Hanno an Flucht, während er mit einem feuchten Lappen den Schleim vom Hemd seines Vaters wischt.

In Hamburg erwartet ihn niemand.

Er wohnt erst seit ein paar Wochen dort, aber wohnt er dort überhaupt noch, jetzt, wo er hier ist? Zu bleiben fühlt sich wahrscheinlicher an, als zu gehen, abends, wenn er wie tot in sein altes Bett fällt und das Mondlicht im selben Winkel durchs Dachfenster dringt wie vor achtundzwanzig Jahren und die Bettwäsche so riecht, wie sie damals gerochen hat, und die Schemen der Möbel in den identischen Abständen zueinander stehen, sodass er nachts blind aufstehen und zur Tür gehen kann, ohne sich zu stoßen, weil die Position der Dinge seit Kindheitstagen in ihn eingeschrieben ist und nur er sich zwischendurch bewegt hat, während alle anderen geblieben sind.

Kein Ort hat ihn lange gehalten.

Ein paar Monate, ein, zwei Jahre, Greifswald einmal knapp vier Jahre, als er glaubte, mit Julia leben zu können, und dann doch nicht mehr. Damals fiel es ihm schwer zu gehen, sonst hat er es immer gerne getan. Ein Ausatmen, das Gehen, die ganze angestaute Luft strömte aus, der Feinstaub löste sich aus den Lungen, er hustete ein-, zweimal in die Hand, spürte, wie der Ort von ihm abfiel, drehte sich nicht mehr um. Es dauerte nie lange, manchmal nur die paar Schritte, die er zum Bahnhof brauchte. Im Zug dann eine wunderbare Leere, eine Art Sauerstoffmangel im Gehirn, ein leichter Schwindel, wenn er aus dem Fenster in die vorbeiziehende Landschaft sah, während er selbst unbewegt zwischen den Zuständen verharrte.

Nicht mehr dort und noch nicht hier.

Seine Mutter wusste immer, wo er gerade war. Am Telefon war es ihre erste Frage, wo bist du, und danach, was machst du, und erst dann, wenn er beides beantwortet hatte, fing sie an, von sich zu erzählen. Niemals kritisierte sie ihn, obwohl er die Arbeitsstellen noch schneller als die Orte wechselte. Es genügte ihr, zu hören, in Greifswald Jachten bauen, in Düren Trockenmauern, in Mussy-sur-Seine Schafe hüten. Sie schien zufrieden damit, dass er irgendwo war, irgendwas tat, am Telefon sprechen konnte und somit zumindest am Leben war.

Irgendwo, irgendwas.

In Hannos Erinnerung verschmelzen sie manchmal zu einem großen Wal, all die Orte und Tätigkeiten, ein Leviathan des Handwerks und der Hilfsarbeiten, an den Strand gespült und schwer atmend, während Helfer ihn mit Wasser übergießen. Der Wal liegt bei Husum. Dort hat Hanno Windräder montiert, die riesigen Rotorblätter anstelle der Schwanzflosse, über die gesamte Länge des Rückgrats ein Dachstuhl, den er als Zimmermann in Luckau gebaut hat, traditionelle Holzbalkone entlang der Flanken, bayerische Schnitzereien, von der Lärchner Holzbau GmbH in Tittmoning gefertigt, eine seltsame Ausbeulung über dem Kopf, wo der große Braukessel aus Roeselare sitzt. Die gemauerten Kamine im Inneren des Wals; Stein auf Stein übereinander gesetzt, Aachen, Düren, Kerpen, bis fast nach Köln, dazwischen die unzähligen Regale, die er nebenher und unter der Hand für Freunde und Bekannte angefertigt hat. In den Regalen Kleinmechanik, Motorenteile, Pleuel, Antriebswellen. Rauch steigt aus dem Wal auf, kreuz und quer ragen die Schlote aus der grau-schwarzen Haut. Um ihn herum treiben die Schafe aus Mussy-sur-Seine als winzige weiße Schaumflöckchen in der Brandung. Hanno hatte versucht, ihnen Namen zu geben, ein sinnloses Unterfangen bei über achtzig Tieren, die für ihn alle mehr oder weniger gleich aussahen. Kein Unterschied zwischen Thatcher und Kohl, zwischen Beckenbauer und Stalin. Dort in Frankreich, auf den Wiesen entlang der Seine, inmitten der Schafe, die sich blökend um ihn drängten, war er weiter entfernt von allem gewesen als jemals zuvor. Seine Hände glänzten vom Wollwachs, das die Tiere absonderten, sie ließen sich anfassen, spindeldürr waren sie unter der Wolle. Nach ein paar Wochen störte ihn der Geruch nicht mehr. Am Telefon sagte seine Mutter, in der Leitung sei ein seltsames Geräusch, auch das Freizeichen klänge ganz anders als zu Hause. Zum ersten Mal hörte er eine leise Sorge in ihrer Stimme, vielleicht, weil er im Ausland war, vielleicht, weil er zwischen Tieren ging, bei Wind und Wetter draußen, kein Mensch weit und breit, und was, wenn der Wolf kommt? Es gab keine Wölfe in Mussy, nur die Stiftskirche, den Salzspeicher, das Weckermuseum. 800 Stück, teilweise noch funktionsfähig und vom Betreiber des Museums an Samstagen auf 11.13 Uhr gestellt, ein schriller Terror in blechernen Stimmen, und jedes Mal lachte der Mann heiser, wenn die wenigen Besucher aufschrien oder zusammenzuckten. Ein weißbärtiger Alter, dessen Namen Hanno nie erfuhr. Er nahm die Einsamkeit mit von diesem Ort, und sie hielt sich in abgeschwächter Form, eine Distanz zu allem, was um ihn herum geschah, als stünde er noch zwischen den Schafen und hörte die Geräusche der anderen nur gedämpft durch die dichte Wolle.

Sein Vater ist der erste echte Mensch seit Jahren.

Jemand, der sich über einen Gedanken hinaus fortsetzt, der noch da ist, wenn Hanno morgens aufwacht und ihn zu seinem Schrecken und Glück am Tisch im Rollstuhl sitzend findet, wie er ihn am Abend zurückgelassen hat. Die Augen geschlossen, das Kinn auf die Brust gesunken, ein friedlich schlafender Toter, bis ihn ein rasselnder Atemzug ins Leben zurückholt und der Hund mit erstaunlicher Agilität aufspringt, als sei auch er vom Überleben seines Herrchens überrascht. Der zweite, dritte, vierte Morgen, es macht keinen Unterschied. Hanno fährt seinen Vater mit dem Treppenlift ins Obergeschoss und wuchtet ihn auf das Bett im Schlafzimmer, wo er seit einem Malheur am ersten Tag stets zuerst die Wickelunterlage ausbreitet und eine Schüssel mit Wasser und Waschlappen bereithält. Der Körper seines Vaters ist Hanno fremd, er hat dort nichts verloren, nichts zu suchen. In den Hautfalten liegen Geheimnisse, an die er sich nicht herantraut, Krümel, Kristalle, der Schmutz eines ganzen Lebens, zu Kleinstobjekten komprimiert und luftdicht im Fleisch verschlossen. Eine ganze Sammlung, aber Hanno hebt nichts an, klappt nichts auf, dringt nirgends ein. Die Waschungen bleiben oberflächlich, gerade so kann Hanno sich noch einreden, er erfülle seine Pflicht.

Zum Ausgleich dekoriert er die Bratkartoffeln mit einem Sträußchen Petersilie aus dem Topf auf der Fensterbank in der Küche. Seine Mutter hat dort in silbernen Eimerchen eine ganze Batterie von Kräutern gezogen, Petersilie und Basilikum, Thymian, Rosmarin, Salbei, Oregano. Wenn Hanno ein Salbeiblatt zwischen den Fingern zerreibt und daran riecht, ist er ihr so nah wie an kaum einem anderen Ort im Haus. Hier am Küchenfenster muss sie einen Großteil ihrer Zeit verbracht haben, den Blick in den Garten gerichtet, sich einwebend in die Pflanzen und mit ihnen aufblühend oder vergehend. Eine reiche Fülle im Frühling, eine große Leere im Winter. Hanno klappt den Griff des Thymianeimers nach links, prüft mit dem kleinen Finger die Temperatur der Kartoffeln. Es fällt ihm schwer, in längeren Zusammenhängen an seine Mutter zu denken, ständig kommen ihm die Bedürfnisse seines Vaters und des Hundes dazwischen, lautes Gebell aus dem Wohnzimmer, die drängenden, kaum verständlichen Rufe, die ihn jedes Mal aufs Neue hochschrecken lassen. Mit der flachen Hand streicht er über die Kräuter. In diesem Haus ist keine Trauer möglich. In diesem Haus gibt es nur das kleine Überleben, ein Hangeln von einer Mahlzeit, einer Verdauung zur nächsten, von Tag zu Tag und über die Nächte hinweg, der Fernseher arbeitet durch, in den Ecken bilden sich Nester aus Hundehaaren und Staub.

Es ist schon ein Erfolg, wenn die Klebestreifen halten.

Hanno faltet die Broschüre zusammen und steckt sie in die hintere Hosentasche, wer weiß, ob er sie später noch einmal braucht.

»Wir müssen da jetzt ran, Vater.«

Er legt die frische Windel auf der rechten Lehne des Rollstuhls ab, öffnet die gebrauchte Windel und schlägt das Vorderteil nach unten, beugt sich vor. Aus der Nähe ist sein Vater ein durch und durch körperliches Erlebnis. Ein Atem wie Senfgas, weiße Rosshaare in Nase und Ohren, die Glieder schwere Fleischstücke, gerade die Oberschenkel, die Hanno nun übereinanderschlägt, damit er den Körper auf die linke Seite des Rollstuhls verlagern kann. Er steht nicht frontal, sondern seitlich nach rechts versetzt, vielleicht ist das der Fehler, seine von Anfang an mangelhafte Statik. Halb über der Lehne liegend, kippt sein Vater nach links und mit ihm der Rollstuhl. Hanno greift über und bekommt ihn in letzter Sekunde zu fassen. Ein Stechen fährt ihm in den Rücken, zeitgleich geht die Türklingel, sodass er den Schmerz hören kann, ein schrilles, metallisches Scheppern im unteren Wirbelbereich. Lupus schlägt an und springt von seiner Decke auf. Das Bellen dröhnt ohrenbetäubend in dem geschlossenen Raum, hallt von den Wänden wider und stürzt wie ein Gewitter auf Hanno herunter. Mit einer Hand hält er den Rollstuhl auf der äußersten Rille, mit der anderen fixiert er seinen Vater, der endgültig herauszurutschen droht. Immer drängender, ungeduldiger klingelt die Tür, immer hysterischer bellt der Hund, Hanno sieht ihn im Augenwinkel, ein dunkles Wischen, als er an Hanno vorbei zur Haustür schießt.

Die Klingel klingelt, der Hund bellt, der Rollstuhl kann nicht vor, nicht zurück.

»Frag doch Mama!«, schreit sein Vater.

Hanno spürt, wie seine Arme lahm werden und der Schmerz zwischen seinen unnatürlich verdrehten Wirbeln anschwillt, und er fragt sich, was das Pflegemännchen an seiner Stelle täte: die Welt bis zum Ende halten oder das Rollstuhlmännchen fallen lassen, um sich selbst von aller Last zu befreien?

ZWEI

So angenehm die Stille dieser Tage, nur ich und mein Sohn und mein Mann, eine kleine Familie, wenn auch leicht dysfunktional, dazu der Mörderhund, und warum Hanno den Henkel falsch herum über den Thymian klappt, kann ich mir auch nicht erklären.

Aber wir drei.

Nach Jahren endlich zusammen. Hanno und ich in einem Raum, zum Greifen nah, wenn ich greifen könnte, sein Gesicht, seine Stimme, seine Hände, alles ganz anders und doch genauso wie früher. Ich kann mich nicht sattsehen an ihm. Er kommt mir noch einmal größer vor als damals bei seinem Auszug, sowieso breiter, die Muskulatur ausgebildet von der körperlichen Arbeit, Arme und Beine endlich Teil des Ganzen und nicht mehr jene in alle Richtungen schlackernden Hallodris, die sie in seiner Jugend waren. Die kürzeren Haare. Die gesunde Haut. Bartstoppeln, weil er sich seit seiner Rückkehr nicht rasiert hat, die ersten grauen Härchen in den Koteletten, nur angedeutet die Tatsache, dass er selbst nicht mehr der Allerjüngste ist, ein paar Fältchen um die Augen, aber nichts Grundlegendes, keine tief in die Stirn gemeißelten Gräben, kein Spinnennetz um den Mund wie bei mir. Er trägt ein dunkles T-Shirt, beige Cargohosen mit großen Taschen, Arbeitsschuhe mit verstärkten Kappen. Ich will ihn fragen, warum das Handwerk? Du hattest kein Interesse daran, ich kann mich nicht erinnern, dich je mit einem Hammer in der Hand gesehen zu haben. Gelesen hast du, geträumt, in die Luft geguckt zu den Wolken. Wenn du als Künstler zurückgekommen wärst, hätte ich mich nicht gewundert, du warst doch so musikalisch, was ist daraus geworden? Hanno sieht an mir vorbei in den Garten und rüttelt an der Pfanne, in der die Kartoffeln langsam schwarz werden. Zwischen uns herrscht eine ganz besondere Sprachlosigkeit. Wir können uns nicht an den Tisch setzten und miteinander Kaffee trinken, wie lebende Mütter und Söhne es tun, können nicht um die Elefanten im Raum herumplaudern, indem wir sagen, ach, der Regen, ach, die Hitze. Riesige Tiere mit erstaunlich kleinen Augen, die Haut in schweren Lappen hängend, ein Schiffsbauchschlingern, wenn sie träge zum Fressen stampfen. Wir haben sie damals im Zoo gesehen, als Hanno noch klein war, er hielt ihnen Karotten hin, und sie nahmen sie vorsichtig mit ihren Rüsseln aus seiner Hand. So sprechen wir: durch Erinnerungen. Ich kann spüren, wenn er an mich denkt, seine Pupillen weiten sich dann unmerklich, und er sieht über das Nahe hinweg in die Ferne, wo wir noch gemeinsam existieren, so klar und eindeutig, als sei es gestern gewesen.

Aus der Pfanne steigt dichter Rauch, aber Hanno zieht sie immer noch nicht vom Herd. Zu Lebzeiten hätte ich mich darüber geärgert, jetzt erkenne ich, dass er mich nur trösten will, siehst du, Mama, scheint er zu sagen, ich konnte damals nicht kochen und kann es heute immer noch nicht.

Seit meinem Sturz denke ich so: davor und danach.

Davor war ich eine achtundsechzigjährige Hausfrau, nichts Besonderes, ein paar Dellen natürlich, danach bin ich ein Skandal, eine Anomalie, eine Unmöglichkeit. Eine andere Kultur, mit nichts zu vergleichen. Ich kratze gerade erst an der Oberfläche dessen, was möglich ist und was nicht, lerne und verlerne in einer Geschwindigkeit, wie kein Kind es könnte, keine Sekunde, in der nichts Neues dazukommt und Altes verschwindet. Mein Körper als Beispiel. Er ist noch da, aber seine Bedürfnisse sind es nicht, kein Hunger, kein Durst, nichts von alldem, was Carl, Hanno und Lupus den ganzen Tag umtreibt, essen, trinken, verdauen, und auch der Schlaf, den ich in der Nacht nach meiner Beerdigung so sehr herbeigesehnt habe, ist nie gekommen. Ganze Räume verschließen sich für mich, weil ich sie nicht mehr brauche: Küche, Bad, Toilette. Im Schlafzimmer bin ich nur gewesen, um die Lampe zurückzustellen, sie steht noch immer schief auf Carls Nachttisch, und ich habe es versucht, habe zwei Hände um den Lampenfuß gelegt wie um einen Hals, den man würgen will, und zugedrückt und gerissen und gezerrt. Vergeblich. Die Lampe bleibt, wie sie will. Die Teller, Gläser, Flaschen, ich will ja aufräumen, aber die Dinge weichen zurück, wenn ich mich ihnen nähere, nein, kein Zurückweichen, eher ein Innehalten, ein Zögern im letzten Moment, bevor sie meine Berührung absorbieren und unbeeindruckt stehen bleiben, egal, ob ich mit aller Gewalt gegen eine Vase schlage oder mit Schmetterlingsfingern darüberstreiche.

Die Dinge wissen selbst nicht so genau.

Auch für sie ist alles neu, ein Haus ohne mich oder mit mir in dieser Form, keine ordnende Hand, dazu die Furcht, durch die Achtlosigkeit von Hanno, Lupus und Carl nach und nach von ihren angestammten Plätzen vertrieben zu werden, ein Stoß hier, ein Schubser da, fallen gelassen und unter dem Tisch vergessen, einmal aus dem Schrank genommen und nicht wieder zurückgestellt.

Die Schere als Beispiel.

Hanno hat meine Schneiderschere vom Nähtisch genommen, um damit im Bad Carls Zahnpastatube aufzuschneiden, hat sie dann zwei Tage auf der Waschmaschine liegen gelassen, bevor er sie heute Morgen zum Öffnen einer Packung Porridge in der Küche gebraucht und danach in seine linke Beintasche gesteckt hat. Den halben Tag ist er mit der Schere in der Hose herumgelaufen, ohne an sie zu denken, und ausgerechnet im Keller fasst er zufällig hin, nimmt sie heraus und legt sie zwischen die Einmachgläser ins Regal, wo sie immer noch liegt und wer weiß wie lange liegen wird. Vor meinen Augen wandern die Dinge durchs Haus. Die Schere und die Lampe sind nur der Anfang, alle anderen werden ihnen folgen, eine Karawane, eine Völkerwanderung aus Wäsche und Besteck, und vielleicht werde ich erst dann ganz verschwinden, wenn nichts mehr an seinem eigentlichen Platz ist.

Eine Überraschung, mit der ich noch nichts anzufangen weiß:

Carl kann mich sehen.

Vielleicht ist es das falsche Wort, vielleicht müsste ich sagen: Carl ahnt mich, Carl vermutet mich. Er saß auf der Couch vor dem Fernseher, als ich das Wohnzimmer betrat, eine Vorabendsendung auf RTL II, zwei tätowierte Mädchen brüllten sich an, und Carl hob den Kopf und sah direkt in meine Richtung. Ich drehte mich um, aber Hanno war nicht hinter mir, Lupus lag auf seiner Decke, und auch sonst gab es nichts, was Carls Aufmerksamkeit hätte erregen können.

Er sagte nichts, sah mich nur an. Im Fernseher fragte das tätowierte Mädchen mit dem Lippen-Piercing das tätowierte Mädchen ohne Lippen-Piercing, ob es keine Ehre im Leib habe. Ich ging ein paar Schritte nach links, und Carls Blick folgte mir, ging ein paar Schritte nach rechts, und er folgte mir, blieb stehen, und Carl hielt ebenfalls inne, die Augen unverwandt auf mich gerichtet. Auf seinem Gesicht zeigte sich keine Reaktion, Schrecken, Freude, Überraschung, nichts davon, höchstens ein allgemeines Interesse an meiner Erscheinung. Als das gepiercte Mädchen das andere beschuldigte, es habe seinem Freund den Arsch ins Gesicht gedrückt, wandte Carl sich wieder dem Bildschirm zu. Ein dünner Hintern in grauen Leggings, mager, fast knochig. Ich setzte mich neben Carl auf die Couch, und wir schauten zusammen die Sendung zu Ende, ein grobes, einfaches Zeug, der Freund kam noch dazu und bestritt alles, obwohl es stimmte, man sah es in einer schwarz-weißen Rückblende, wie er das Mädchen mit dem knochigen Hintern in einer Diskothek auf den Mund küsste.

Es war fast wie früher.

Gemeinsam fernsehen, ohne zu sprechen, jeder für sich und mit seinen Gedanken. Ich betrachtete Carl im Profil, aber er schien mich nicht mehr wahrzunehmen. Sein Blick hing an den tätowierten Mädchen, nur als Lupus einmal im Schlaf knurrte, wandte er den Kopf in meine Richtung. Ich hielt die Luft an, wagte nicht, mich zu bewegen.

Nichts.

Luft.

Warum war ich erleichtert, dass er mich nicht sah?

Warum war ich erleichtert, als er mich heute Morgen doch wieder sah?

Hilfe suchend, fast flehentlich sein Blick über Hannos

Schulter, der versuchte, ihm die Hose hochzuziehen, während Carl mit beiden Armen an seinem Hals hing, *mach du doch*, schien er zu sagen, aber ich kann ja nicht. Ich kann ihm nicht helfen, kann Hanno nicht zur Seite schieben und wieder übernehmen, kann nichts damit anfangen, dass Carl mich – auf welche Weise auch immer – noch spürt. Es ist vielleicht gar nicht verwunderlich nach all den Jahren, den Jahrzehnten, die wir hier miteinander verbracht haben. Auf jedem Stuhl sieht er mich sitzen, in jedem Raum stehe ich auf jedem Quadratzentimeter Boden tausendfach, auf dem Film dieses Hauses, in jedem Einzelbild, eine verwischte Spur von mir. Egal, wo Carl hinsieht, ich war dort. Nicht auszuschließen, dass ich eine Erinnerung in ihm aktiviere, wenn ich an einer bestimmten Stelle erscheine, wenn ich wie jetzt das Wohnzimmer betrete und mich ihm gegenüber an den Tisch setze, die Hände im Schoß falte und ihn ansehe. Wie alt er geworden ist. Nicht mehr weit entfernt von dem Zustand, in dem ich mich schon befinde, ein paar Jahre noch, wenn alles gut geht, dann ist er hinüber, auf meiner Seite, vielleicht spielt auch das eine Rolle. Überhaupt die Krankheit. Wer sagt denn, dass Carls erweiterte Wahrnehmung nicht ein Nebeneffekt der Veränderungen in seinem Gehirn ist? Eine Nebenwirkung der Medikamente? Ich bin keine Ärztin, kenne den Forschungsstand nicht. Dass Alzheimer-Patienten ihre frisch verstorbenen Ehefrauen sehen können, erscheint mir weniger absurd als das meiste, wie sollte es überhaupt anders sein, nachdem ich ihn zuletzt vierundzwanzig Stunden am Tag betreut habe und er außer ein paar Ärzten kaum noch einem anderen Menschen begegnet ist.

Einsam macht die Krankheit, im Kopf und außerhalb.

Wenn ich mit Carl alte Alben anschaute und ihm erklärte, wer die Personen auf den Fotos waren, spürte ich es am deutlichsten, eine Art Kokon, eng anliegend, der mir das Atmen schwer machte, um mich herum zugleich eine ungeheure Weite, öde und menschenleer in alle Richtungen. Zu wissen, wie es früher einmal war und nie wieder sein würde. Ich sagte, das ist deine Tante Ruth, weißt du noch, die immer heimlich das Fleisch in ihre Serviette gespuckt hat, und Carl nickte, tat mir zuliebe so, als würde er sich erinnern. Deine Eltern an ihrem dreißigsten Hochzeitstag, deine Mutter mit diesem grauenvollen Hut, wie auf der Pferderennbahn, und dein Vater daneben, als störte es ihn nicht. Gerd, Gerd Dreißigacker und der riesige Thunfisch. Ihr habt ihn zusammen rausgeholt, vor Cap d'Agde war das, aber er muss sich natürlich alleine hinstellen, den halben Campingplatz haben wir damit versorgt, das weißt du doch noch, wie du mit einer Säge die Scheiben runtergeschnitten hast, eine dicker als die andere. Karin und Jürgen von gegenüber. Siegrist, klar, mit dem Bier in der Hand. Ich und die Frauen, wo ist das, bei Elfie im Garten, noch einmal Siegrist, Gerd und du auf der Terrasse, wie du immer guckst, Gerd, Albert, Albert, wieso immer Albert, wir beide in Pisa vor dem Hungerturm, 83 muss das gewesen sein, und du natürlich mit einem Sandwich in der Hand.

Ich blätterte die Seiten um, die knisternden Schutzfolien, merkte, wie Carl neben mir wegdriftete, sagte, da, das ist Hanno, dein Sohn, den du aus dem Haus gejagt hast.

Der Anlass? Ich weiß den Anlass nicht mehr. Irgendeine Nichtigkeit, im Flur vergessene Schuhe, ein falsches Wort über Kohl oder Beckenbauer, vielleicht auch nur, dass Hanno sich vor Carls Augen die Haare zu einem Pferdeschwanz band. Mit dreizehn hatte er angefangen, sie wachsen zu lassen, mit siebzehn reichten sie ihm bis zum ersten Lendenwirbel. Vier Jahre, in denen er und sein Vater sich immer weiter voneinander entfernten. Sie sprachen kaum noch miteinander, und wenn doch, stritten sie sich. In Carls Augen machte Hanno alles falsch, in Hannos Augen konnte er seinem Vater sowieso nichts recht machen, also versuchte er es erst gar nicht. Ein Teufelskreis, der in den Haaren sichtbaren Ausdruck fand, und vielleicht strich Hanno sie an diesem Tag mit einem besonders koketten Augenaufschlag aus der Stirn, bevor er sie im Nacken zusammenband.

Carl holte aus und schlug Hanno mit voller Wucht ins Gesicht.

Der Schlag riss Hanno von den Füßen, er fiel auf die Knie, stieß mit dem Kopf gegen die Tischkante. Eine halbe Stunde brauchte er, um seine Sachen in eine Sporttasche zu packen, der Bus fuhr eine Stunde später, immer kleiner wurde er, mein Sohn, als er über den Kiesweg ging und schließlich hinter der Hecke verschwand. Ich redete mir ein, er beruhigt sich schon wieder, in zwei, drei Wochen steht er wieder da und drückt dir seine dreckige Wäsche in die Hand, gar nicht falsch, wenn er mal was von der Welt sieht, in drei, vier Monaten steht er wieder da, mit kurzen Haaren und breiteren Schultern, und fragt, was es zu essen gibt, ein, zwei Jahre, und er steht vor der Tür mit einer Frau im Arm, die er dir vorstellt. Vier, fünf Jahre sind doch keine Zeit. Nach sieben, acht Jahren ist ein Mensch doch noch derselbe, was sind schon zehn Jahre für eine Mutter, ein Wimpernschlag, und wenn es fünfzehn Jahre dauert, er bleibt ja dein Sohn.

Achtundzwanzig Jahre.

Eine unvorstellbare Zeit, wenn man sie nicht selbst erlebt hat.

Hanno stellt die Bratkartoffeln auf den Tisch, natürlich macht er alles falsch, legt keinen Untersetzer unter die Pfanne, vergisst den Pfannenwender, kratzt mit dem Messer auf der Beschichtung herum, als er Carl die Kartoffeln auf den Teller schiebt. Er hat ihm eine Gabel hingelegt, auch das ist ein Fehler, weil alles herunterrutschen wird und Carl sich an den Zinken verletzen könnte. Carl nimmt die Gabel, unsicher, ob er sie benutzen darf, und sieht mich an, als würde er mich um Erlaubnis fragen. Aber soll ich jetzt, wegen ein paar Kartoffeln, mein Schweigen brechen? Kein Wort habe ich zu ihm gesagt, seit ich weiß, dass er mich sieht. Zu gleichen Teilen die Angst, dass er mich verstehen oder nicht verstehen könnte, und was gibt es überhaupt noch zu sagen, nachdem die Fronten so eindeutig geklärt sind? Ich bin tot, er ist am Leben. Es kann keine größere Distanz zwischen zwei Menschen geben, gerade weil wir uns am Ende so nahe waren. Ständig waren wir miteinander beschäftigt. Körperlich, beim Waschen, Eincremen, Herumheben, wenn er sich schwer machte, um mich zu ärgern, oder sich bereitwillig in die Richtung drehte, die ich ihm anzeigte (ich gab ihm dazu einen Klaps auf die entsprechende Stelle), gedanklich, wenn ich versuchte, seine nächsten Bedürfnisse zu erahnen, vorherzusagen, wohin seine Stimmung kippen würde, den Ablauf durchging, was schon getan war und was noch getan werden musste, während er mich mit aller Konzentration, die ihm noch verblieb, ansah und zu erkennen versuchte, was ich von ihm wollte. Emotional; warum reißt er schon wieder die Windel auf? Er kann nichts dafür, es ist die Krankheit, reine Schikane, Absicht, er gibt mir die Schuld, will mich bestrafen, kann nicht anders, weil er nicht versteht, was mit ihm geschieht, hasst mich, braucht mich, liebt mich im unbeschädigten Teil seines Gehirns, oder gerade dort nicht mehr, vergisst mich jeden Tag ein Stück mehr, fragt sich, wer ist diese Frau, Sylvia, manchmal geflüstert auf seinen Lippen, erinnert sich noch, kennt mich noch, reißt sich die Windel herunter und grinst mich an mit seinem blöden Gesicht, dass ich hineinschlagen will und die Hand ganz sanft auf seine Wange lege, sage, *ist gut, Carl, macht nichts, Carl*, man soll immer wieder seinen Namen sagen, damit er ihn nicht vergisst, Carl hier, Carl da, so ungefähr.

Die Kartoffeln rutschen von der Gabel, und Hanno holt einen Löffel, den falschen, aber immerhin. Während sie essen, blättert er in der Broschüre, die er in meinen Unterlagen gefunden hat.

Die Kür, das Meisterstück.

Es kommt viel zu früh für ihn, selbst ich habe Monate gebraucht, bis ich es richtig ausführen konnte. Ein Kampf oder Tanz, wie so vieles mit Carl. Wenn er nicht in der Stimmung ist, umklammert er die Lehnen des Rollstuhls und drückt sich tief in den Sitz hinein, die alte Kraft in den Armen, unmöglich, ihn dann zu bewegen, geschweige denn die Windel zu wechseln.

»Wir müssen da jetzt ran, Vater.«

Die Pfanne und die schmutzigen Teller stehen noch auf dem Tisch, aber Hanno kommt nicht auf die Idee, sie wegzuräumen. Sofort das nächste Projekt, bloß nichts zu Ende bringen, als Kind schon, die Legokiste ausgekippt, dann das Puzzle, das Puzzle halb fertig und nach draußen, ein paar Bälle gegen die Hauswand, Schläger und Ball in der Einfahrt liegen lassen, rüber zu Susanne und mit irgendeinem Quatsch zurückkommen, Kaulquappen in einer Plastiktüte, ein Experiment, und ich bin noch beim Lego, als ihm im Badezimmer die Tüte aus der Hand rutscht.

»Mach. Machst ja sowieso, wie du willst.«

Bei seinem Sohn geht es also, nur bei mir macht er Theater. Wieder sieht Carl mich an, trotzig, bilde ich mir ein, als wollte er mir nachträglich beweisen, dass es nur an mir lag, an meiner Grobheit, meiner Ungeduld, meinem mangelnden Einfühlungsvermögen, weil ich mir nie vorstellen konnte, wie es ist, in diesem großen Körper zu hocken und alt zu werden, langsam zu vergessen. Ein Gedanke von seltener Klarheit, ein Kristall in Carls trüben Gewässern:

Dein Sohn macht es besser als du.

Soll er.

Ich bin der glücklichste Mensch, wenn Hanno zurechtkommt, wenn er nicht die gleichen Fehler macht wie ich, wenn er sich gerade hinstellt und Carl mit dem eigenen Oberkörper sichert, bevor er die Beine übereinanderschlägt. Langsam, wie in Zeitlupe, kippt Carl über die Lehne. Der Trotz in seinem Blick weicht der Angst vor dem Fallen, *tu doch was*, halb vorwurfsvoll, halb flehentlich, aber ich bin tot, ich kann nichts mehr tun, muss mich daran gewöhnen, danebenzustehen und die Lebenden machen zu lassen, auf Teufel komm raus.

»Frag doch Mama!«, schreit Carl.

Ich wende mich ab, es wird schon gut gehen.

Unglaublich.

Mich Mama zu nennen.

DREI

Die Tage vergehen wie im Fieber.

Susannes Wachphasen sind unklar und schwammig, graue Suppen mit undefinierbarer Einlage, die Träume dagegen hyperrealistisch, als erlebe sie am eigenen Leib, wie Lupus durch die Terrassentür kommt und sich in Herrn Holtz verwandelt, das aufreißende Fell, die schrumpfenden Fangzähne, der Körper, der sich zum aufrechten Gang erhebt, und plötzlich steht er auf beiden Beinen im Garten und wischt sich die letzten Züge des Hundes vom Gesicht. Susanne stürzt zum Fenster, greift nach dem Fernglas. Der Garten ist leer, die Vorhänge sind geschlossen. Eine graue Wand, die nur dreimal am Tag aufbricht und Lupus freigibt, damit er sein Geschäft verrichten kann.

Von Herrn Holtz keine Spur.

Auf dem Schreibtisch klingelt ihr Handy, und Susanne schreckt hoch. Sie muss nicht hinsehen, um zu wissen, wer es ist. Den zweiten Tag in Folge fehlt sie unentschuldigt im Supermarkt, schon gestern hat sie den Anruf des Marktleiters mit einem Knoten im Magen ignoriert und sich nicht zurückgemeldet. Um sich abzulenken, stellt sie das Radio an. Mit Musik fällt es ihr etwas leichter, sich vom Fenster zu lösen, ihr Zimmer in Ordnung zu bringen, das Bett zu machen, schmutzige Kleidung in die Waschmaschine im Bad zu räumen und die Kaffeebecher in die Spülmaschine unten in der Küche. So viel ist liegen geblieben, während sie auf die Vorhänge gestarrt hat. Das Geschirr, die Wäsche, im Briefkasten die Wurfsendungen der Geschäfte. Susanne schaut in den fast leeren Kühlschrank. Normalerweise erledigt sie die Einkäufe, wenn ihre Schicht im Supermarkt beendet ist, genug Zeit, um alles zu besorgen und rechtzeitig zurück zu sein, bevor Herr Holtz aufwacht. Sie arbeitet morgens von sechs bis neun, füllt die Regale auf, überprüft die Bestände, hilft bei der vierteljährlichen Inventur. Seit Jahren die gleichen Handgriffe und Abläufe, nur die Wareneingabe hat sich verändert, früher Stift und Papier, heute ein elektronischer Barcodescanner, der die Daten direkt ins System speist. Eine einfache, bedeutungslose Arbeit. Nach Doris Ackermann, die seit über fünfundzwanzig Jahren an der Kasse sitzt, ist Susanne die Dienstälteste. Mehrfach hat man ihr angeboten, die Stunden zu erhöhen oder an die Kasse zu wechseln, aber sie hat jedes Mal abgelehnt.

Unmöglich zu arbeiten, während Herr Holtz im Fernglas ist.

Susanne schließt den Kühlschrank. Der Kalender zeigt noch Sylvias Todestag, 25. Juni, ein Montag. Susanne reißt die Tage ab, die seitdem vergangen sind, bis zum heutigen Dienstag, dem ersten des Monats. Am Abend treffen sich ein paar Kollegen aus dem Supermarkt zum Bowling, ein seit Jahren regelmäßiger Termin, den Susanne, von Doris gedrängt, gelegentlich wahrnimmt.

»Du musst auch mal raus, ein bisschen Spaß haben. Alte Stubenhockerin.«

Normalerweise geht sie nur, wenn Herr Holtz mit Sylvia zum Juristenstammtisch fährt, ein Zufall, dass sich die Termine überschneiden, wartet, bis der Wagen aus der Einfahrt verschwunden ist, bleibt höchstens zwei Stunden, um rechtzeitig wieder zurück zu sein. Meistens bowlt sie mit Doris in einem Team. Das Spiel rauscht an ihr vorbei, nie kennt sie den Spielstand, weiß nicht, wann sie an der Reihe ist. Ihre Kollegen schubsen sie an, Doris ruft, und Susanne nimmt irgendeine Kugel, immer wieder erstaunt über die Schwere, tritt an die Bahn und wirft die Kugel fast blind nach vorne. Die monotonen Geräusche beruhigen sie, der dumpfe Aufprall und wie die Kugel über die Bahn rollt, das hölzerne Klackern der Pins. Sie trifft erstaunlich oft, besser als einige andere. Ein erhebendes Gefühl, wenn alle Pins fallen. Über der Bahn blinkt die Leuchtanzeige, die ganze Gruppe johlt, Doris hebt ihr Glas und prostet ihr zu. Die Maschine richtet die Pins auf, zu schnell für Susanne, die sich wünscht, dass sie nach einem Strike etwas länger liegen bleiben würden, eine Minute vielleicht, damit sie das Muster erfassen kann, in dem sie gefallen sind. Sie versucht sich vorzustellen, wie es wäre, heute zu gehen; sich auf jeden einzelnen Wurf zu konzentrieren, dem Spielstand zu folgen, mit den anderen zu lachen und zu trinken. Aus dem Kühlschrank nimmt sie den letzten Apfel, isst ihn, während sie durchs Haus streift und eine Beschäftigung sucht. Es gibt nichts zu tun. Für den großen Jahresputz, den sie nur durchführt, wenn Herr Holtz mit Sylvia und Lupus im Sommer für zwei Wochen verreist, ist es noch zu früh. Sie weiß nicht, wohin es dieses Mal hätte gehen sollen, wahrscheinlich ins Allgäu, Oberbayern, wie in den letzten Jahren. Dass sie nicht fahren werden, nie wieder fahren werden. Susanne wischt ein paar Flächen sauber, streicht ein paar Decken glatt. In ihrem Zimmer räumt sie das Regal aus und legt die alten Schulbücher auf ihr Bett, den fünfbändigen Brockhaus, die Kiste mit persönlichen Gegenständen, die sie seit einunddreißig Jahren und acht Monaten nicht geöffnet hat. Sie wischt die Regalbretter ab; räumt die Bücher zurück und stellt die Kiste auf den Schreibtisch, setzt sich so, dass sie die Vorhänge im Blick hat, während sie die Gegenstände vor sich ausbreitet. Schmuck: Ringe und Ketten, gefaltete Briefchen, ein liniertes DIN-A5-Heft. Sie schlägt es hinten auf und blättert die leeren Seiten zurück bis zum letzten Eintrag. Eine Handschrift im Übergang, die kindlichen Bögen und Schleifen geglättet, die Buchstaben eigenständiger, ohne sich bereits ganz von den anderen lösen zu können.

8. September 1986

Karin kann mich am Arsch lecken. Im Leben ziehe ich das Kleid morgen nicht an, da muss sie mich erst erschießen und in der Schubkarre nach drüben fahren, und vielleicht hat sie das ja vor, dann bin ich wenigstens still und kann nicht dazwischenreden, während sie Frau Holtz volllabert. Nur Hanno wird blöd gucken, wenn ich da liege, oder sie kippt mich als Dünger zu den Blumen, mach dich mal nützlich, es soll ja schön werden morgen.

Susanne klappt das Heft zu. Die fremde Stimme klingt ihr im Ohr, während sie das Fernglas nimmt und aus dem Fenster schaut.

Die Vorhänge sind geschlossen.

Auf der Terrasse zittert das Windspiel, eine hölzerne Kugel an einer Schnur, Bambusrohre, die aneinanderschlagen.

***

Und plötzlich glaubt Susanne, sie seien alle tot.

Sie weiß nicht, wie, erweiterter Suizid oder ein Unglück, nur dass die Körper reglos auf den Betten liegen, die Münder leicht, die Augen weit geöffnet. Der Gedanke dauert nur eine Sekunde, aber in dieser Sekunde ist er vollkommen, Uhrzeit, Licht, die Sonne fahl im grauen Himmel, ein kühler Spätnachmittag, über dem Rasen ein Wind, der die Halme in Böen niederdrückt.

Lupus war nicht im Garten, obwohl es längst Zeit gewesen wäre.

Susanne rennt los.

Auf der Treppe rutscht sie aus dem Schuh und stolpert, hält sich am Geländer, fällt mehr, als dass sie geht, stürzt zur Straße, durch die Gartentür, über den Kiesweg, zum Haus. Im Rennen spürt sie, dass sie nie gerannt ist. Die Muskulatur brennt, die Lunge ein knisternder Teppich, im Skelett steht etwas schief und knackt bei jeder Streckung des rechten Knies. Keuchend erreicht sie die Haustür und schlägt mit der flachen Hand auf den Klingelknopf, einmal, zweimal, immer wieder. Herr Holtz auf dem Bett, die Hände über der Brust gefaltet, die Augen nun doch geschlossen, wie schlafend. Die Sekunde schwillt an und mit ihr der Gedanke, alle tot, denkt Susanne, drückt auf die Klinke und lehnt sich gegen die Tür, fällt fast ins Haus. Laut bellend schießt Lupus an ihr vorbei nach draußen. Sie sieht ihm nach, dann in den Flur, ein fensterloser, düsterer Schlauch, über zehn Meter, so kommt es ihr vor, bis zur handbreit geöffneten Flügeltür des Wohnzimmers.

Fast dreht sie sich um und geht.

Es wäre das Einfachste. Zu Hause wartet das Fernglas,

Deltrintem 8 × 30 von Carl Zeiss Jena, Seriennummer 4043762, das schwarze Gehäuse abgegriffen und zerkratzt, das Fokussierrad knirschend von der zehntausendfachen Benutzung, ein leichtes Gerät, keine 500 Gramm, sodass Susanne es mühelos über Stunden halten kann. Die leichte Streulichtanfälligkeit stört sie nicht. Sie hat sich längst daran gewöhnt, dass Herr Holtz im Gegenlicht ein wenig ausgewaschen erscheint, eine vorübergehende Kontrastschwäche, wenn es Abend wird und die Sonne im flachen Winkel über dem Haus steht. Ohnehin ist die Welt im Fernglas immer nur eine Drehung von der Unschärfe entfernt. Eine bewusste Entscheidung, das Fokussierrad mit dem rechten Zeigefinger zu verstellen, es ist das Einfachste, Herrn Holtz nach einem langen Tag am Fenster auf diese Art verschwinden zu lassen, ein nebliger Fleck inmitten von Umgebungsflecken.

Aber sie dreht sich nicht um, geht nicht nach Hause.

Zwischen den Flügeltüren erkennt sie einen Ausschnitt des Wohnzimmers, den Tisch aus einer ihr unbekannten Perspektive, darauf Gläser, eine Flasche. Keine Bewegung, kein Anzeichen von Leben. Wieder tickt die Sekunde, und Susanne macht ein paar vorsichtige Schritte, vorbei an den Fotos der Familie Holtz, die zu beiden Seiten des Flurs auf Augenhöhe angebracht sind. Kleinformatige Gesichter, 13 × 18, in versilberten Rahmen, mehrere Generationen, Urgroßväter und -mütter, Großtanten, Onkel, die Eltern von Herrn Holtz, Herr Holtz selbst, Sylvia, schließlich Hanno. Sein Bild ist das letzte, ein etwa neunjähriger Junge, der mit riesigen Schneidezähnen in die Kamera lacht. Ihm gegenüber eine Leerstelle an der Wand, für das zweite Kind oder den Enkel, der nie gekommen ist. Susanne öffnet die Flügeltüren und betritt das Wohnzimmer. In der Mitte des Raums steht Hanno tief über seinen aus dem Rollstuhl hängenden Vater gebeugt, der Rücken gewölbt, die Beine zitternd vor Anstrengung. Der Kopf von Herrn Holtz berührt fast den Boden. Terrakotta, wie damals. Susanne macht drei große Schritte und packt die Griffe des Rollstuhls, reißt ihn mit einem Ruck auf beide Räder zurück. Der Rollstuhl pendelt aus, Hanno richtet sich auf, Herr Holtz lebt, Susanne hört ihn atmen, ein flaches Hecheln über ihr eigenes, wild schlagendes Herz hinweg.

Hört ihn atmen.

Hört.

Riecht.

Schmeckt.

Fühlt.

Für einen Moment weigert sie sich, will den Schweiß nicht riechen, die abgestandene Luft nicht wie einen Pelz auf der Zunge schmecken, nicht hören, wie Hanno schnauft (ein Pferd nach einem schnellen Lauf), nicht fühlen, dass es viel zu warm ist im Wohnzimmer, weil seit vier Tagen niemand richtig gelüftet hat. Susanne geht zum Fenster und zieht die Vorhänge zurück, öffnet die Terrassentür, hört, riecht, schmeckt, fühlt, wie die frische Luft eindringt und die alte verdrängt, eine Umwälzung, von der ihr schwindlig wird, sodass sie sich kurz am Türrahmen festhalten muss. Ihr Blick gleitet durch den Raum, den sie seit einunddreißig Jahren und acht Monaten nur von außen kennt. Es ist etwas völlig anderes. Die Winkel stimmen nicht, die Decke ist höher, die Wände reichen viel tiefer ins Haus hinein, als es von drüben den Anschein hat. Mit zittrigen Knien tritt sie an den Tisch. Vor wenigen Tagen noch hätte sie Sylvia dabei beobachtet, jetzt stellt sie selbst die Gläser auf, holt einen Lappen aus der Küche, wischt den Tisch ab.

»Geh du mal mit deinem Vater nach oben«, sagt sie zu Hanno, »ich mach das hier schon.«

»Nein. Danke. Ich …«

»Es macht mir nichts, wirklich.«

Es macht ihr nichts.

Sie kann die gebrauchte Windel vom Boden aufheben, nachdem Hanno seinen Vater nach oben gebracht hat, und es macht ihr nichts. Die Terrakottafliesen machen ihr nichts. An der Wand über dem Sofa hängen Fotos, überall Fotos, eins davon vom Tag der Feier, in der Mitte Herr Holtz und Sylvia vor den Anemonen im Garten, einen halben Schritt dahinter Susannes Eltern, Jürgen, der von ihrer Mutter näher an Herrn Holtz herangeschoben wird, ihre Mutter mit einem ins Gesicht gemeißelten Lächeln aus tausend weißen Zähnen.

Es macht ihr nichts.

Susanne kocht Kaffee und nimmt das Geschirr aus dem Schrank, um den Tisch auf der Terrasse zu decken, wie Sylvia es getan hätte.

Die blau-grau karierte Baumwolltischdecke.

Das weiße Kaffeeservice von Villeroy & Boch.

Die Teller halten, obwohl Susanne sie nur aus dem Fernglas kennt. Hart, kühl, glatt. Sie deckt den üblichen Platz für Herrn Holtz und für Hanno den Platz gegenüber. Als sie die erste Tasse einschenkt, fangen ihre Hände an zu zittern, und sie muss die Kanne abstellen, tritt vom Tisch zurück, macht ein paar wackelige Schritte von der Terrasse herunter auf den Rasen.

»Willst du schon gehen? Bleib doch noch kurz, ich glaube, er schläft gleich«, sagt Hanno.

»Nein, ich muss los.«

»Jetzt hast du auch noch Kaffee gemacht.«

Er kommt aus dem Wohnzimmer und starrt den gedeckten Tisch an wie ein Wunder. Immer noch stört sich Susanne an seinem Kurzhaarschnitt. Ihre Erinnerung will ihm lange Haare machen, zu einem Pferdeschwanz gebunden, dazu ein schwarzes T-Shirt, schwarze, enge Jeans, weiße Basketballschuhe. Ein Bild von ihm, das sich über all die Jahre gehalten hat.

»Also, ich muss dann«, sagt sie.

»Ja, klar, entschuldige. Danke, wirklich. Komm doch mal vorbei, wenn du Zeit hast, mein Vater freut sich bestimmt. Wir sind ja jetzt erst mal hier.«

Sie geht durch die Gärten zurück, wie damals. Die Haustür steht offen, im Flur liegt eine Jacke, die sie vorhin versehentlich von der Garderobe gerissen hat. Susanne hebt sie auf und hängt sie zurück, die ganze Garderobe ist voll von Jacken, Strickjacken, Winterjacken, Regenjacken, dazu Schals, Mützen, Handschuhe. Sie holt zwei große Kartons aus dem Keller und sortiert die Sachen ein, trägt sie in den Keller, bleibt eine Weile unschlüssig stehen, bevor sie wieder nach oben geht. In der Küche beseitigt sie die Reste der letzten Tage. Der Kuchen ist trocken geworden, und sie wirft ihn in den Müll, bringt den Müll nach draußen, stellt die Tonne an die Straße. Es ist so lange hell im Sommer. Im Badezimmer macht sie kein Licht, duscht, bis die Haut schrumpelig wird, trocknet auf dem Wannenrand. Dann fällt ihr nichts mehr ein. Es ist halb zehn, als sie ihr Zimmer betritt. Dämmerung im Fenster und das schwache Leuchten der umliegenden Häuser.

An Schlaf nicht zu denken.

Susanne setzt sich an den Schreibtisch und nimmt das Fernglas. Die Vorhänge sind geöffnet, das Wohnzimmer hell erleuchtet, Hanno auf der Couch, mit der Fernbedienung in der Hand und einer Flasche Wasser neben sich auf dem Couchtisch. Der Fernseher steht im toten Winkel, sodass sie nicht erkennen kann, was er sich ansieht.

Wir sind ja jetzt erst mal hier.

Erst mal. Erst mal und dann nicht mehr.

Das Undenkbare denkt sich gegen ihren Willen: dass Hanno seinen Vater zu sich nimmt, dass er ihn wegnimmt und nicht wiederbringt. Zu Hause hat er bestimmt ausreichend Platz, alle finanziellen Möglichkeiten, eine Frau, die ihn bei der Pflege unterstützen kann. Ist er verheiratet? Sie weiß es nicht mehr. Es ist Jahre her, seit sie mit Sylvia über ihn gesprochen hat, am Gartenzaun muss das gewesen sein, in irgendeinem Sommer. Susanne stellt das Fernglas ab. Mit bloßem Auge verfolgt sie, wie Hanno die Fernbedienung auf den Apparat richtet, aufsteht, das Wohnzimmer verlässt, ohne das Licht auszuschalten.

Das Licht. Brennt.

Susanne legt sich auf ihr Bett und starrt an die Decke, in der Beinahedunkelheit wälzen sich Schatten, nächtliche Wolkenformationen. Sie steht wieder auf, schaltet die Schreibtischlampe an, auf dem Schreibtisch das Heft, in dem sie als junges Mädchen geschrieben hat. Unter ihrem letzten Eintrag ist noch Platz, und sie nimmt den Stift fast zweiunddreißig Jahre später, ein wenig zittrig die Schrift, ungelenk aufgrund der fehlenden Übung.

3. Juli 2018

Ich bin bei ihm gewesen. Hanno sagt, ich soll wiederkommen.

An Schlaf nicht zu denken.

1986

Mario und der Sozialkundelehrer

Seit drei Tagen hängt das Kleid auf einem Bügel an der Innenseite ihrer Zimmertür und starrt Susanne feindselig an, versperrt ihr den Weg, lacht ihr ins Gesicht, streckt ihr die Zunge heraus, wenn sie nach draußen will.

Ein Kleid wie Industriezucker.

Weiße, florale Spitze, runder Ausschnitt, Viertelärmel. Ein dunkelblaues Band aus Satin, die riesige Schleife unter der Brust leicht nach links versetzt, der Unterrock ebenfalls aus Satin, mit Tüllbesatz am Saum.

Heute Morgen hat es angefangen zu sprechen.

»Es wird leichter für dich, wenn du dich nicht wehrst. Gegen mich hast du sowieso keine Chance, sieh es ein, deine Mutter hat recht, gegen uns beide kommst du nicht an, also mach mit, bevor es anfängt wehzutun.«

»Scheißding!«

Susanne reißt an der Schleife, und das Kleid rutscht kichernd vom Bügel, hört nicht auf, bis sie es wieder an die Tür hängt und die Schleife ordentlich in Form bringt. Noch eine halbe Stunde bis zur Feier von Herrn Holtz.

Und sie wird aussehen wie eine Zwölfjährige.

Unten treibt Karin Susannes Vater mit der Peitsche durchs Wohnzimmer. So sieht es aus, wie ihre Mutter mit einer Krawatte am ausgestreckten Arm hinter ihm herrennt, während er seine Manschettenknöpfe sucht, die mit den Löwenköpfen, ein Geschenk zu Jürgens Firmenjubiläum. Seit ein paar Wochen nennt Susanne ihre Eltern immer häufiger beim Vornamen, hauptsächlich, um ihre Mutter zu ärgern. Ihren Vater kümmert es nicht. Nichts kümmert ihren Vater, ob sie ihn Jürgen nennt oder am Tisch Kaugummi kaut oder ihre Fingernägel mit Edding lackiert.

»Und warum bist du noch nicht umgezogen?«, fragt ihre Mutter.

»Ich zieh das Ding nicht an, Karin.«

Ein letzter, halbherziger Versuch. Susanne weiß um die Ausweglosigkeit. An einem anderen Tag würde sie eine Szene hinlegen, dass es kracht, aber nicht heute, wo es zur Familie Holtz geht. Die große Neueröffnung. Seit Wochen kennt ihre Mutter kein anderes Thema. Natürlich wird alles furchtbar, protzig, schlimm. So typisch, diese Arroganz, diese Überheblichkeit, schau dir doch an, wie Sylvia da herumstolziert, so ein Bohei um ein paar Möbel, und glaub bloß nicht, dass Carl da irgendwas zu melden hat, der kann schön zahlen, nicht dass ihm das schwerfällt, aber die Lorbeeren heimst sie dann ein, und wie sie uns das unter die Nase reiben wird, so ganz nebenbei, ganz bescheiden, es war schon ein Stückchen Arbeit, alles viel heller jetzt, so schön das Licht morgens, blablabla.

Manchmal bekommt ihre Mutter kaum Luft, wenn sie über Frau Holtz spricht.

Es muss unerträglich für sie gewesen sein, die Handwerker an- und abfahren zu sehen, über Monate die gedämpften Geräusche, Presslufthämmer, Schleifmaschinen, und nicht zu wissen, was genau dort drüben passiert. Die Sorge, dass alles noch viel besser und schöner wird als hier, wo doch schon vor dem Umbau alles besser und schöner war. Das Haus ist größer, das Grundstück ist größer, das Auto ist größer, Herr Holtz ist größer, er verdient mehr Geld, hat studiert, sitzt im Vorstand des Sport- und des Karnevalsvereins. Frau Holtz hat eine Putzfrau, die dreimal in der Woche kommt und die komplette Wäsche erledigt.

Und jetzt auch noch das.

Ein ganzes Jahr lang haben teure Spezialisten im Geheimen an der Demütigung ihrer Mutter gearbeitet. Mit jedem Stein, der drüben ins Haus getragen wurde, wuchs ihr Neid, jede Palette, jeder Balken stach ihr ins Herz, jedes Möbel vergrößerte den Abstand im Besser- und Schönersein. Susanne kann sich nur ansatzweise vorstellen, welche Paläste sich ihre Mutter ausmalt. Das eigene Haus schrumpft dagegen zu einer Puppenstube, die Wände kommen näher, die niedrigen Decken drücken aufs Gemüt, sogar das Wetter ist schlechter, seit bei Familie Holtz gebaut wird. Fast hat Susanne Mitleid mit ihrer Mutter. Sie leckt sich buchstäblich die Lippen, wenn sie nach drüben schaut, jetzt wieder, steht leicht gebeugt vor dem niedrigen Fenster, leckt sich die Lippen, spricht leise, ohne den Blick vom Haus gegenüber zu nehmen.

»Und wie du das anziehst, Fräulein. Und zwar sofort.«

Susanne zieht ihre beste Schnute und geht nach oben. Das Kleid hängt unverändert am Bügel, gleitet betont lässig über ihren Körper, bis es perfekt sitzt und sich voller Wohlwollen im Spiegel betrachtet.

Sie sieht aus wie eine Zwölfjährige.

Auf der Feier wird die ganze Nachbarschaft sein, Freunde und Bekannte ihrer Eltern, dazu Hanno und wer weiß noch wie viele andere, die halbe Stadt, letztlich die halbe Welt. Susanne nimmt eine Schere aus der oberen Schreibtischschublade.

Das Kleid: »Was hast du vor? Mach keinen Scheiß!«

Susanne: »Halt die Klappe.«

Sie schneidet zwei jeweils zehn Zentimeter tiefe Schlitze seitlich in den Saum, danach bindet sie sich zwei Zöpfe, ein neongrünes Zopfband links, ein pinkes rechts, malt mit dem Edding ein schwarzes Peace-Zeichen auf ihren linken Handrücken. Rechts wird es ein wenig krakelig, weil sie mit der falschen Hand malt.

Egal.

Ihren Vater wird es nicht kümmern.

Begrüßung, Sektempfang, Hausführung.

Es ist ein bisschen peinlich, wie aufgeregt Frau Holtz ist, rote Bäckchen, die Hand mit dem Sektglas zittert leicht, die andere stößt die Tür zum Wohnzimmer auf und präsentiert die neuen Räume in einem weiten, ausladenden Schwung. Der Fußboden sieht aus wie aus Blumentöpfen gemacht. Susanne schüttelt eine Sandale ab und berührt eine Fliese mit dem großen Zeh, großporig, rau, aber nicht unangenehm.

»Wir haben uns wegen der natürlichen Luft- und Wärmeregulierung für Terrakotta entschieden, ihr glaubt gar nicht, was für einen Unterschied das macht«, sagt Frau Holtz.

»So ein schönes, warmes Material!«, ruft Karin.

Gegen die Peinlichkeit ihrer Mutter ist Frau Holtz ein Waisenkind. Seit ihrer Ankunft klebt Karin an den Hacken der Gastgeberin, redet ungefragt dazwischen, trinkt am dritten Sekt, ohne absehbares Ende. Wenigstens dämpft der

Alkohol ihren Zorn darüber, was Susanne mit dem Kleid gemacht hat, sowieso ist es zu spät, jetzt noch irgendetwas zu unternehmen. Ihre ganze Aufmerksamkeit gilt Frau Holtz. Sie nickt, staunt und bewundert, am Arm trägt sie Jürgen wie ein Accessoire. Er schafft es einfach nicht, sich loszumachen und wie Susanne in die hinteren Reihen des Gästepulks zurückzufallen, der sich Zimmer für Zimmer durchs Haus schiebt und je nach Größe des Raumes ausdehnt oder zusammenzieht, ohne je ganz auseinanderzureißen. Ein schwammartiger Organismus. In die Gästetoilette passt nur der vorderste Teil und auch das nur gerade so. Herr und Frau Holtz, ihre Mutter, ihr Vater. Frau Holtz muss laut sprechen, damit die restlichen Gäste im Flur sie verstehen. Ihre Stimme klingt gedämpft durch die halb geschlossene Tür, ein leichter Hall von den gekachelten Wänden, wie Rufe aus einer Alpenschlucht.

»Die Armaturen haben wir in einem Landhaus bei Siena entdeckt. Es war nicht ganz einfach, sie nach Deutschland zu kriegen, aber es hat sich gelohnt, wir sind wirklich sehr glücklich mit ihnen.«

»Und was habt ihr mit dem Geruch hier drin gemacht? So frisch. Man fühlt sich ja direkt wie in Italien. Riech doch mal, Jürgen!«

Die Peinlichkeit ist unendlich.

Susanne macht sich klein und löst sich aus dem Pulk, niemand achtet auf sie, als sie die Treppe hinuntergeht und sich in der Küche ein Glas Sekt nimmt, am wenigsten ihre an fremden Toiletten schnuppernde Mutter. Sie überlegt zu gehen. Die Blicke für ihr Outfit hat sie schon ganz am Anfang bekommen, Hannos große Augen, das Stirnrunzeln von Frau Holtz, das Getuschel der Alten hinter ihrem Rücken.

Nur Herr Holtz hat nicht reagiert. Ein Blick wie durch Glas, als ginge etwas durch sie hindurch. Susanne nippt am Sekt. Warum also bleiben? Mit dem kleinen Finger malt sie ein A in die Bayerische Creme, zieht einen Kreis darum, leckt den Finger ab. Die Möglichkeiten zur Anarchie sind begrenzt, die Voraussetzungen ungünstig. Keine Hierarchie, kein Zwang, keine lenkende Zentralgewalt. Wie soll das gehen in diesem Haus, in diesen Familien, die von Königen und Königinnen regiert werden? Natürlich könnte sie Salatdressing in die Bowle kippen und tut es auch. Der Jogurt macht trübe Schleier in die klare Flüssigkeit, aber es bleibt eine Geste, ein Kinderstreich. Die revolutionären Akte, von denen ihr Sozialkundelehrer immer spricht, sehen anders aus, er hat sich in den Ferien in Wackersdorf anketten lassen, behauptet er, während Susanne an der Adriaküste in der Sonne lag. Das Wetter war toll, ihre Bräune ist immer noch perfekt, die weißen Bikinistreifen scharfkantig abgesetzt. Der Junge dort am Strand fuhr mit seinem Finger an der Nahtstelle entlang, während er sie eincremte. Mehr war nicht. Mehr wollte sie nicht. Jetzt, aus der sicheren Entfernung von drei Wochen und tausend Kilometern, ärgert sie sich, dass sie nicht weiter gegangen ist. Es hätte schön sein können, der Junge war nett, ein hübscher Italiener mit schwarzen Haaren und hellblauen Augen. Sie nennt ihn Mario für sich, keine Ahnung, wie er wirklich heißt. Mario verteilte die Sonnencreme sorgfältig auf ihrer Haut, redete irgendetwas, das sie nicht verstand, und statt zu nicken, schüttelte sie den Kopf, bedankte sich nicht einmal, als er aufstand und zu seinen Freunden zurückging. Dumm, kindisch, schüchtern wie eine Zwölfjährige. Susanne wischt die Finger am Kleid ab. Ihr Sozialkundelehrer muss ungefähr zur selben Zeit in Wackersdorf am Bauzaun gehockt haben, mit zwei schweren Fahrradketten um Hände und Füße. Wenn er nicht gerade gegen die Wiederaufbereitungsanlage demonstriert, spannt er den Mädchen in der Schule auf den Arsch, ziviler Ungehorsam, und das, so sagt er, wünsche ich mir auch von euch, dass ihr euch über die gesellschaftlichen Zustände bewusst werdet und handelt.

Mario und der Sozialkundelehrer.

Wenn es Susanne nicht gäbe, hätten sie nichts miteinander zu tun, so sind sie beide Teil dieses Sommers, auf ewig verknüpft oder so lange, bis Susanne sich nicht mehr an sie erinnert. Ein seltsames Gefühl geht von diesem Gedanken aus: berauschend und ein wenig angsteinflößend, wie eine sich am Horizont auftürmende Welle, die immer höher wächst, je näher sie dem Ufer kommt. Vielleicht der Sekt. Susanne trinkt einen weiteren Schluck, aus dem Wohnzimmer hört sie das Trampeln der Meute, Zeit für eine Ausweichbewegung, durch die Küche in den Flur und die Treppe hinauf.

In Hannos Zimmer ist alles neu, weiß lackiertes Holz, Parkett, weiße Wände, ein Schreibtischstuhl mit ergonomischer Rückenlehne. Susanne legt sich auf das frisch gemachte Bett und streift die Sandalen ab. Die Bettwäsche ist angenehm kühl, weiße Rohseide, nicht mehr die alten Baumwolllappen mit Fußballmotiven, in denen Hanno sonst immer geschlafen hat. Von den Wänden sind alle Poster verschwunden, genauso die Lego-Roboter und TKKG-Bücher, der rote Stoffteufel, die Kronkorkensammlung.

Offensichtlich soll Hanno kein Kind mehr sein.

Und warum auch nicht. Er ist nur ein knappes Jahr jünger als sie, groß für sein Alter, mit einer neuerdings tiefen Stimme, über die er beim Sprechen noch stolpert. Als er ins

Zimmer kommt und sie auf dem Bett liegen sieht, schießt ihm das Blut in die Wangen, und er stockt kurz, die Hand auf der Klinke, bevor er die Tür hinter sich schließt.

»Besichtigungstour vorbei?«

Hanno nickt, macht einen Schritt in den Raum und bleibt sofort wieder stehen. Er weiß nicht, wo er hinsoll. Das neue Zimmer ist ihm noch fremd, alles seitenverkehrt, wo der Schrank war, steht der Schreibtisch, und umgekehrt, das Bett nicht mehr unter dem Fenster, sondern an der gegenüberliegenden Wand, zwei neue Metallrohrstühle, dafür der Sessel ersatzlos gestrichen. Hanno, begossener Pudel. Sein dunkler Anzug ist absichtlich so geschnitten, dass er in weiten Falten an ihm herunterhängt, traurig und hilflos sieht er aus, sodass ein älteres Mädchen gar nicht anders kann, als die Hand auszustrecken und ihn zu sich ins Bett zu nehmen. Vielleicht ist es der Sekt, vielleicht die Erinnerung an Mario. Susanne beugt sich über ihn, eine unbändige Lust zu küssen, jetzt und sofort, der Mund ganz trocken davon, das Herz ganz schnell, und Hanno öffnet tatsächlich die Lippen, so überrascht ist er.

Sie küssen lange, bis zur letzten Luft und noch weiter. Hannos Hände trauen sich nicht so richtig, aber es genügt ja, dass sie da sind, ein leichtes Gewicht auf ihrem Oberschenkel, eins auf der Hüfte, genau dort, wo sie den Schnitt ins Kleid gemacht hat. Gut möglich, dass sie seine Erste ist. Seine Klasse fährt erst im Oktober ins Landschulheim, auf dem Schulhof hat sie ihn noch nie mit einem Mädchen gesehen. Hanno ist kein Frühstarter. Sie kennt ihn, seit sie denken kann, er ist immer still und zurückhaltend gewesen, dabei aber aufmerksam, hellwach. So küsst er sie jetzt; wie er ihr seine ganze Kindheit über gefolgt ist, dicht an sie gedrückt, ihre Bewegungen nachahmend, im vollen Vertrauen darauf, dass sie den Weg weiß und von überall wieder zurückfindet.

Susanne löst sich von Hanno, ihr ist heiß, schwindlig, aber sie bleibt noch eine Weile liegen und sieht ihn an, diesen Jungen, den sie jetzt viel besser kennt als noch vor einer halben Stunde. Auch er wird für immer zu diesem Sommer gehören, oder wenigstens so lange, bis sie sich nicht mehr an ihn erinnert.

2018

Forelle blau

EINS

Ich erinnere mich noch gut an Hannos Zeugnis aus der zweiten Klasse:

> *Hanno ist stets sehr bemüht, seine Aufgaben zu erfüllen. Leider gelingt ihm dies nicht immer sofort zur vollsten Zufriedenheit, was ihn schnell frustriert und seine Konzentration verlieren lässt. Hanno muss lernen, Rückschläge zu verarbeiten und seine Frustration produktiv zu nutzen. Im Umgang mit neuen und unbekannten Aufgabenstellungen zeigt er sich wiederholt unsicher, wodurch die beschriebenen Probleme noch verstärkt werden.*

Stets bemüht, wiederholt unsicher, leider gelingt ihm nicht alles. Gott sei Dank ist Susanne jetzt da, um das Schlimmste zu verhindern. Seit über einer Woche kommt sie täglich vorbei und kümmert sich um den Haushalt, kümmert sich um Carl, während Hanno danebensteht und sich die Handgriffe abschaut. Am Anfang war ich skeptisch, aber es wird langsam besser mit den beiden. Inzwischen umarmen sie sich wenigstens zur Begrüßung, nachdem sie einander an den ersten Tagen noch die Hände geschüttelt haben, die Arme steif wie Pumpenschwengel, nicht mit anzusehen das Unwohlsein auf beiden Seiten, als schämten sie sich dafür, dass sie sich als Kinder gekannt haben und jetzt nichts mehr voneinander wissen. Hanno ist einen Kopf größer als Susanne, früher war es umgekehrt. Er macht einen leichten Buckel, wenn er sich über sie beugt, jedes Mal die Frage, ob rechts oder links herum, Küsschen oder nicht, wenn ja, wie viele, die Hand reglos zwischen den Schulterblättern oder großflächig über den Rücken reibend, überhaupt die Hände, wohin mit der anderen, um die Taille oder hängen lassen oder locker auf die Hüfte legen? Er hat sich angewöhnt, für die Dauer der Umarmung die Augen zu schließen, es ist kaum mehr als ein verzögertes Blinzeln, ich muss schon genau hinsehen, um es überhaupt zu bemerken. Eine Sekunde, nicht einmal, dann lösen sie sich voneinander, und Susanne geht an Hanno vorbei durch den Flur, noch kurz das Ritual des schlechten Gewissens, du musst doch nicht, ja, ja, schon gut, danke, wirklich, keine Ursache.

Es ist immer noch seltsam, sie hier zu sehen.

Ich kann mich nicht erinnern, dass sie je im Haus war, als Kind sicherlich, aber nicht mehr als Erwachsene. Wir sind uns immer nur drüben begegnet, zu den Geburtstagen ihrer Eltern oder wenn Karin uns zum Abendessen eingeladen hat, sie kam dann dazu und blieb eine Weile, bevor sie wieder nach oben ging. Eine erwachsene Frau, die in ihrem Kinderzimmer langsam älter wurde. Früher war sie ganz normal, fröhlich, aufgeschlossen, ein bisschen frech vielleicht, eine gute Schülerin. Hanno liebte es, mit ihr zu spielen. Ich machte mir nie Sorgen, wenn er mit ihr unterwegs war, oft verschwanden sie im Wald und blieben stundenlang weg, kamen glücklich und erschöpft wieder, vollkommen fertig. Hanno war ein bisschen verliebt in sie, und wie könnte man nicht, allein Susannes Augen hätten gereicht, tief und blau, dazu die blonden Haare, später noch die schlanke Figur.

Unerklärlich, dass sie ihr Elternhaus nie verlassen hat.

Drei Mal hätte sie die Gelegenheit gehabt zu gehen, nach der Schule, wie alle anderen auch, nach der Sache mit Jürgen, nach dem Tod ihrer Mutter. Spätestens da. Was hält sie denn noch in dem leeren Haus? Die Erinnerungen müssen furchtbar sein, Karins Sterben war kurz, aber heftig, acht Wochen Bauchspeicheldrüsenkrebs, dann war sie tot. Von Jürgen ganz zu schweigen. Susanne hätte das Haus verkaufen und an irgendeinem freundlicheren Ort etwas Neues beginnen können. Stattdessen blieb sie und machte weiter, als wäre nichts gewesen. Ich begegnete ihr beim Einkaufen im Supermarkt, sah sie im Garten, wie sie über den Rasen ging und welke Blätter aufhob, traumwandlerisch, unscharf wie hinter einem Filter. Wir sprachen ab und zu am Zaun. Sie wollte wissen, wie es Carl ging, ich erzählte von Hanno, dann ging sie ins Haus zurück, und wir sahen uns manchmal für Wochen nicht. Immer brannte das Licht in ihrem Zimmer. Ich gewöhnte mich so sehr an dieses Bild, das dunkle Haus mit dem einen Licht, dass ich unruhig wurde, wenn es einmal anders war. Ich sagte zu Carl, schau, das Licht ist aus. Er nickte, und wir fragten uns vielleicht beide kurz, warum, was Susanne da drüben machte, warum sie überhaupt noch da war.

Erst jetzt fällt es mir wieder auf, was für ein eigenartiges Leben.

Ich sehe ihr nach, wie sie mit Hanno nach oben geht, um Carl für den Friedhof fertig zu machen. Unser erster gemeinsamer Ausflug. Karin und Jürgen schlüpfen durch die Haustür und drängen sich um den deckenhohen Spiegel neben der Garderobe. Nur in meiner Verblendung der ersten Tage habe ich angenommen, dass ich die Einzige sein könnte, die durch die Trauer und den Schmerz ihrer Liebsten noch in der Welt gehalten wird, und natürlich bin ich es nicht, jeden Morgen bringt Susanne ihre Eltern mit herüber, und warum auch nicht, es gehört sich ja so.

Aber es ist ein einziger Zirkus.

Karins Busen bleibt nicht im BH, Karins Füße quellen aus den Schuhen. Karins Ohrringe: zwei stilisierte Giraffen aus Blattgold, die nur knapp über ihren nackten Schultern baumeln. Wenn sie mit dem Finger dagegen klimpert, drehen sich die Giraffen in einem spiralförmigen Wirbel um die eigene Achse, sodass man nicht wegsehen kann, bis sie wieder still stehen. Mit Daumen und Zeigefinger zupft sie ihren BH zurecht, Jürgen streicht seinen Damenwinker glatt, aber die Strähne springt immer wieder hoch, obwohl er großflächig mit Spucke arbeitet.

Der arme Kerl.

Er riecht tatsächlich noch nach Fisch, es ist kaum auszuhalten, zehn Meter gegen den Wind. Das Forellenzuchtbecken, aus dem sie ihn damals gezogen haben, gibt es noch. Die Forellen ballen sich zu einer dichten Traube, wenn der alte Bereswill das Futter hineinwirft und der junge Bereswill mit einem Kescher in die Fische geht und ein zappelndes Netz herausholt, drei, vier auf einmal, die er nacheinander mit einem Holzknüppel auf der Betonumrandung des Beckens totschlägt. Als Kunde steht man hilflos daneben, die armen Fischlein, denkt man, aber man will sie ja essen, es gibt sie ja nur, damit man sie isst, und so sagt man nichts und wartet, bis es vorbei ist. Der junge Bereswill ordnet die toten Fische nach Größe, die offenen Münder bündig an der Kante des Beckens ausgerichtet. Der Kunde soll dann auswählen, es geht alles über Zeigen, Deuten und Nicken, der junge Bereswill spricht nicht gerne. Der alte Bereswill kassiert ab, 9,50 € das Kilo aktuell. Ich bin zuletzt am 23. Dezember da gewesen, wie jedes Jahr bis auf das eine, in dem sie Jürgen gefunden haben. 1995? 1996. Bereswills mussten das Becken auspumpen lassen, die ganze Ernte vernichtet, neues Wasser hinein, danach störte es die Leute nicht mehr. Dabei war es eigentlich keine unsaubere Sache. Jürgens weißer, fast kindlicher Leib, bäuchlings treibend, glatt und glänzend wie Marmor. Er musste sich bis zum Schluss rasiert haben, kein Härchen am Körper, keine Wunde, kein äußerer Makel.

Hätten wir es überhaupt gemerkt, wenn etwas von Jürgen in die Fische gekommen wäre?

Als der junge Bereswill ihn im Morgengrauen entdeckte, sollen sie an ihm dran gewesen sein. So erzählte er es seinem Vater, das dann doch, oder der alte Bereswill dachte sich alles aus, ohne die Folgen zu bedenken. Die Forellen sollen in einem spitzen Winkel im Wasser gestanden und Hautpartikel von Jürgens Extremitäten gefressen haben. Zehen, Finger, Ohrläppchen, Glied. Jürgen Dreyers Wesen, das sich im Fleisch der Forellen anlagert.

Ich versuche, mich an den Geschmack der Forellen zu erinnern, aber es gelingt mir nicht. Zu Weihnachten habe ich sie immer klassisch zubereitet, Forelle blau, Salzkartoffeln, zerlassene Butter. Die Schleimschicht muss intakt sein, damit die Blaufärbung eintritt, deshalb habe ich die Fische nur an Schwanzflosse und Maul angefasst und sie einmal kurz unter kaltem Wasser abgespült. Jedes Jahr gab es Forellen von Bereswill. Mit der Spitze des Fischmessers löste Carl die Bäckchen aus den Köpfen, das Beste und Feinste am ganzen Fisch, und gab sie Hanno, der sie in einer geraden Linie auf seinem Teller aufreihte und nacheinander von links nach rechts verspeiste. Reine Spekulation, ob die Fische sich überhaupt für Jürgen interessiert haben. Carl kannte den Ermittlungsbericht, Jürgens Körper war vollkommen unversehrt. Todesursache Ertrinken. Keine Spuren äußerer Gewaltanwendung. Keine Spuren von Alkohol oder Betäubungsmitteln in Jürgens Blut. Seine Kleidung hatten sie nirgends gefunden, nicht in dem Waldstück, das die Forellenzucht in einem großen Rechteck umgibt, nicht außerhalb. Er musste bereits unbekleidet durch das Unterholz oder über die Forststraße gekommen sein, woher, war unklar, keine Hinweise auf irgendeine Unterkunft oder ein Versteck in der Nähe des Fundortes. Als wäre er nackt vom Himmel gefallen und nur durch Zufall oder göttliche Absicht in Bereswills Becken gelandet.

Aber warum die Forellen?

Warum nicht: Pulsader, Hochhaus, Zug, Schusswaffe? Warum nicht acht Gramm Chloroquin und tausend Milligramm Diazepam auf dem Bett eines Bahnhofshotels in irgendeiner Großstadt? Warum nicht eine Schlucht in den Alpen oder, wenn schon Wasser, eine Überfahrt nach New York, Mitternacht vor Neufundland, ein in die Tiefe, ins Vergessen gerichteter Sprung? In Carls Büro gibt es eine Luftaufnahme von der südlichen Haardt, in der rechten, unteren Ecke das Waldstück, darin Bereswills Becken als dunkelgrauer, quadratischer Fleck. Ein Abfluss, ein Ausguss.

Vielleicht hat Jürgen geglaubt, dass er nur dort aus der Welt verschwinden kann. Ich stelle ihn mir vor, wie er nackt über die Straße kommt, in keiner besonderen Eile, das Mondlicht fahl auf der ohnehin fahlen Haut, die Arme eng am Körper, die Schritte mechanisch, ein Schlafwandler, könnte man meinen und will ihm zurufen, bleib stehen, geh nicht weiter. Aber er hört nicht; die Nacht verschluckt alle Rufe, und überhaupt ist niemand da, um zu rufen, Bereswills Haus liegt drei Kilometer entfernt, und Jürgen erreicht das Becken, tritt, ohne langsamer zu werden, über den Rand, der linke Fuß steht auf dem Wasser, und es hält ihn für einen Moment, hält für den Bruchteil einer Sekunde Jürgens Gewicht, will ihn nicht haben. Das Klatschen ist laut in der Dunkelheit, aber wieder: Es hört ja keiner. Eine Luftaufnahme: die südliche Haardt bei Nacht, in der rechten, unteren Ecke das Waldstück, darin Bereswills Becken als schwarzer, öliger Fleck, darin ein weißer, regloser Körper, der langsam nach unten sinkt und in der Schwärze verschwindet. Der alte Bereswill erzählte überall herum, dass die Polizisten ihn mit dem Kescher herausgezogen hätten. Sein Kopf habe genau hineingepasst, ein leichter Ruck, damit der Körper in Bewegung geriet und zum Rand trieb, wo sie ihn an Armen und Beinen fassen und über die Kante wälzen konnten. Der Mund soll weit offen, die Augen geschlossen gewesen sein. Dazu das Gerücht, mit seinem leblosen Körper sei am Morgen auch ein Teil des Geldes aus der Schwärze hinaufgestiegen, 500- und 1000-DM-Noten, die Wasseroberfläche bedeckend wie eine geschlossene Schicht aus Laub oder Schimmel. Eine Fehlinformation, natürlich, keinen Pfennig hat er dabeigehabt. Der Tod hat leere Taschen, oder, in Jürgens Fall, nicht einmal Taschen.

Er prüft sich im Spiegel, weißes Hemd, dunkle Hose, schwarze, auf Hochglanz polierte Schuhe. Der nackte Jürgen bleibt mir erspart, und trotzdem ist sein Anblick nichts für schwache Nerven, ein erbärmliches Häuflein Mensch, keinen Meter fuffzich, welk und grau, mit einem leichten Buckel, sodass er immer vorgebeugt steht und den Kopf heben muss, um geradeaus zu schauen.

Karin dagegen: die Blüte ihrer selbst.

Tief ausgeschnitten das rote Kleid, schwarze Spitze im Ausschnitt, die blonden Locken aufgebrezelt wie zu besten Zeiten. Ein einziges Schmuddelheft. Nur was sie sich bei den Ohrringen gedacht hat, ist mir schleierhaft.

»Verdammt, Karin, wir müssen dir etwas überziehen. Ich kann nicht bis in alle Ewigkeit in deine Auslage starren.«

»Neid macht eine schlechte Haut, da musst du aufpassen, Sylvie.«

»Da musst du dir ja keine Sorgen machen. Wie wir alle sehen können, ist deine Haut makellos. Überall.«

Karin zupft mit Daumen und Zeigefinger an ihrem BH. Mit dem anderen schnippt sie gegen die linke Giraffe, und wir folgen den Kapriolen des Tieres, seinen Drehungen und Wendungen am Ohrläppchen dieser Frau, die vor knapp zwölf Jahren, im Herbst 2006, nach kurzer, schwerer Krankheit verstorben ist.

»Denk an deine Haut, Sylvie. Nicht dass du mich später auch dafür noch verantwortlich machst.«

***

Wir betreten den Friedhof durch das Portal und marschieren breit aufgefächert über den Mittelgang, Hanno am Rollstuhl, Susanne in einem viel zu hellen Kleid, daneben Karin,

Jürgen und ich. Ich liege auf dem jüngeren Teil, bei den Jahrgängen ab 1947. Akkurate Reihen, sauber geharkte Wege, der Rasen wie mit der Nagelschere gekürzt, zentral gelegen die Wasserstelle zur Befüllung der Kannen. Ein Neubaugebiet, Reihenhausgräber. Der örtliche Monopolist in Sachen Grabgestaltung, die Luchter Bildhauerei & Grabmale GmbH, verfolgt einen eher nüchternen Stil: klare geometrische Formen, Rechtecke, Quadrate, Dreiecke, dazu eine eingeschränkte Materialpalette. Granit, Marmor, Sandstein.

Neun Kombinationen für die ewige Ruhe, mehr braucht es nicht.

Es ist wenig los, ein paar alte Frauen, kaum Männer, das wohl übliche Publikum. Zwischen den Grabsteinen spielen ein Junge und ein Mädchen Verstecken. Beim Zählen kneifen sie die Augen zusammen, pressen im Versteck die Hände vor den Mund, um nicht zu kichern. Das Mädchen springt hinter einem Grabstein hervor, der Junge erschrickt und lacht, klar und hell klingt es in der lauen Luft, als er zu seiner Mutter läuft. Eine junge Frau, keine fünfundzwanzig, die an einem Grab hockt und welke Blätter aus der Bepflanzung zupft. Über den Mittelgang kommt uns Margit Sünder entgegen. Sie trägt gelbe Gummihandschuhe, dazu ein schwarzes Kostüm, schwarze Strumpfhose, schwarze, hochhackige Schuhe. Zu meinen Lebzeiten sind wir uns gelegentlich auf dem Markt begegnet, es wäre zu viel gesagt, dass wir uns kannten, eher wussten wir widerwillig von der Existenz der anderen. Ihr Sohn Kai, in blauer Latzhose und Arbeitsschuhen, trägt einen Pappträger Stiefmütterchen unter dem linken Arm. Er nickt Hanno und Carl zu, mein Beileid, presst er aus den zusammengekniffenen Lippen und meint mich damit.

»Herr Holtz, ich kann gar nicht sagen, wie leid mir das mit Ihrer Frau tut«, sagt Margit Sünder.

Sie hält ihm die Hand hin, nickt bekräftigend, zieht die Hand, als Carl nicht reagiert, wieder zurück.

»Auch Ihnen mein herzliches Beileid«, sagt sie zu Hanno.

»Danke.«

Die Stille ist unangenehm. Niemand weiß weiter ohne mich, ich fehle als Gelenk zwischen den Gliedern, als Schmiermittel, das das Getriebe am Laufen hält. Margit Sünder wischt sich Fussel vom Kleid. Kai Sünder stellt die Stiefmütterchen ab, zieht sein Handy aus der Tasche und spielt darauf herum, während er heimlich die Pobacken und den schwarzen Tanga-Slip der jungen Frau fotografiert, die noch immer am Grab ihrer Eltern kniet.

»Der feine Herr Sohn!«, zischt Karin, ihr ganzer Körper ein Wogen, als sie den Kopf herumwirft und mit Jürgen und Susanne im Schlepptau davonstöckelt. Die Giraffen schlagen Purzelbäume. Kai Sünder steckt das Handy weg. Margit Sünder reibt sich die Gummihände, macht eine kleine Verbeugung, bevor sie mit ihrem Sohn in die Reihe abbiegt, in der ihr Mann schon seit Jahren liegt. Auch wir müssen weiter. Ganz nach hinten, fast an die Mauer, hinter der sich das Gewerbegebiet über freies Feld immer näher an den Friedhof heranschiebt. Im Grab neben meinem liegt eine Anja Censki, keine Ahnung, wer das sein soll. Ein Sandsteindreieck. Ich weiß nicht, was Carl und Hanno für mich vorgesehen haben, vielleicht ein Granitrechteck oder ein Marmorquadrat. Von mir aus könnten sie das Holzkreuz stehen lassen, es reicht zur Markierung doch völlig aus, und ich käme um einen Grabspruch herum.

Der Berg ist überschritten, nun wird es leichter gehen –
Anja Censki

Als rase man nach dem Tod in einer Seifenkiste einen abschüssigen Hügel hinunter, die Haare im Wind, Kurve um Kurve, bis zum sanften Ausrollen in der Ebene. Auf meinem Holzkreuz dagegen nur die wesentlichen Informationen:

Sylvia Holtz 08.04.1950–25.06.2018

Geboren, gelebt (der Bindestrich), gestorben. Im oberen Bereich hat sich der Grabhügel schon ein wenig gesetzt, die Erde ist abgesackt, sodass sich das Kreuz leicht nach vorne neigt. Bänder flattern im Wind, alles welkt und lässt die Köpfe hängen, einzelne Blumen haben sich aus den Gestecken gelöst, das kräftige Grün der Kränze ist gräulich verblasst.

Unbegreiflich, dass ich da unten liegen soll.

Ich stehe neben Hanno und Carl und warte auf ein Gefühl. Es müsste ja möglich sein, alles, was es dafür braucht, ist hier oben, Seele, Geist, Bewusstsein, der ganze menschliche Apparat, während unten nur die Hülle von Eichenholz umschlossen ruht und langsam auseinanderfällt. Nach knapp drei Wochen sollte der Abbau meines Körpers schon ein gutes Stück vorangekommen sein. Die Mikroorganismen arbeiten zuverlässig, in einigen Jahren wird nicht mehr von mir übrig sein als Knochen, Haare und Nägel, die Sehnen verkürzt und geringelt, der Schädel zwangsläufig grinsend, weil die Lippen fehlen, um die Zähne zu bedecken. Das Gefühl dazu: Gleichgültigkeit. Immerhin. Ich nehme Hannos Hand, spüre die Wärme und das Leben darin, bilde mir ein, dass sich seine Finger ganz leicht krümmen und um meine schließen, will es so. Er steht genauso ungläubig vor diesem Desaster wie ich. Dass er sich allein um seinen Vater kümmern muss, war nie vorgesehen. In meiner Vorstellung ist

Carl immer vor mir gestorben, es war der natürliche Lauf der Dinge, Carl stirbt, Hanno kehrt zurück, und alles renkt sich wieder ein in dieser vollständig ausgerenkten Familie. Wir hätten geredet und alte Fotos angesehen, Hanno als Neugeborener, Hanno als Baby, Hanno als Dreijähriger mit Lederhosen und Wanderstock, Hanno und Carl im Stadion, wie sie die Augen im Konfettiregen zusammenkneifen und die Flocken mit der Zunge auffangen. Seine ganze Kindheit ist in den Alben, und wir hätten sie durchgeblättert, Kommunion, Firmung, Zeltlager, dann werden die Bilder weniger, und er verschwindet aus den Alben, so wie er dann tatsächlich irgendwann verschwunden ist.

Ein Gefühl, eigentlich zwei: Trauer, Hilflosigkeit.

Ich lasse Hannos Hand los, es ist keine Einbildung, dass sie leicht zittert und ich sie nicht halten kann in meiner Körperlosigkeit, die nicht mehr ist als Luft, ein Wabern, eine Verwirbelung der Atmosphäre dicht über dem Boden.

Auf meinem Grab läuft ein Käfer, ich mag gar nicht hinsehen.

ZWEI

Hanno geht um den Grabhügel herum, um das Kreuz zu richten, das zu locker in der trockenen Erde sitzt. Mit beiden Händen stemmt er sich auf die vertikale Latte und drückt sie etwas tiefer hinein, dann häuft er Erde um den Schaft und klopft sie fest, prüft den Stand des Kreuzes, indem er vorsichtig daran ruckelt. Das Unfertige behagt ihm nicht. Er weiß, dass die Erde sich setzen und verdichten muss, damit der Grabstein später sicher steht, aber er wünscht sich das Fundament, die Einfassung, den Stein schon jetzt. Zu locker der Untergrund, in dem seine Mutter liegt. Er geht in die Knie und sammelt die welken Blüten auf, steckt sie in die Tasche, schiebt die herumliegenden Lehmbrocken zusammen, die wie gebacken scheinen und unter dem leichtesten Druck seiner Finger zerbröseln.

»Was fummelst du denn da die ganze Zeit rum?«, ruft sein Vater.

»Nichts, wir können gleich los.«

Auf dem Rückweg sind alle schweigsam. Susanne schiebt den Rollstuhl, Hanno zerpflückt die Friedhofsblüten in der

Tasche und streut sie in regelmäßigen Abständen auf den Weg. Sie reichen bis zum Gartenzaun, nur das letzte Stück zum Haus bleibt frei, die Einfahrt, der Treppenabsatz, die ersten Meter des Flurs. Während er sich auf der Gästetoilette die Hände wäscht, bringt Susanne seinen Vater in den Garten und deckt den Tisch fürs Mittagessen.

Jeden Morgen kommt sie und geht erst am Abend, wenn alles erledigt ist. Wie ein Kind hat er am ersten Abend geweint, sein Vater sauber im Bett, Lupus versorgt, die Gläser vom Tisch geräumt und gespült, das Haus gelüftet, der Geruch von Zitrusreiniger in Bad und Toilette, die Waschmaschine in träger Rotation, ein sanftes *Wusch Wusch* als einziges Geräusch. Er hat sich erlaubt, danebenzustehen und alles geschehen zu lassen. Susanne hat es ihm erlaubt. Kein Wort, keine Andeutung, dass es ihr zu viel sein könnte, keine Geste des Unwillens angesichts des Schmutzes und der Verwahrlosung. Kein einziges Mal: Es reicht jetzt. Aus Höflichkeit hat er protestiert, ganz schwach, ganz leise, sie müsse das nicht tun, er schaffe das allein, aber das eine stimmt so wenig wie das andere, sie muss es tun, er schafft es nicht allein, und er will, dass sie kommt, jeden Morgen, und bleibt bis zum Abend.

Er sieht ihr gerne zu; kein Zweifel in dem, was sie tut, kein Zögern, wenn sie in die Knie geht, den Arm seines Vaters über ihre Schulter legt und mit ihm aufsteht, eine fließende Bewegung, wie sie ihn in das heiße Wasser gleiten lässt, ohne selbst auch nur einen Spritzer abzubekommen. Hannos Ekel vor dem Körper seines Vaters scheint ihr völlig fremd. Sie fasst ihn an, wenn es nötig ist, macht sauber, was sauber gemacht werden muss. Eine Kleinigkeit, kaum der Rede wert. Offensichtlich hat sie bei der Pflege ihrer Mutter schon alles und Schlimmeres gesehen. Die fremde Scheiße auf der Haut tut ihr nicht weh, ganz leicht lässt sie sich mit einem Feuchttuch abwischen, das Susanne aus dem Spender neben der Toilette zieht. *Babylove Sensitive, parfümfrei, mit Panthenol zur besonders sanften Reinigung und Pflege des Windelbereichs.*

Vielleicht geht alles leicht, wenn man Susannes Leben gelebt hat. Aus den Telefonaten mit seiner Mutter erinnert Hanno sich vage an Susannes Geschichte, alle paar Wochen die Berichte aus dem heimischen Katastrophengebiet, Hitzesommer, Einbruchserie, Mückenplage, und irgendwo dazwischen die Schicksale von Jürgen und Karin. Zwei Meldungen unter vielen. Selbstmord und Krebs. Susanne spricht nicht darüber, und er fragt nicht nach, weil er Angst hat, sie mit einem falschen Wort zu vertreiben. Die Verhältnisse zwischen ihnen sind noch zu fragil, keiner weiß, was er am anderen hat, ob Susanne am nächsten Morgen wiederkommt oder er selbst von einem auf den anderen Tag verschwindet. Sicher ist nur der Moment; dass sie da ist, als er nach dem Händewaschen die Terrasse betritt, und frische Gläser auf dem Tisch verteilt.

»Wasser?«

»Ja, gerne.«

Sie schenkt ihm ein, am Ausguss der Karaffe ist ein Stück abgesplittert, sodass das Wasser ungleichmäßig in sein Glas plätschert.

»Wie war es für dich auf dem Friedhof?«, fragt Susanne.

»Unangenehm.«

»Sei froh. Wenn es nicht unangenehm wäre, müsstest du dir Gedanken machen.«

Hanno nickt. An der Absplitterung ist das Glas milchig, und er kann mit dem Finger darüberfahren, ohne sich zu schneiden.

»Bleibst du noch ein bisschen? Ich wollte gleich in den Baumarkt, ein paar Sachen holen«, sagt er.

»Ja, natürlich.«

»Ich würde dann jetzt schnell fahren.«

»Lass dir Zeit. Das Essen braucht sowieso noch.«

Wie transparente Korridore öffnen sich die Freiräume, die Susanne ihm ermöglicht, in beide Richtungen. In die Vergangenheit, weil er endlich zusammenhängend an seine Mutter denken kann, in die Zukunft, weil ihm plötzlich wieder Dinge einfallen, die erledigt werden müssen. Die Karaffe hat ihn daran erinnert. Ein winziger Makel, der zwar die Funktion nicht beeinträchtigt, aber die Zeit als eine Kraft benennt, die die Dinge anhaut und beschädigt. Das ganze Haus hat solche Macken: Absplitterungen, Dellen und Risse, gebrochene Bodenleisten, Schiefstände, Kratzer. Nichts davon ist strukturell, das meiste erst auf den zweiten Blick zu erkennen. Am Telefon sprach seine Mutter regelmäßig davon, wie viel Arbeit das Haus mache, ständig sei irgendwas, um das sie sich kümmern müsse. Hanno spürte die Bedürftigkeit in ihrer Stimme, eine Not, die er bestätigen sollte, aber er schwieg, wollte nichts wissen von irgendwelchen Mängeln. Die Vorstellung, das Leben seiner Mutter könnte nicht stabil sein, war ihm zuwider, warum belästigte sie ihn damit, statt ihm aus der Entfernung wenigstens diese Sorge zu nehmen. Jedes Mal regte sich ein fast kindlicher Widerwille in ihm, wenn sie von dem Haus sprach. Es sei so groß, so leer. Es gebe Ecken, in denen sie seit Jahren nicht gewesen sei, Gott allein wisse, wie es da aussehe, sie befürchte das Schlimmste. Hanno schwieg, hörte zu, wie seine Mutter über das Haus sprach und eigentlich sich selbst meinte.

Das Leben einer Erwachsenen, angehauen und beschädigt von der Zeit.

Hanno geht ins Arbeitszimmer, wo er für den Baumarkt 100 Euro aus der Geldkassette im Schreibtisch seines Vaters nimmt. Das Gefühl, einen Diebstahl zu begehen, ist noch da, eine Mischung aus Erregung und Scham, aber bereits schwächer als vor drei Tagen, als er die Schublade zum ersten Mal geöffnet hat. Hanno weiß, wie man stiehlt. Man zögert nicht. Man schaut sich nicht um, geht direkt zum Schreibtisch und nimmt das Geld heraus, steckt es in die Hosentasche, verlässt das Zimmer. Man stiehlt, als würde man nicht stehlen. Als Kind ist es ihm besser gelungen, obwohl die Angst damals viel größer gewesen sein muss, die reale Gefahr, von seiner Mutter erwischt zu werden, wenn er sich in der Mittagspause ins Arbeitszimmer schlich und einen Schein von ganz unten nahm. Nie mehr als 10 Mark, damit es nicht auffiel. Die Dinge, die er sich davon kaufte – Comics, Eis, Süßigkeiten, Panini-Bilder –, genoss er ohne Reue, sie waren durch das Risiko verdient. Vielleicht kommt sein schlechtes Gewissen daher: dass er sich keiner Gefahr mehr aussetzt, wenn er das Geld nimmt, niemand mehr, der ihn zur Rede stellen könnte, keine Konsequenzen. Dabei stiehlt er nicht im eigentlichen Sinne. Die ersten Einkäufe hat er noch von seinem eigenen Geld bezahlt, Essen, Windeln, Hundefutter, jetzt hat er nichts mehr. Keine zwei Wochen, und ein halbes Arbeitsleben ist nichts mehr wert. Hanno schließt die Schublade ab und steckt den Schlüssel in die Hosentasche. In der Kassette liegen von den ursprünglich 2000 Euro noch 1750 in Fünfzigern und Hundertern. Wenn das Bargeld aufgebraucht ist, wird er eine Kontovollmacht beantragen müssen, bis dahin kein Gedanke an das bürokratische Monstrum, das ihn erwartet. Die unmittelbare Notwendigkeit ist eine andere, er muss Spachtelmasse besorgen, Farbe, Pinsel, einige andere Kleinigkeiten.

***

Er beginnt im Keller und entfernt die Dübel aus den sechs Bohrlöchern in der Wand neben der Tür. Die Lochränder sind ausgefranst und erweitert, die Dübel abgeknickt und gebrochen. Etwas muss mit Gewalt aus der Wand gerissen worden sein, eines der verzinkten Metallregale, die den Keller rundherum auskleiden. Hanno stellt es sich vor, wie seine Mutter aufschreit und zurückspringt, während das Regal krachend zu Boden schlägt. Einmachgläser zerplatzen, der Geruch von Himbeeren und Essig, Gurken, Zwiebeln, Marmeladen. Die Ernten mehrerer Sommer vernichtet, diese optimistische Arbeit, Obst und Gemüse einzukochen, zu sagen, irgendwann werden wir die Gläser öffnen und das Obst essen, in ein paar Jahren vielleicht, wenn die Zeiten schlecht sind, aber die Zeiten werden weniger schlecht sein, weil wir die Gläser haben, die unten im Keller stehen. Hanno befeuchtet das Innere der Löcher mit etwas Wasser, füllt die Spachtelmasse ein und streicht sie mit dem Spachtel glatt. Die dunklen Flecken auf dem Boden, wo die Einweckflüssigkeit in den Beton gezogen ist, weicht er mit einem Gemisch aus Wasser, Gallseife und Betonreiniger ein, dann geht er nach oben und tauscht in der Küche die Scharniere am Schrank neben der Spülmaschine aus. Hier hat seine Mutter einen Schwächeanfall erlitten, nein, keinen Schwächeanfall, eine kurze, akute Müdigkeit, die Kräfte entflogen ihr für eine Sekunde, und sie musste sich auf der Schranktür abstützen, um den Schwindel zu überstehen. Ein Knacken, und die Tür hing schief in den Angeln, schloss nicht mehr richtig. Ein angebrochener Flügel. Hannos Blick folgt dem Blick seiner Mutter durchs Küchenfenster, welche Jahreszeit, Spätherbst, Winter, im Garten kahle Äste und braunes, feuchtes Laub, vielleicht der erste Schnee. Nachdem er die Scharniere geölt hat, schließt die Tür wieder sanft und geräuschlos. Sanft und geräuschlos die Schritte seiner Mutter, um seinen Vater nicht zu wecken, auf Zehenspitzen zurück in ihr erstes Leben, in die Erinnerung an das Leben vor der Krankheit, das sie sich so sehnlich zurückgewünscht haben muss. Nicht ständig zu beobachten. Nicht ständig beobachtet zu werden. Allein in ihrem Zimmer sein, das Fenster öffnen, sitzen und atmen. Mit Holzleim klebt Hanno die Leiste an den Nähtisch, die sich an einem Ende gelöst hat, im Bad tauscht er eine gebrochene Fliese aus, überstreicht die Abriebspuren des Rollstuhls an der Wand im Flur mit weißer Farbe. Das Rangieren in dem engen Schlauch ist nicht einfach, Hanno hat es selbst erlebt, immer wieder bleibt man an derselben Stelle hängen. Ein Rucken, ein Scharren, eine plötzliche Wut auf seinen Vater, der ihnen das alles zumutet. Auch seine Mutter musste erst lernen, mit dem Rollstuhl umzugehen, nicht nur mit den Händen, sondern mit dem ganzen Körper zu steuern. Kleine, vorausschauende Manöver, mit denen man den Rollstuhl durch enge Stellen und über unwägbares Gelände dirigiert, die kurze Befriedigung, wenn etwas gelingt, dann direkt das nächste Scheitern, die nächste unerwartete Krise. Im Ehebett sind auf der Seite seines Vaters zwei Federholzleisten gebrochen. Als die Beine seines Vaters immer schwächer wurden, muss er seiner Mutter einmal aus den Armen gerutscht und schwer auf das Bett gestürzt sein. Das Gefühl, dass der Mensch ihr entgleitet und sie ihn nicht halten kann, zeitlupenhaft sein Verschwinden aus der

Welt, fast geräuschlos das Abblättern der Erinnerungen, umso lauter das Krachen und Splittern der Holzleisten, als er mit seinen ganzen zwei Zentnern auf dem Rost landet. Hanno zieht die Matratze herunter und entfernt die gebrochenen Leisten. Im Baumarkt hat er sich zwei Bretter auf die entsprechende Größe zuschneiden lassen, ein Provisorium sicherlich, irgendwann wird er den Lattenrost komplett austauschen müssen. Er wuchtet die Matratze zurück und legt sich zur Probe darauf, die Kuhle ist verschwunden, der Unterschied im Härtegrad zwischen den neuen Brettern und den alten Leisten nicht zu spüren. Eine Trägheit erfasst ihn, es ist die Trägheit seiner Mutter in den wenigen Momenten, wenn die wie Zahnräder ineinandergreifenden Pflichten und Notwendigkeiten plötzlich zum Stillstand kamen, und er bleibt noch eine Weile liegen, schließt die Augen, Kratzer und Risse in der Dunkelheit, Abriebspuren.

Länger bleiben.

Der Gedanke kommt ihm nicht zum ersten Mal. Die Reisetasche ganz auspacken (immer noch liegen ein Satz Unterwäsche und ein paar Socken darin), Zahnbürste und Deo nicht mehr jeden Abend in die transparente Plastiktüte zurückstecken, in der er sie mitgebracht hat, einen Zahnputzbecher kaufen oder ein Glas aus dem Küchenschrank nehmen und auf die Ablage über dem Waschbecken stellen, das Provisorium beenden, sich einlassen, bleiben. In all den Jahren, an all den Orten hat er nie so weit gedacht. Unvorstellbar. Die Existenz seiner Eltern in diesem Haus schien ihm ewig, er hatte dort nichts zu suchen, sein Platz war anderswo (wo?), überall, nur nicht dort in dieser paralysierten Welt, aus der er nicht ohne Grund so früh geflohen war. Jetzt, auf dem Bett seiner Eltern, den Blick auf einen Wasserfleck an der Decke gerichtet, fragt er sich, ob es eine Niederlage wäre, zurückzukehren. Ob es ein Sieg wäre, so weiterzuleben wie bisher, in die Tage hinein und wieder heraus, sie weiter zu durchreisen, ohne eine Spur zu hinterlassen, immer noch mehr Stationen anzuhäufen, Einzimmerwohnungen, Jobs, flüchtige Bekanntschaften. Nie schreibt er seinen Namen auf ein Klingelschild. Keine Bilder an den Wänden, keine Fotos, nichts Persönliches. Ab und zu ein Bier mit einem Kollegen, ab und zu mit einer Frau im Bett, bei ihr, nie bei sich, damit er am Morgen nicht sprechen muss und nach dem Sex durch die dunkle Stadt gehen kann, verlangsamt von der körperlichen Anstrengung, die Luft als Substanz viel deutlicher auf der Haut als sonst. In Hamburg, wo er eigentlich immer noch lebt, hat er seine Wohnung zuletzt kaum noch verlassen. Er hörte die Nachbarn hinter den dünnen Wänden, arbeitete in der Frühschicht von sieben bis fünfzehn Uhr, kaufte danach im Supermarkt ein, beim Abendessen sah er aus dem Fenster. In einer überdimensionalen Industrieanlage goss er Paraffinwachs in große Blöcke. Im Supermarkt ging er zu der Kasse, an der die Aushilfen saßen, jede Woche ein anderes Mädchen, das ihm nicht in die Augen sah. Die Nachbarn schliefen donnerstags nach dem *heute journal* miteinander, unter seinem Fenster der Hof, der Mülltonnenkäfig, ein Rasenstreifen zur Straße hin.

Hanno wendet den Blick von der Decke ab und betrachtet die gebrochene Fußleiste, die er noch reparieren muss. Wenn er länger bleiben soll, wird es mit kleinen Ausbesserungen nicht getan sein. Er hat genug davon, vormöbliert zu leben, ein Gast in den Räumen anderer Besitzer, von Tellern zweiter Wahl zu essen, blindes Geschirr, Blümchenmuster, Besteck, das nicht zusammenpasst. Die Zimmer gegen jeden Instinkt geschnitten; die Betten zu schmal, als wollten sie ihn nicht haben.

Es ist noch früh, genug Tag übrig, um mit der Arbeit zu beginnen. Hanno geht in sein Zimmer und fängt an, Wechselbettwäsche und Winterdecken aus dem Kleiderschrank zu räumen, schraubt die Scharniere an den Türen ab, entfernt die Einlegeböden, schlägt die Kleiderstange heraus. Die Konzentration fällt ihm leicht, weil Susanne da ist und sich um seinen Vater kümmert. Waschen, frisch machen, anziehen, alles übernimmt Susanne, versorgt den Hund, frühstückt mit seinem Vater, räumt den Tisch ab und stellt die Maschine an, bevor sie mit ihm spazieren geht, Lupus folgsam an ihrer Seite, eine Einkaufstasche seiner Mutter über der Schulter, das Steuern des Rollstuhls so selbstverständlich, als habe sie nie etwas anderes getan. Hanno spürt, dass es ihr guttut. Die Zeit allein mit seinem Vater verleiht ihr eine Energie, die am Anfang nicht da war, verschwunden die leichte Trägheit, die Hautfarbe gesünder von den Spaziergängen an der frischen Luft, die Bewegungen fast ungestüm, wenn sie zurückkommt und die Haustür mit einer Vehemenz aufstößt, dass Hanno die Haare flattern. Ein frischer Wind, Bittermandel und Jasmin. Natürlich hat er bemerkt, dass sie seit Kurzem ein Parfüm benutzt.

Hanno hält inne, die Kleiderstange in der Hand, und betrachtet sein altes Bett, ein Relikt, ein Saurierskelett, dieser Ort, an dem sie einmal zusammen waren. Wenn er das Zimmer ausgeräumt, den Boden abgeschliffen und die Wände frisch gestrichen hat, wird er ein neues Bett kaufen. Er wird es unter dem Fenster aufstellen, dazu ein paar selbst gebaute Regale, ein Tisch, ein Stuhl, danach wird er das Bad neu fliesen und die Armaturen austauschen, wird sich von oben nach unten durcharbeiten, ein Zimmer nach dem anderen, bis das Haus fertig ist und er die Frage beantworten kann, ob es möglich sein wird, zu bleiben.

DREI

Die Ordnung kehrt ins Haus zurück, ein Ablauf, Licht.

Wenn Susanne morgens kommt, öffnet sie zuerst alle Vorhänge, die Hanno am Abend geschlossen hat, zieht sie hart bis zum Anschlag zurück, dass die Gleiter in den Schienen surren und das Licht sich in die Räume ergießt, unerschöpflich der Vorrat an Licht, bis das Haus voll ist davon und sie sich an die Arbeit machen kann.

Susanne räumt die Spülmaschine aus, kocht Kaffee, bereitet das Frühstück vor. Croissants und Milchbrötchen von der Bäckerei Kramm, Frischkäse, Erdbeermarmelade, eine Schale mit grünen Oliven, die Herr Holtz mit bloßen Fingern herausfischt und immer wieder fallen lässt. Susanne legt die rot-weiß karierte Serviette unter die Schale, richtet sie parallel zur Tischkante aus.

Sie weiß alles besser als Hanno.

Wann Herr Holtz isst, was Herr Holtz mag, welche Medikamente er einnehmen muss. Die Tabletten und Pillen in der länglichen Plastikschale haben unterschiedliche Farben. Zwei hellblaue, eine grün-weiße, eine rote am Morgen, eine hellblaue und zwei weiße am Abend. Die Jahre am Fernglas zahlen sich jetzt aus. Sie hat keine Mühe, die richtigen Pillen auszuwählen, legt sie in einer Reihe auf den Teller von Herrn Holtz, daneben ein Glas stilles Wasser, zur Hälfte gefüllt. Hanno kommt ins Zimmer und sieht ihr zu, wie sie das Milchbrötchen für Herrn Holtz aufschneidet und dünn mit Frischkäse und Marmelade bestreicht.

»Woher weißt du das alles?«, fragt er.

»Was?«

»Wo alles ist. Was man tun muss.«

»Ich war oft hier, als deine Mutter noch gelebt hat. Wir waren gut bekannt. Nicht wahr, Lupus?«

Der alte Friede hält. Sie streckt die Hand aus, und Lupus kommt zu ihr, leckt ihr die Finger, trollt sich zu seiner Decke, die Susanne alle drei Tage mit dem Teppichklopfer im Garten ausklopft, wie Sylvia es seit Februar 2009 getan hat.

»Du musst das nicht machen. Bestimmt hast du drüben genug zu tun.«

»Nein, kein Problem.«

»Danke. Wirklich.«

Hannos Erleichterung ist eine Wolke, aufsteigend, aufsteigend. Seine schwachen Versuche, ihre Hilfe abzulehnen, ignoriert sie vom ersten Tag an. Er meint es nicht so. Es ist offensichtlich, dass er sie braucht, die Vorgänge sind ihm unbekannt, ständig zögert er, weil er nicht weiß, was und wo und wie, jeder Handgriff stochert im Nebel, probiert sich erst aus. Alles ist neu für ihn. Als er das Haus nach der Fachhochschulreife verließ, Juni 1990, war Herr Holtz noch kerngesund. Es gab keine Rampe, keinen Treppenlift, keinen Hund, der versorgt werden musste. Die DDR gab es noch, gut drei Monate lang. Am 3. Oktober öffnete Herr Holtz eine Flasche Sekt und trank sie im Stehen auf der Terrasse, nachdem er Sylvia im Wohnzimmer ein Glas eingeschenkt hatte.

Susanne erinnert sich, wie er die Flasche mit einer Hand am Hals fasste, undenkbar, dass ihm das heute noch gelänge, wo er schon Mühe hat, ein Schnapsglas zu halten. Zwei kleine Schnäpse bekommt er am Morgen, damit er beim Frühstück nicht zittert. Susanne schenkt ein, knapp unterhalb der roten Markierung. Die Flasche hat sie zusammen mit anderen Dingen im Supermarkt gekauft. Sie traut sich wieder hin, nachdem sie mit dem Marktleiter gesprochen hat, ein unangenehmes Gespräch, weil sie keine Entschuldigung für ihr Fehlen hatte, keine Begründung, bis der Marktleiter selbst vorschlug, rückwirkend für ihre Fehltage sowie für die nächsten drei Wochen ihren Jahresurlaub zu verwenden.

»Nur weil Sie schon so lange bei uns sind, Frau Dreyer.«

An der Kasse saß Doris und betrachtete sie mit einem sorgenvollen Blick, während sie die Artikel über den Scanner zog.

»Wo warst du, Schätzchen? Wir haben dich vermisst.«

»Ich hatte zu tun.«

»Was kannst du denn zu tun haben?«

»Ich muss einem Freund helfen.«

»Ein Freund, soso.«

Doris scannte die Schnapsflasche und schwenkte sie demonstrativ durch die Luft.

»Seine Mutter ist gestorben.«

»Oh, das tut mir leid.«

»Schon gut.«

»Wann kommst du wieder?«

»Ich weiß nicht. Ich habe jetzt erst mal Urlaub.«

»Und nächste Woche Bowling?«

»Mal sehen. Ich kann da schlecht weg.«

»Denk dran, ich brauche dich. Letztes Mal war eine Katastrophe.«

»Okay.«

Susanne nahm den letzten Artikel vom Laufband, und Doris berührte ihre Hand.

»Ist alles gut bei dir?«

»Alles gut. Du musst dir keine Sorgen machen.«

Der Frühstückstisch ist gedeckt. Susanne schraubt die Flasche zu und stellt sie in den Küchenschrank zurück.

»Ich geh mal nach oben und hol deinen Vater.«

»Soll ich das nicht machen?«

»Nein, schon in Ordnung.«

Es ist gleich halb acht, und Herr Holtz funktioniert wie ein Uhrwerk.

Es hat sich eingebürgert, dass Susanne bei ihm ist, wenn er morgens aufwacht, in den letzten Minuten eines tiefen Schlafs, aus dem er auch jetzt wieder auftaucht, kräftige Schwimmzüge zur Oberfläche, die Arme in Bewegung, die Hände und Finger überstreckt, heraus aus dem Traum, den er in den letzten Minuten durchschwommen hat. Susanne nimmt einen Stuhl und setzt sich zu ihm. Es erstaunt sie immer noch, wie er im Schlaf das Alter abstreift, als sei es nur eine Hülle, die er beim Gleiten durch die Nacht verliert. Ein viel jüngerer Mann liegt da, ruhig und stabil wie ein geübter Schwimmer, die Gesichtszüge entspannt, der Mund geschlossen, kein Hinweis auf seinen tatsächlichen Zustand, den Susanne aus den Unterlagen kennt. Eine dicke Mappe, Arztbriefe, Laborergebnisse, MRT-Aufnahmen. Infolge seiner Alzheimer-Erkrankung befindet sich Herr Holtz im Übergang vom mittleren ins fortgeschrittene Stadium der Demenz. Er leidet unter einer Schädigung der Spiralnerven im Bereich des Plexus sacralis, dadurch bedingt motorische Lähmungen der Hüftstreckmuskeln, Kniebeuger und aller Unterschenkel- und Fußmuskeln. Eine altersbedingte Makuladegeneration hat sein Sehvermögen stark eingeschränkt, der systolische Blutdruck ist mit hundertfünfzig mmHg erhöht. Im linken Knie wurde ein Enchondrom diagnostiziert, dazu die degenerativen Veränderungen der Bandscheiben und Halswirbelsäule, Arthrose, Rheuma, Harninkontinenz.

Herr Holtz geht kaputt.

Susanne muss nur warten.

Sie kennt den Vorgang, es beginnt mit einem Zucken des linken Augenlids, dann die leichte Unruhe im Oberkörper, als ginge eine Welle hindurch. Ganz plötzlich reißt er die Augen auf. Im ersten Schock sind sie klar und fokussiert, erfassen für den Bruchteil einer Sekunde, wer sie ist, halten ihren Blick, bevor sie sich eintrüben. Sein Atem beschleunigt, der Brustkorb hebt und senkt sich krampfhaft, eine Art Panik, aber auch diese gedämpft vom Nebel der Demenz. Dunkle, unklare Objekte, unscharfe Erinnerungen, die nicht näher kommen. Aus dem Bett heraus greift er mit einer zitternden Hand ins Leere. Verloren das Maß für Entfernungen, selbst die Himmelsrichtungen stimmen nicht mehr.

Was einmal dort war, ist nicht mehr hier.

Susanne nimmt die Hand und legt sie zwischen ihre schmalen, viel kleineren Hände. Sofort lässt das Zittern nach, und seine Atmung beruhigt sich, der Kopf, im Nacken verdreht und mühsam vorgestreckt, sinkt aufs Kissen zurück. Eine Weile sitzen sie so, während es draußen heller wird. Die Hand von Herrn Holtz ist schwer, Susanne kann sie kaum halten. Im Fernglas gab es dieses Schwere nicht, leicht und folgenlos war es, am Fenster zu stehen, Dunkelheit um sie herum, ein einziger Schritt zur Seite genügte, um hinter dem Vorhang zu verschwinden. Nicht zu greifen die Dinge und Menschen dort draußen, obwohl sie ihr im Fernglas überlebensgroß vor Augen standen. Ein Tisch, ein Stuhl, Sylvia, Lupus. Menschen und Möbel wie aus einem Traum. Susanne hatte heranzoomen und die feinen Risse im Holz des Tisches erkennen können, ohne zu wissen, wozu ein Tisch gut war. Die Dinge hatten ihre Funktion verloren, die Menschen ihre Identität. Es war Sylvia gewesen dort am Tisch, neben einem Stuhl stehend, und doch nur eine Person, die diese Bezeichnung trug.

Lupus, ein Wesen, man nannte es Hund.

»Haben Sie gut geschlafen?«, fragt Susanne.

»Ist es schon Abend?«

»Halb acht. Morgens.«

»Muss ich zum Termin?«

»Nein, keine Termine mehr.«

»Wenn Volz den Vorsitz hat, dann Gnade uns Gott. Das ist ein Schleifer, ein Menschenfresser, der kennt keine Gnade, der will nur strafen.«

»Mit dem werden Sie schon fertig.«

»Ja?«

»Sie müssen nur erst mal was frühstücken, sonst wird das nichts.«

Susanne schlägt die Decke zurück und betrachtet ihn lange, den Körper im blauen Schlafanzug, die nackten Füße, die manchmal leicht zucken, die unsicheren Augen. Riecht an ihm, ohne dass er es merkt.

»Mir ist kalt.«

Susanne nickt abwesend. Der starke Ammoniakgeruch des Urins erinnert sie an ihre Mutter, wenn sie zu wenig getrunken hatte. Sie nimmt das Wasserglas vom Nachttisch und hält es Herrn Holtz so hin, dass er es gerade nicht erreicht. Sein ausgestreckter Arm zittert, der Mittelfinger berührt das Glas, bis sie es wegzieht. Er hat Durst, ihm ist kalt. Susanne stellt das Glas ab und zieht ihm die Schlafanzughose herunter, öffnet und entfernt die alte Windel, reinigt ihn, macht ihn wieder frisch, hilft ihm auf, bis er im Bett sitzt, zieht ihm den Schlafanzug aus und die Tagessachen an, stellt den Rollstuhl parallel zur Bettkante, fixiert die Bremsen. Während sie seine Beine mit den Knien sichert, verschränkt Herr Holtz die Arme vor der Brust und umfasst seine Ellenbogen. Susanne schiebt ihre Hände unter seinen Achseln hindurch, legt sie auf seine Schulterblätter, ein kurzes Innehalten, bevor sie leicht Druck gibt. Herr Holtz beugt sich nach vorne, im selben Augenblick zieht sie an, eine fließende Bewegung, wie sie sich gemeinsam aufrichten und die Vierteldrehung zum Rollstuhl ausführen, ohne an den Armlehnen hängen zu bleiben.

Beim Frühstück sitzen sie an den entgegengesetzten Enden des Tisches und spiegeln ihre Bewegungen. Führen gleichzeitig die Tassen zum Mund, sie mit der linken, Herr Holtz mit der rechten Hand, setzen die Tassen ab, greifen zum Brötchen. Auf die Kristallvase, die Sylvia jeden Sonntag mit frischen Blumen aus dem Garten in die Mitte des Tisches stellte, hat Susanne verzichtet. Sie braucht freie Sicht auf Herrn Holtz, der eine Olive aus der Schale nimmt und wie etwas Fremdes betrachtet, obwohl er seit knapp fünfzehn Jahren Oliven zum Frühstück isst. 2003 eröffnete das mediterrane Feinkostgeschäft in der Fußgängerzone. Im selben Jahr ließ sich Herr Holtz für acht Monate einen Vollbart stehen, den er erst kurz vor Weihnachten wieder abnahm. 1997 trug er von Rosenmontag bis Karfreitag einen bleistiftdünnen Strich über der Oberlippe, ein Überbleibsel seiner

Verkleidung als Mafioso, die er auch 2001 noch einmal in leicht veränderter Form wiederholte, mit einem roten anstelle eines blauen Einstecktuchs in der Anzugtasche.

Es gibt so viele von ihm.

Herr Holtz als Mafioso, Herr Holtz als Scheich, Herr Holtz als Oliver Hardy, Herr Holtz in Wanderstiefeln und Sylvias Morgenmantel, wie er die blonde Perücke mittig scheitelt und den Lippenstift mit dem Handrücken verwischt. Herr Holtz mit einem prächtigen Federschmuck; dreißig Zentimeter lange, leuchtend blaue und rote Federn, aufgestellt und wippend wie ein Hahnenkamm, Stickereien auf dem Stirnband, Perlenketten, über die Schläfen herabhängend. Herr Holtz, der den Tomahawk zwischen die Zähne nimmt und mit den freien Händen Sylvias Taille umfasst. Es gibt diese Berührungen zwischen den beiden, Momente der Nähe, immer weniger mit den Jahren. 1987: Herr Holtz trägt Sylvia nackt aus dem Bad und setzt sie auf den Tisch im Nähzimmer. 1988: Herr Holtz und Sylvia bleiben am Ostersonntag bis halb elf im Bett, braun gebrannt vom Kurzurlaub auf Teneriffa, die Unterleiber leuchtend weiß und träge. 1989: Herr Holtz liegt unten, kaum zu erkennen zwischen den Kissenbergen und klumpigen Oberbetten, es ist Sylvia, die macht und tut und den Kopf in den Nacken wirft. 1992: Sie versuchen es noch einmal, aber Herr Holtz dreht sich weg, bleibt mit dem Gesicht zur Wand liegen, bis Sylvia aufsteht und das Schlafzimmer verlässt.

Die verschiedenen Körperbilder: Herr Holtz zusammengerollt auf dem Bett, Herr Holtz fast platzend vor Kraft, in Unterwäsche und mit nackten Waden im Schnee, Herr Holtz im Rollstuhl, die Lefzen hängend, ein Hundegesicht. Der Oberkörper abgerutscht und eingefallen, die ausgeprägte Beinmuskulatur der früheren Jahre verkümmert

(Herr Holtz als Wanderer: olivgrüne Kniebundhosen, Hosenträger, Karohemd), Bauch und Gesäß aufgeschwemmt, sich überlappende Schichten, das gute Essen, der Alkohol.

Herr Holtz als Trinker.

Eine ganz eigene Kategorie in Susannes Ordnung, die Momente des Kontrollverlustes, wenn Herr Holtz seine Grenzen überschreitet und fällt. 2005: Herr Holtz steht im Garten und uriniert in seine hellgraue Trainingshose, die Flüssigkeit breitet sich aus und färbt den Stoff dunkel, rinnt an seinem Bein herab, während er ungerührt weitertrinkt. 1999: Herr Holtz stürzt in den kleinen Beistelltisch neben der Terrassentür und bricht sich das Handgelenk. 1990: Herr Holtz schlägt Hanno mit der flachen Hand ins Gesicht. Es ist der Tag, an dem Hanno geht und nicht wiederkommt, Herr Holtz weint, es ist kaum zu erkennen über die Entfernung, nur am Zittern des Oberkörpers, der nicht aufhören will zu zittern.

Herr Holtz verschluckt sich am Brötchen.

Sie sind alle da, seine Versionen im Fernglas, eine Sammlung über dreißig Jahre hinweg. Abertausende. Herr Holtz liegend, stehend, sitzend, essend, trinkend, schlafend, lachend, lesend, zweifelnd, hadernd, streichelnd, schreiend, bettelnd, brütend, hämmernd, sägend, singend, saufend, feiernd, putzend, waschend, bügelnd, kniend, kotzend, küssend, flüsternd, atmend, schweigend. Herr Holtz im Garten. Herr Holtz im Frühling, im Sommer, im Herbst, im Winter. Herr Holtz am Morgen, Herr Holtz am Mittag, Herr Holtz am Abend. Herr Holtz, der nachts auf der Terrasse sitzt und raucht, das Gesicht aufglühend bei jedem Zug, wie er stundenlang hinauf zu ihrem Fenster schaut.

Herr Holtz mit rotem Gesicht, der Husten trocken, würgend, bis Hanno aufsteht und ihm auf den Rücken klopft. Susanne sieht ihm den Widerwillen an, wie jedes Mal, wenn er sich gezwungen fühlt, seinen Vater zu berühren.

»Sylvia soll das machen«, krächzt Herr Holtz.

»Das ist nicht Sylvia«, sagt Hanno.

»Natürlich, da sitzt sie doch.«

Mit einem zittrigen Arm zeigt Herr Holtz ungefähr in ihre Richtung, ein Stück nach rechts versetzt, auf die Terrassentür und den dahinterliegenden Garten.

»Das ist Susanne, von nebenan. Karins und Jürgens Tochter. Die kennst du doch.«

»Susanne. Ja. Natürlich kenn ich Susanne. Denkst du, ich bin dumm? Susannchen. Natürlich. Was denkt ihr denn?«

Herr Holtz trinkt den zweiten Schnaps, und sofort wird die Hand ruhiger, ganz sanft stellt er das Glas ab, ohne es wie üblich mehrfach auf den Tisch zu schlagen.

»Die Karin kenn ich doch, den Jürgen auch, die sind ja ständig hier und atmen mir die Luft weg, und Sylvia lässt sie auch noch, statt sie rauszuschmeißen, da drüben haben sie ihr Haus, was ist denn damit, da muss doch auch einer sein.«

»Lass doch, das ist doch ewig her.«

»Sag du mir nicht, was ewig ist. Ich war schon ewig, da warst du noch ein Kind, ein Säugling. Hast an deiner Mutter gehangen wie ein Äffchen.«

»Ich bin da«, sagt Susanne.

»Was?«

»Ich bin drüben. Niemand muss sich Sorgen machen.«

Es stimmt. Sie ist ab und zu noch drüben, geht spätabends, nachdem Herr Holtz im Bett liegt, über den Kiesweg nach Hause, öffnet die Haustür und hängt ihre Jacke an die Garderobe im Flur, geht in ihr Zimmer und legt sich ins Bett, schläft ein paar traumlose Stunden und kommt frühmorgens wieder, räumt die Spülmaschine aus, kocht Kaffee, bereitet das Frühstück vor, füttert Lupus, der geduldig hinter der Tür wartet, bevor er zu seinem Napf trottet und laut schmatzend zu fressen beginnt.

Niemand muss sich Sorgen machen.

Susanne fährt Herrn Holtz nach draußen in die Sonne, die Decke um Beine und Füße geschlagen, daneben Lupus in Reichweite seiner linken Hand, Herr und Hund, die gemeinsam in die Ferne blicken. Im Obergeschoss zerlegt Hanno die alten Möbel in seinem Zimmer. Er hat die Schränke und Regale ausgeräumt und die Objekte seiner Jugend um sich herum zu Stapeln von unterschiedlicher Höhe aufgetürmt. Wackelige Angelegenheiten. Eine falsche Drehung, und die CDs stürzen ein, ständig die Gefahr, dass die oberen Schichten abrutschen, das Aufflattern der Hefte, wenn Susanne die Tür öffnet und der Durchzug ins Papier fegt. Sie setzt sich auf sein Bett und sieht ihm zu, wie er die alten Schulordner durchblättert, überall seine Kritzeleien, Plattentitel und Liebesschwüre, Mädchennamen, in verästelten Mustern und Zeichnungen, die Schriftzüge seiner Lieblingsbands, Judas Priest, Metallica, Slayer.

»Hier, das bist du.«

Er steht auf und reicht ihr ein Arbeitsblatt, küsst sie auf die Wange, *Gleichgewichts- und Kondensationsreaktion bei der Veresterung*, am unteren Rand ihr Name, der in Kringeln an die chemische Formel eines Carbonsäureesters anschließt, R1-CO-O-R2, rechts oben das Datum, 08.05.1988. Am achten Mai 1988 begann Herr Holtz mit dem Austausch des Rasens. Es war das große Projekt dieses Frühlings, nachdem der Rasen im Winter stark gelitten hatte, drei Tage, in denen er die alte Grasnarbe mit dem Spaten abtrug und den Boden mit Sand auffüllte, bevor er ihn umgrub, glättete und die Samen in weiten Schwüngen auswarf.

Ende Mai zeigten sich die ersten Halme.

Susanne geht nach unten, bleibt in der Terrassentür stehen. Sie spürt Hannos Kuss noch auf der Haut, kaum wahrnehmbar das Krachen aus dem Obergeschoss, wo er die Einlegebretter aus den Regalen bricht, kaum wahrnehmbar die Umgebungsgeräusche, das ferne Rauschen der Stadt, die Singvögel. Der Rasen steht höher als je zuvor, wadenlange Halme, dazwischen Inseln von Klee und Gänseblümchen. Herr Holtz sitzt mit dem Gesicht zum Garten. Von seinem Hinterkopf steht der Haarkranz in Wirbeln ab, der Bartwuchs ist unregelmäßig, rötliche Inseln im grauen Gestrüpp, einzelne, längere Härchen, zwei markstückgroße Löcher auf den Wangen, wo gar nichts mehr wächst. Susanne tritt neben ihn und betrachtet die Leerstellen, die wie von einem speziellen Gerät ausgestanzt scheinen, legt den Zeigefinger auf eine Stelle, streicht über die Haut, fährt im Uhrzeigersinn an den Rändern entlang.

Herr Holtz benötigt eine Rasur.

Susanne fährt ihn ins Haus und mit dem Treppenlift nach oben. Das Gerät läuft nicht mehr ganz rund, ein Quietschen in der Windung des Treppenhauses, das Hanno bei seinen Reparaturarbeiten überhört haben muss. Im Bad öffnet sie das Spiegelschränkchen über dem Waschbecken und nimmt heraus, was sie braucht, Rasiercreme und Pinsel, das Rasiermesser, eine Schale, in der sie die Creme mit dem Pinsel aufschäumt. Sie weiß nicht, wie es richtig geht. Das Bad war für sie durchs Fernglas nicht einsehbar, nur Schatten und angedeutete Bewegungen hinter der Milchglasscheibe, unmöglich, irgendetwas zu erkennen außer der Tatsache, dass sich Menschen dort aufhielten. Eine Täuschung beim Schließen der Spiegeltür: dass Sylvia dort am Waschbecken steht und nicht sie selbst. Sie bindet ein Handtuch um den Hals von Herrn Holtz und beginnt, ihn mit dem Pinsel einzuschäumen. Kreisende Bewegungen, wieder im Uhrzeigersinn, die Konsistenz des Schaums erstaunlich fest, eine Schicht wie Spachtelmasse über seinem reglosen Gesicht. Susanne legt den Pinsel in die Schale, klappt das Messer auf, setzt es an. Ohne Druck gleitet die Klinge mittig durch die große Warze am Kinn.

Das Blut fließt stärker als erwartet.

Ein roter Strom im weißen Schaum, Erdbeer und Vanille, denkt Susanne und schließt die Augen vor der Gleichzeitigkeit aller Dinge.

1986

Savanne

Aus der Höhe des ersten Stocks sind die einzelnen Populationen gut zu unterscheiden. Sie verteilen sich ihren natürlichen Bedürfnissen und Lebensräumen entsprechend im Garten, die Ehefrauen als schillernde Großvögel in der Mitte des Rasens, die Väter-Büffel bei der Wasserstelle längs der Terrasse, wo das Bier aus dem Fass tropft. Ein paar einsame Giraffen schreiten mit gereckten Hälsen unter den Bäumen entlang, Jungtiere – Löwen, Schimpansen, Springhasen – stürzen in staubigen Wirbeln umeinander, ein Marabu mit hängendem Kehlsack und nacktem Kopf senkt seinen Schnabel tief in die Eingeweide eines Grillhähnchens und reißt die essbaren Stücke heraus. Die Geräuschkulisse einer Savanne: rohe Grunzlaute, durchsetzt vom Trillern und Tschilpen der Vögel, sägende Insekten, kaskadenhaft ansteigende Klagerufe.

Hanno steht am offenen Fenster, lauscht und beobachtet, während ihn die Sinneseindrücke wie Luft durchströmen. Es gibt keine Grenze mehr, alles flutet ihn zugleich, ein Rauschen im ganzen Körper, einzelne Teilchen, die sich lösen und davonwirbeln, eingehen in das große Ganze, sodass er nicht weniger wird, sondern mehr. Mehr Licht, mehr Leben. Susannes Geruch hängt noch im Zimmer. Hanno traut sich nicht, daran zu riechen, will sich nicht umdrehen zu seinem Bett, in dem sie gerade noch gelegen hat, fürchtet jeden Gedanken an sie, jede Bewegung, die ihn weiter von ihr entfernt, jede Handlung, die mehr Zeit zwischen ihn und ihren Körper legt. Also bleibt er ganz still. Eine optische Täuschung, wie er da am Fenster steht, äußerlich reglos, obwohl er innerlich in alle Richtungen zugleich will.

Hanno umfasst das Fensterbrett mit beiden Händen, konzentriert sich auf den Garten, wo sein Vater im Kreis von Freunden und Kollegen eine Hand um die Taille seiner Mutter legt, die Ärmel seines weißen Hemdes aufgerollt, das Bierglas locker zwischen drei Fingern. Obwohl er nicht spricht, ruhen alle Augen auf ihm. Man lacht, wenn er lacht, runzelt die Stirn, wenn er sie runzelt, nickt sein Nicken um den Bruchteil einer Sekunde verzögert. Hanno kennt die Souveränität seines Vaters in der Öffentlichkeit. Er scheint allen Umstehenden gleichermaßen zugewandt, eine 360°-Aufmerksamkeit, die jeden einschließt, niemanden zurücklässt.

Und spürt er es nicht selbst?

Selbst hier oben am Fenster, hinter Glas und außerhalb aller Kreise, fällt noch etwas für ihn ab, ein halber Gedanke, ein Schatten, vielleicht nur das Bewusstsein seines Vaters, dass er einen Sohn hat. Ein warmes Gefühl, bedacht zu werden. Hanno schließt die Augen und wendet sein Gesicht zur Sonne, bis er die äußere nicht mehr von der inneren Wärme unterscheiden kann. Er weiß nicht, wie oft sein Vater an ihn denkt. Ob er in seinem Alltag überhaupt eine Rolle spielt oder übersehen wird wie ein Möbel an der Wand, das seit Jahren an derselben Stelle steht. Es wäre seine eigene Schuld. Überall ist er ein Randständiger, in der Schule genauso wie in der Familie. Schwarz verhüllt, damit man die schwächliche Brust nicht sieht und die dünnen Arme und Beine und die blasse, fettige Haut. Das Gesicht hinter den Haaren wegen der Pickel. Der ständig steife Schwanz. Unbegreiflich: dass Susanne ihn angesehen hat und trotzdem zu ihm gekommen ist. Die Hitze schießt Hanno ins Gesicht, und er presst seine Stirn ans Fenster, beobachtet, wie die Tiere im Garten auf dem Rasen zusammenkommen und sich um seinen Vater scharen. Zum Glück kann er Susanne nirgends entdecken. Wenn sie nicht dort unten ist, liegt sie noch hier, in seinem Bett, und er muss sich nur umdrehen und die Hand ausstrecken, um sie zu berühren.

Hanno dreht sich nach rechts, zur falschen Seite, eine instinktive Bewegung, weil sein altes Bett vor zwei Wochen noch dort gestanden hat.

Er hasst es, in dem neuen Zimmer zu leben.

Die Möbel stinken und machen ihm Kopfschmerzen, ständig greift er ins Leere, nachts im Bett, wenn er den Lichtschalter sucht, haut er gegen die nackte Wand. Seine alten Sachen sind im Keller verschwunden. Die Höhlen und Nester, in denen er sich nach der Schule immer zum Lesen verkrochen hat, gibt es nicht mehr. Ausgeraubt, bestohlen von den eigenen Eltern, entführt und an einem unbekannten Ort ausgesetzt. Eine Zahnarztpraxis. Weiß, steril, gleißendes, eiskaltes Licht. Von einem Tag auf den anderen besitzt er nichts mehr, ist der ärmste Mensch der Welt. Die Stimme seiner Mutter, zitternd vor stolz bei der Übergabe:

»Ein solches Zimmer hat keiner von deinen Freunden.«

Wie wahr.

Keiner hat ein solches Zimmer, in dem er auch nach zwei Wochen noch nichts anfasst, keine Fingerabdrücke auf den weißen Flächen, makellos die Scheiben, kein Staub in den Ecken oder unter dem Bett. Hanno hält alles peinlich sauber. Seine Kleidung, die er früher über den ganzen Boden verteilt hat, legt er ordentlich gefaltet in den Schrank, die Jacke hängt er, sobald er das Zimmer betritt, auf einen Bügel an der Innenseite der Tür. Nichts lässt er herumliegen, nirgends macht er es sich bequem. Die Hausaufgaben erledigt er auf der Kante des Schreibtischstuhls sitzend, nachts schläft er mit dem Rücken zur Wand auf einem schmalen Streifen der Matratze. Seine Mutter wundert sich, wie gut er Ordnung hält. Vielleicht glaubt sie, dass er erwachsen wird, sich zu einem selbstständigen jungen Mann entwickelt, dabei will Hanno nur eins: keine Spuren hinterlassen.

Er legt sich aufs Bett und drückt sein Gesicht in das Kissen, auf dem Susanne gelegen hat, atmet ein, bis er nicht mehr kann, hält die Luft, hält, hält, hält noch eine Sekunde länger. Das Zimmer ist ein Tatort, von dem er bis gestern noch unerkannt zu entkommen hoffte, eine Flucht zurück in die Zeit vor dem Umbau des Hauses, als er noch wusste, in welche Richtungen er sich zu drehen hatte. Die Luft entströmt seinen Lungen, und Hanno fragt sich, ob das überhaupt noch geht.

Zurück in sein altes Leben.

Ob er überhaupt noch zurück will, nachdem ihm gerade Susanne passiert ist.

Die Zimmertür reißt auf, und er fährt zusammen.

»Wo bleibst du denn? Ich such dich überall!«

Seine Mutter rudert mit den Armen, hochgezogene Augenbrauen, ein spitzer, farbloser Mund. Hanno hat Mühe, sich aufzurichten. Sein Körper ist nahe der Lähmung, ein angenehmer Zustand, wenn er ihm folgen könnte, liegen bleiben und atmen, während die anderen im Garten ohne ihn feiern.

»Höchste Zeit, es geht los!«

Hanno quält sich hoch und zieht den Instrumentenkoffer unter dem Bett vor, heiß und kalt die Wellen in seinem Körper, während er hinter seiner Mutter die Treppe nach unten hastet.

Im Garten stehen die Gäste in einem ungefähren Halbkreis auf dem Rasen, die Köpfe ihm zugewandt, als er mit seiner Mutter die Terrasse betritt. Aus der Nähe haben sie nichts Tierisches mehr an sich, ganz und gar menschlich sind die von Sonne und Alkohol geröteten Gesichter, gegen den Zigarettenrauch zusammengekniffene Augen, einzelne Fäden, die aufsteigen, ohne sich in der Höhe zu etwas Größerem zu verbinden. Susanne steht in der ersten Reihe und betrachtet ihn mit einem spöttischen Lächeln. Ganz und gar unwirklich, dass sie ihn geküsst haben soll, ein Fiebertraum, obwohl er sie im Mund immer noch schmeckt, immer noch die Stellen spürt, an denen sie ihn berührt hat. Die Hand seiner Mutter schiebt ihn mit leichtem Druck nach vorne. Sie haben eine Fliese im vorderen Drittel der Terrasse als Standpunkt verabredet, ein weißes Kreidekreuz markiert die genaue Stelle. Hanno setzt den Instrumentenkoffer ab. Während seine Mutter ihn ankündigt, sucht er Susannes Blick, eine ungeheure Leistung, sie so direkt anzusehen und nicht auf der Stelle tot umzufallen. Das einzige Mädchen der Welt. An ihrem Hals blüht ein Fleck, den er verursacht hat, kaum größer als ein Pfennigstück.

»Ich will gar nicht viel sagen, Carl. Wir wissen beide, was dieser Tag bedeutet, wie viel Arbeit wir hineingesteckt haben, damit alles so ist, wie es ist. Jedenfalls. Dein Sohn hat eine Überraschung für dich vorbereitet, ich hoffe, du hast nichts davon mitbekommen. Glaub mir einfach, wenn ich sage: Es war ein hartes Stück Arbeit. Aber genug jetzt. Hanno, deine Bühne!«

Unter dem Applaus der Gäste tritt seine Mutter von der Terrasse und reiht sich neben seinem Vater ein. Hanno beugt sich nach vorne und öffnet den Instrumentenkoffer. Er hat vor einem Jahr angefangen zu spielen, eine Stunde pro Woche am Dienstagnachmittag beim ehemaligen Leiter der Musikschule Bernhard Abel. In der ersten Stunde hat Herr Abel ihm alles erklärt: Das Schifferklavier ist ein Handzuginstrument, bestehend aus Diskant und Bass, die durch den Balg miteinander verbunden sind. Beim Auseinanderziehen und Zusammendrücken wird die Luft im Balg durch die Stimmstöcke geführt, und der entstehende Luftstrom versetzt die frei schwingenden Zungen in Vibration.

Ein atmendes Instrument.

Hanno hat es mit der ersten Berührung gespürt: das Gefühl, ein Lebewesen in den Händen zu halten, ein noch junges Tier, warm und widerspenstig in allen Bewegungen. Es kommt vor, dass es sich völlig verweigert, mehr als einmal musste er es in den Übungsstunden direkt wieder absetzen, noch bevor er den ersten Ton gespielt hatte. Herr Abels Blick, als sei es seine Schuld. Hanno nimmt das Schifferklavier aus dem Koffer, schiebt die Arme durch die Lederriemen, legt die Finger auf die Tasten. Vor ihm stehen an die hundert Gäste und starren ihn an. Alles, was falsch an ihm ist, multipliziert sich unter ihren Blicken, hundert Mal mehr Pickel, hundert Mal schmaler die ohnehin schon schmalen Schultern. Hundert Möglichkeiten zu versagen. Hundert

Erinnerungen an ihn, wie er am Geburtstag seines Vaters auf der Terrasse stand und keinen Ton hervorbrachte, knallrot im Gesicht, schwitzend, den Tränen nahe, bis er von seiner Mutter ins Haus zurückgeführt wurde. Das Instrument schmiegt sich an ihn, und Hanno bekommt eine Gänsehaut.

Hundert Gesichter, und nur Susanne lächelt ihn an, als er den Balg endlich auseinanderzieht.

Hanno spielt das Kufstein-Lied in einem milde beschleunigten Tempo. Es war die Idee seiner Mutter *(dein Vater liebt dieses Lied, seit wir vor sechs Jahren dort waren)*, unterstützt von Herrn Abel, der ebenfalls Feuer und Flamme war. Ein Klassiker, Hanno! Karl Ganzer, 1947! In den ersten Tönen eine leise Empörung, als störe sich das Instrument daran, dass Hanno etwas von ihm will. Er reißt ein wenig zu fest am Diskant, spürt sofort, wie ihm das Blut ins Gesicht schießt. Hundert Seitenblicke, ein in hundert Kehlen unterdrücktes Kichern. Herr Abel sagt, er solle nicht gegen den Schwung arbeiten, sondern dem Luftzug folgen, wie er in Wellen durch das Instrument geht. Susannes Bewegungen, ebenfalls wellenförmig, kaum wahrnehmbar vorhin ihre Brüste an seiner Brust, ihre Hand in seinem Nacken, die ihn mal fester, mal leichter an sich zog. Hanno schließt die Augen, lässt sich fallen in die halbe Stunde auf seinem Bett, während sein Körper auf der Terrasse ohne ihn weiterspielt. Unbegreiflich, wie ein einziger Mensch neunundneunzig andere verschwinden lassen kann. Die Melodie fliegt dahin, und Hanno spielt entgegen der Vereinbarung noch eine weitere Strophe, die sich ebenso schnell, ebenso restlos in der warmen Luft verflüchtigt. Seufzend zieht das Schifferklavier den letzten Ton in die Länge. Hanno streichelt ihm zärtlich über den Balg und hebt den Blick. Zwischen den fassungslosen Gesichtern reckt Susanne die linke Faust in den Himmel und nickt ihm zu, kein Grinsen je breiter, kein Vogel je höher als die Schwalbe, die sich aus der Krone der mittleren Buche erhebt und vor Hannos Augen in der Sonne verschwindet.

2018

Paviane

EINS

»Ich weiß nicht, wie das passieren konnte«, sagt Susanne, und Hanno legt eine Hand auf ihre Schulter, um sie zu beruhigen. Er spürt das tiefe Zittern in ihrem Körper, eine Erschütterung des Knochenmarks, hört ihren Atem, den sie in kurzen Stößen auspresst. An ihren Unterarmen rosafarbener Schaum, das Rasiermesser noch in der rechten Hand, die linke in Richtung seines Vaters ausgestreckt, der sich vollkommen ruhig im Spiegel betrachtet. Das Blut hat sein hellgraues Hemd schon bis zum zweiten Knopf dunkel gefärbt, Schaum tropft herab, fluffige Tupfen auf der Brust, in seinem Schoß. Hanno entwindet Susanne vorsichtig das Messer und legt es auf die Ablage über dem Waschbecken.

»Ich weiß nicht, wie das passieren konnte«, sagt sie ein zweites Mal, während Hanno seinem Vater mit einem Handtuch den Schaum vom Gesicht wischt. Ein tiefer Schnitt durch die Warze am Kinn, aus dem das Blut in einem dünnen, aber stetigen Gerinne über den Hals nach unten fließt. Hanno versucht, die Blutung zu stoppen, indem er das Handtuch auf die Warze drückt. Fünf Minuten steht er fast reglos, beobachtet im Spiegel Susanne, die in unveränderter

Haltung ins Leere starrt, dann den linken Arm sinken lässt und sich unter dem Wasserhahn der Badewanne die Hände wäscht. Vielleicht hat sein Vater eine plötzliche Bewegung gemacht, es kommt manchmal vor, dass er ohne Vorwarnung zuckt und den Kopf unkontrolliert herumwirft. Hanno lächelt ihn im Spiegel an, schuldbewusst, schließlich wäre es seine Aufgabe gewesen, ihn zu rasieren. Susanne tut sowieso schon zu viel; übernimmt fast die komplette Pflege und den Haushalt, während er sich hinter seinen Renovierungsarbeiten verkriecht und erst spätabends zum Essen nach unten kommt, wenn sein Vater schon im Bett liegt. Hanno nimmt das Handtuch herunter. Aus der Warze fließt es unverändert, erstaunlich hell und dünnflüssig, mehr Wasser als Blut.

»Ich glaube, das muss genäht werden. Ich fahr schnell ins Krankenhaus«, sagt er.

»Ich komme mit.«

»Beruhig dich doch erst mal. Wir müssen da nicht beide hin.«

»Doch, bitte. Es ist ja meine Schuld.«

»Nein, ist es nicht. Aber wenn du willst, kannst du natürlich mit.«

»Hanno?«

»Ja?«

»Ich weiß nicht, wie das passieren konnte.«

In der Notaufnahme sind an diesem Sonntagmorgen nur zwei Patienten vor ihnen, ein käsiger Junge mit seiner Mutter und eine ältere Frau, die unablässig vor sich hin murmelt. Hanno versteht nur Fetzen, einzelne Wörter: *Galerie, das Kästchen aufgebrochen, Rita kommt.* Im linken Ohr seines Vaters klebt Schaum, ein frischer Blutstropfen auf dem

Kragen seines Pullovers, den Hanno ihm angezogen hat, bevor sie gefahren sind. Ohne Susannes Hilfe, er wollte es so.

»Das geht so nicht weiter. Ich muss mich mehr um ihn kümmern. Du tust sowieso schon zu viel, ich kann das gar nicht von dir verlangen. Schließlich ist er mein Vater, nicht deiner.«

»Ja, das ist er.«

»Versteh mich nicht falsch, ich bin dir total dankbar für alles. Aber ich muss das irgendwie selber hinkriegen.«

»Willst du mir jetzt kündigen? Löst du meinen Arbeitsvertrag auf, weil ich einen Fehler gemacht habe?«

»Du weißt, dass ich das nicht so meine.«

»Weiß ich das?«

Hanno beugt sich vor und wischt den Schaum aus dem Ohr seines Vaters, rückt das Handtuch zurecht, das sein Vater brav gegen die Warze gepresst hält, seit sie das Haus verlassen haben.

»Schön fest drücken, Papa. Wir sind gleich dran.«

Der Junge wird aufgerufen, später die ältere Frau. Eine Krankenschwester führt sie zu den Behandlungsräumen, *was denn diesmal, Frau Kabuschek,* versteht Hanno noch, bevor sie hinter einer Schiebetür verschwinden. Im Warteraum wird es still wie in einer Kapelle. Sonnenlicht füllt den Raum, nur vereinzelt schweben Staubpartikel in der Luft, beinahe streifenfrei die Fensterfront an der Längsseite. Hygienevorschriften. Hanno riecht das Desinfektionsmittel, ein beständiges Kribbeln in der Nase, etwas unangenehm, aber auszuhalten. Ein Schaben am Hirnansatz. Das Familiengefühl ist überwältigend. Vater, Sohn, Schwiegertochter. Susanne hat die Arme vor der Brust verschränkt und sieht durch die Scheibe nach draußen in den kleinen Park hinter dem Krankenhaus, wo einige Patienten mit ihren Angehörigen spazieren gehen oder auf weißen Bänken in der Sonne sitzen. Sein Vater nimmt das Handtuch vom Kinn und betrachtet das Blut wie eine neue, noch unbekannte Substanz.

»So, Herr Holtz.«

Ein Arzt, hellblau gekleidet und mit einer Akte in der Hand, betritt den Raum, hebt den Blick, stutzt, lächelt, zeigt mit der Akte auf Hanno.

»Du musst dann ja wohl Hanno sein!«

Hanno nickt, etwas anderes fällt ihm nicht ein. Er kennt den Mann nicht.

»Matthias Dreiling. Matze. Grundschule.«

»Matze, klar.«

In Hanno formt sich ein Bild, von einem Jungen, neun oder zehn Jahre alt, der einen anderen auf dem Fahrrad anhält und zum Absteigen zwingt, indem er den Lenker mit beiden Händen hochreißt und ihm die Fahrradstange zwischen die Beine rammt. Der Junge auf dem Fahrrad krümmt sich vor Schmerz, der andere fixiert ihn mit einem stechenden Blick und reißt das Fahrrad ein zweites Mal hoch. Nicht um alles in der Welt kann Hanno sich erinnern, welcher der beiden Matze war. Im Gesicht des Arztes sucht er nach Ähnlichkeiten mit dem einen oder dem anderen, aber der Mann ist ihm vollkommen fremd, nur das Bild bleibt, der weinende Junge, der sein Fahrrad fallen lässt und wegrennt, der andere, der ihm mit den Händen in den Hosentaschen nachsieht.

»Kommt doch erst mal rein.«

Mit einer einladenden Geste weist Matze Dreiling auf die Schiebetür und geht ihnen voran durch den Flur in einen fensterlosen Behandlungsraum. Während Hanno seinen Vater unter der Leuchte platziert, streift sich Matze Dreiling blaue Handschuhe über, setzt sich auf einen Drehhocker, rollt mit Schwung heran. Die Leuchte scheint seinem Vater grell ins Gesicht, und er kneift die Augen zusammen, zuckt kurz, als Matze Dreiling die Hand mit dem aufs Kinn gepressten Handtuch sanft nach unten zwingt.

»So, was haben wir denn angestellt, Herr Holtz?«

»Er hat versucht, sich zu rasieren, und jetzt hört es nicht auf zu bluten«, sagt Hanno.

»Nimmt er irgendwelche Antikoagulanzien? Blutverdünner?«

Hanno dreht sich zu Susanne um. Susanne weiß solche Dinge. Sie hat sich auf einen Stuhl in der Ecke des Behandlungsraums gesetzt, noch immer beleidigt oder anderweitig in Gedanken verloren, zumindest braucht sie eine Sekunde, um auf Matze Dreilings Frage zu antworten.

»Lixiana, 60 Milligramm. Eine am Tag.«

»Deshalb suppt das so. Bei diesen neuen Blutverdünnern lassen sich die Gerinnungswerte nur ganz schwer kontrollieren. Da kann dir schon mal einer auf dem OP-Tisch unter den Händen wegbluten. Aber so was machen wir hier nicht, nicht wahr, Herr Holtz?«

Matze Dreiling säubert und desinfiziert die Wunde, rollt zu den Schränken und sortiert in eine Nierenschale, was er für die Behandlung braucht: Nahtmaterial, Metallklemme, Schere, Pflaster.

»Eigentlich könnten wir das Ding gleich ganz abnehmen, hängt sowieso nur noch am seidenen Faden.«

»Nein, auf keinen Fall!«

Susanne springt auf, der Stuhl scharrt über das Linoleum, knallt gegen die Wand, kommt klappernd zum Stehen.

»Er bleibt so, wie er ist!«

Hanno ignoriert das Stirnrunzeln in Matze Dreilings

Gesicht, die Belustigung in seinen Augen, obwohl er selbst nicht weiß, was das bedeuten soll, so bleiben, wo doch ein Mensch schon von einer Sekunde zur nächsten nicht mehr derselbe ist.

»Einfach zunähen, ja? Mach einfach, dass es aufhört zu bluten«, sagt er.

»Klar, kein Problem. Ich bin nur Dienstleister. Euer Wunsch ist mir Befehl.«

Matze Dreiling beugt sich über Hannos Vater, setzt den ersten Stich.

»Dein Vater ist ja kein Unbekannter bei uns, nicht wahr, Herr Holtz? Alle Abteilungen hat er schon durch, und deine Mutter immer dabei. Mein Beileid übrigens. Ich habe sie ja nur in diesem Umfeld hier kennengelernt, aber Wahnsinn, was sie geleistet hat, 24/7 diese Geduld, diese Selbstaufopferung. Dein Vater ist ja kein ganz leichter Kandidat, nicht wahr, Herr Holtz? Aber kein schlechtes Wort, immer freundlich, immer aufmerksam, immer verbindlich. Von dir hat sie auch gesprochen, wenn sie hier war. Du musst dir das vorstellen, diese ewige Warterei vor den Untersuchungen, es staut sich ja alles zurück, wenn es irgendwo hakt, zu wenig Leute, zu wenig gute Leute, aber egal, ist ja überall so. Jedenfalls hat sie erzählt, dass du mit deiner Frau jetzt in Brüssel lebst. Unternehmensberatung, das wäre ja nichts für mich. Ich mag es lieber handfest, schön blutig, lieber *rare* als *medium*, stimmt's, Herr Holtz? So, das hätten wir.«

Er bindet einen Knoten zum Abschluss und schneidet den überschüssigen Faden ab, desinfiziert die Naht noch einmal, klebt ein Pflaster auf. Keinen Laut hat Hannos Vater von sich gegeben, keine Bewegung gemacht, die die Prozedur hätte gefährden können. Ein Ärztegehorsam, wie er sich bei chronisch Kranken über Jahre entwickeln mag, den Hanno bei seinem Vater jedoch niemals erwartet hätte. Hoffnungslos veraltet ist das Bild, das er von ihm hat. Er kennt ihn als kerngesunden Siebenundvierzigjährigen, alles, was danach kam, die Krankheiten, das Alter, weiß er nur aus den Telefonaten mit seiner Mutter. *Er hat immer noch einen gesunden Durst. Ständig spricht er von dir.* Hanno presste den Hörer so fest ans Ohr, dass sich die Stimme seiner Mutter veränderte, dumpfer und zugleich lauter wurde.

Dein Vater, Hanno, wird langsam wunderlich.

Hanno umfasst die Griffe des Rollstuhls, erwartet für einen Moment, die Abdrücke seiner Mutter im Gummi zu spüren, kleinere Hände als seine, aber kaum weniger zupackend, im Gegenteil.

»Meld dich doch mal, wenn du jetzt hier bist. Gibt bestimmt einiges zu erzählen.«

Matze Dreiling hält ihm eine Visitenkarte hin, und Hanno nimmt sie mit einem Nicken entgegen. Vielleicht lässt sich doch noch klären, welcher Junge Matze damals gewesen ist, ob er Täter oder Opfer war.

***

Hanno versucht es.

Er stellt den Wecker auf halb sieben, legt sich die Kleidung schon abends zurecht, geht zeitig schlafen. Das frühe Aufstehen fällt ihm nicht schwer. Er hat unzählige Berufe ausgeübt, bei denen er noch früher rausmusste, Schichtdienste, Fertigung, die Schreinerei in Tittmoning. Daran denkt er jetzt; wie es war, im tiefsten Winter nach draußen zu müssen, harscher Schnee unter den Füßen, und auf den Bulli zu warten, die endlose Fahrt durch die Dunkelheit, eingeklemmt zwischen zwei Kollegen, die nach Schweiß,

Zigaretten und Holz stanken, dem Fahrer ausgeliefert, der vielleicht getrunken hatte oder nicht. Oberbayern. Einzelne Höfe, von der Straße abgegesetzt, wo bereits gemolken wurde. Die Dörfer dagegen noch unbeleuchtet, ab und zu ein Wagen, der ihnen hinter einer Kurve entgegenkam, das Aufblendlicht ein Schock, Hanno kniff die Augen zusammen, der Bulli schlingerte, streifte eine Schneewehe, fand die Spur wieder. Wenn sie am Auftragsort ankamen, war es noch dunkel. Sie rauchten im Bulli, tranken Kaffee aus einer Thermoskanne, niemand wollte hinaus. Hanno ging als Erster. Ein Pflichtbewusstsein, von dem er nicht weiß, woher es kommt, egal, ob er bei minus acht Grad Balkongeländer abschleift, ein verirrtes Schaf zur Herde zurücktreibt, seinen Vater von der schweren Windel befreit und in den Rollstuhl hebt. Er darf sich nicht dagegen sträuben, ihn als Arbeit zu betrachten. Wenn er es doch tut, wird es so sein wie in den ersten Tagen, eine Lähmung angesichts der plötzlichen Nähe und allem, was in den letzten dreißig Jahren unbewältigt geblieben ist, die vollkommene Unfähigkeit, zu handeln, weil sich die Frage stellt:

Warum?

Warum sich kümmern, obwohl sein Vater sich nicht gekümmert hat? Seine Mutter hat ihn geboren, gestillt und gewickelt, alle Kinderkrankheiten hat sie mit ihm durchlebt, nachts die nassen Laken gewechselt, als er versuchte, trocken zu werden. Die Stationen seiner Kindheit absolvierte er an ihrer Hand: der erste Tag im Kindergarten, Einschulung, im Zimmer der Direktorin, beschuldigt, eine Mitschülerin bestohlen zu haben, was er unter Tränen abstritt, obwohl es stimmte. Seine Mutter hielt zu ihm. Sein Vater war im Büro und arbeitete. Er brachte das Geld für alles, was Hanno konsumierte und besaß, jeder Gegenstand war von ihm, außer den Steinen, Stöcken und Schneckenhäusern, die Hanno im Wald fand, wenn er dort mit Susanne spielte. Jeden Montag und Donnerstag kaufte sein Vater ihm den *Kicker*. Wenn er krank war, kaufte er ihm Bücher, er kaufte ihm einen Walkman, als er einen Walkman wollte, später kaufte er ihm einen Discman, im Urlaub kaufte er ihm sein erstes Taschenmesser und kaufte ihm eine Hülle für das Messer, kaufte ihm einen Gürtel, an den er die Hülle mit dem Messer schnallen konnte, und kaufte ihm einen Wetzstein, um das Messer scharf zu halten. Als Hanno beim Anspitzen eines Pfeils, den Susanne für ihren Bogen brauchte, abrutschte und sich mit dem Messer tief in den linken Daumen schnitt, presste seine Mutter ein Handtuch auf die Blutung und hielt im Krankenhaus seine rechte Hand, während die Wunde genäht wurde. Sein Vater kaufte ihm einen Zauberwürfel. Seine Mutter öffnete die Verpackung und machte ein paar Drehungen für ihn, weil Hanno mit seiner dick bandagierten Hand den Würfel nicht greifen konnte. Eine Woche lang trug er ihn mit sich herum, betrachtete ihn immer wieder von allen Seiten, spielte in Gedanken die Züge durch, die er machen würde, sobald der Verband entfernt war. Dann ging es ganz schnell. Beim Frühstück staunte seine Mutter mit offenem Mund, sein Vater sah über den Rand der Zeitung und nickte. Hanno fragte ihn, ob er es auch einmal probieren wolle, aber sein Vater schüttelte nur den Kopf, lächelte.

Hanno verstand ihn nicht, versteht ihn bis heute nicht.

Den Würfel zu kaufen, aber nicht zu benutzen, ihn nicht ein einziges Mal auszuprobieren, die farbigen Elemente zu verschieben und zu erleben, wie das Chaos mit jedem Zug seiner Ordnung näher kommt, *den Würfel nicht zu spielen*, als sei es mit dem Kauf schon getan und das Spiel nur ein Nachgedanke.

Wenn Hanno es genauso machen will wie sein Vater, muss er andere dafür bezahlen, dass sie sich um ihn kümmern. Die Basispflege könnte in einer entsprechenden Einrichtung oder durch einen Pflegedienst ohnehin besser geleistet werden. Fachkräfte könnten den Haushalt und die Pflege übernehmen, im Zwei-Wochen-Rhythmus rotierend, eine Frau Ceauşescu, eine Frau Włodarczyk, die eine unnachgiebig streng, die andere eierlikörlustig. Problemlos könnte Hanno das Zimmer seiner Mutter zum Gästezimmer umfunktionieren und die Pflegekräfte dort unterbringen. Wie früher sein Vater seiner Mutter könnte er ihnen jeden Monat das Haushaltsgeld wortlos und diskret übergeben, unter der Hand, als sei es etwas Unanständiges, könnte das Haus verlassen, um zur Arbeit zu gehen. Er hat immer etwas gefunden, er wird auch hier etwas finden. Eine Werkbank, ein Lager. Einen Ort, an den er sich jederzeit zurückziehen kann, so wie sein Vater sich ins Büro oder das Arbeitszimmer zurückziehen konnte und aus der Familie verschwand. Er musste nichts begründen. Das Geld musste verdient werden, *damit wir so leben können, wie wir leben, dein Messer, dein Würfel, deine Hefte, deine Bücher, sie wachsen nicht auf den Bäumen, ich kann sie nicht einfach herunterpflücken, wir leben nicht im Garten Eden.* Frau Ceauşescu und Frau Włodarczyk nicken, sie kennen die Härten des Lebens. Hanno kann ihnen freie Hand lassen, es sind erfahrene Frauen, die ohne falsches Mitleid zupacken. In gebrochenem Deutsch schnarren Frau Ceauşescus Anweisungen durchs Haus, Frau Włodarczyk kichert und kocht, und Hanno kann sich ganz auf seine Arbeit konzentrieren, ohne ein schlechtes Gewissen haben zu müssen.

Wenn es ihm trotzdem zu viel wird, kann er immer noch gehen.

In der Seniorenresidenz am Altenberg würde man seinen Vater nicht abweisen, ein großer, parkähnlicher Garten, helle Aufenthaltsräume, Singkreis, Yoga, Physiotherapie. Den Prospekt hat Hanno im Zimmer seiner Mutter gefunden, versteckt unter Wolle und Stoffen, auf der Titelseite zwei rüstige Senioren, Mann und Frau, braun gebrannt und strahlend vor dem dreistöckigen Gebäude, das Hanno von seinem Fenster aus am gegenüberliegenden Haardtrand erkennen kann. Ein weißer Quader in den Reben. Laut Prospekt verfügt die Einrichtung über ein Kontingent an Plätzen für Patienten mit Pflegegrad 3 oder 4. Wenn Hanno sein Elternhaus verkauft, wird er sich die monatlichen Kosten problemlos leisten können.

Aber so einfach ist es nicht.

So einfach gibt man den Vater nicht weg.

Also steht Hanno morgens um halb sieben auf und geht zur Arbeit. Die Haltung tut ihm gut, weil sie Distanz schafft und ihn zu Professionalität zwingt, sodass er sich nicht jede Kleinigkeit zu Herzen nimmt. Die verrutschte Windel. Das Unterhemd linksherum. Keine frischen Socken mehr. Er hat sich einiges von Susanne abgeschaut, trotzdem misslingt ihm vieles. Es fehlt die Selbstverständlichkeit, das Gefühl dafür, was wann erledigt werden muss, damit die Maschine am Laufen bleibt. Wie hat Matze Dreiling gesagt? Wenn es irgendwo hakt, staut sich alles zurück. Regelmäßig vergisst Hanno, die Wäsche zu machen. Ein wachsendes Gebirge im Keller, aus dem er ein Paar Socken heraussucht, um sie mit der Hand im Spülbecken zu waschen. Er föhnt sie trocken, schüttelt sie aus, zieht sie seinem Vater über die nackten Füße. Dringend müssten die Zehennägel geschnitten werden, aber Hanno weiß nicht, wo die Schere ist.

»Wo ist deine Mutter?«, fragt sein Vater.

»Mama ist tot, das weißt du doch.«

»Dann Karin. Wo ist Karin?«

»Nicht Karin. Susanne.«

»Deine Mutter soll das machen. Die hat nicht so kalte Hände wie du. Wäschst du die nicht?«

»Natürlich wasche ich mich. Jetzt halt doch mal still.«

»Wo ist Karin überhaupt? Wo sind die denn alle?«

»Susanne braucht mal Zeit für sich. Das war zu viel für sie zuletzt, deshalb kümmere ich mich jetzt erst mal um dich. Das kriegen wir doch hin, oder?«

»Ja, ja, mach mal.«

Hanno zieht ihm die Schuhe an, bindet die Schnürsenkel zu Doppelknoten.

»Aber die kommen doch alle wieder?«

»Ja, Susanne kommt wieder. Sie ist ja nicht aus der Welt. Nur ein Haus weiter.«

Seit dem Unfall beim Rasieren hat Susanne sich nicht mehr gemeldet, vier Tage ist das her, und Hanno spürt ihre Abwesenheit mit jedem Tag stärker. Er sieht sie am Fenster, wenn er mit seinem Vater auf der Terrasse sitzt, ein flüchtiger Schatten, eine Bewegung hinter der Scheibe. Es schmeichelt ihm, dass sie ihn von drüben beobachtet, und er tut, als bemerke er es nicht, steht auf und geht durch den Garten, knappst hier eine Blüte ab, hebt da ein Blatt auf. Ein bisschen albern kommt er sich vor, wie ein Pfau, der vor dem Weibchen sein Rad schlägt. Dringend müsste der Rasen gemäht werden. Ein weiterer Punkt auf der Liste: der Rasen, die Wäsche, der Großeinkauf, das neue Bett, die Schutthalde im Badezimmer. Er hat angefangen, an den Stirnseiten die Fliesen von den Wänden zu schlagen, jetzt kommt er nicht weiter. Ein Haufen unter dem Fenster, einer neben der Tür. Sein Vater hat sich über den Lärm beschwert, ebenso Lupus, der jeden Hammerschlag mit einem dumpfen Bellen begleitete, die Schläge irgendwann vorwegnahm, sie ankündigte, einmal ins Nichts bellte, als Hanno den Hammer absetzte, weil er den letzten Schlag getan hatte.

Sie finden einfach nicht zueinander, Lupus und er. Es scheint den Hund persönlich zu kränken, dass Hanno sich jetzt um ihn kümmert, Futter und Wasser hinstellt, den Ball wirft, die Decke ausschüttelt. Ein dunkler, brütender Widerstand gegen alles, was Hanno tut. Lupus stemmt die Beine in den Boden, macht sich schwer, versteift zu einem Block aus Muskeln und Sehnen, sodass Hanno ihn nur mit Mühe am Halsband aus dem Haus ziehen kann, damit er draußen sein Geschäft erledigt. Hinter dem Haus verläuft ein schmaler Weg zwischen ihrem Gartenzaun und einer hohen Buchsbaumhecke, die den südlichen Teil des Parks begrenzt. Dorthin zieht Hanno den Hund und wartet darauf, dass er scheißt, aber der Hund scheißt nicht, nicht sofort, sondern stellt sich knurrend auf den Weg und starrt ihn an. Hanno versucht, ruhig zu bleiben, obwohl er weiß, was kommt. Lupus wird die Zeit ins Unendliche dehnen, schon jetzt biegt sich das Universum um seine reglose Gestalt. Hanno spürt, wie die Wut in ihm aufsteigt. All die Dinge, die er erledigen müsste, aber nicht erledigen kann, weil der Hund nicht scheißt. Sie verklumpen in seinem Magen zu einem Geschwür, bis es aus ihm herausbricht, *mach endlich, du verdammter Köter*, schreit er und tritt den Hund in die Flanke. Es ist kein harter Tritt; eher ein Anstoßen mit dem Fuß, eine Aufforderung, und tatsächlich hockt Lupus sich hin und tut, wozu sie gekommen sind.

Hanno lässt die Haufen liegen wie alle anderen Haufen,

sie markieren die Orte seines Versagens, zwischen Hecke und Gartenzaun stinkt es besonders schlimm. Zum Glück steht das Haus der Dreyers vom Park abgewandt auf der anderen Seite, sodass Susanne nicht sieht, wie er an Lupus scheitert, nur das Gute, wie er seinem Vater die Decke um die Füße schlägt und die welken Blüten vom Rhododendron pflückt.

***

Am besten gelingen die Spaziergänge, die er ohne den Hund mit seinem Vater unternimmt. Sie haben keine festen Zeiten, kein Ziel. An den Kreuzungen verlässt Hanno sich auf seinen Instinkt, rechts oder links, es spielt keine Rolle. Nur an wenigen Stellen kommen sie mit dem Rollstuhl nicht weiter. Die Stadt hat viel getan, Hanno kann sich an keine einzige Rampe in seiner Kindheit erinnern, jetzt sind sie überall, an den Zufahrten zum Park, an allen öffentlichen Gebäuden, frisch asphaltiert selbst die kleinsten Wege, die Bordsteine an allen Fußgängerübergängen und Bushaltestellen abgesenkt, tickende Ampeln und Spurrillen für Sehbehinderte. Hanno registriert alle Veränderungen, legt sie über die innere Karte der Stadt, wie er sie erinnert, spürt die vergangene Zeit als ein mächtiges An- und Abschwellen, Gebäude, die sich im Zeitraffer aufbauen, einstürzende Häuserblocks, Straßen wie mit Filzstift und Lineal in die Landschaft gezogen, die Betonierung einer Grünfläche in einer Sekunde. In der Innenstadt kennt er noch zwei Geschäfte, die Metzgerei Franz in der Königstraße, die Buchhandlung Willhelm gegenüber der evangelischen Kirche. Ein kurzer, melancholischer Stich, mehr nicht. Die Auslagen in den Schaufenstern sind anders dekoriert, die Verkäuferinnen, die er durch die Schaufenster beobachtet, genauso fremd wie die Geschäfte, die nach seiner Zeit hier entstanden sind. Sonnen-, Nagel- und Tattoo-Studio, Subway, Burger King, dazwischen viel Leerstand, Fielmann, Kind-Hörgeräte. Die Filialen von Sparkasse und Volksbank haben ihre Standorte getauscht, oder er erinnert sich falsch. Viel schwerer wiegt, was nicht mehr da ist. Peterson, Beppler, Bahnmüller, Samen Paul. Zu den Namen der Inhaber hat er noch die ungefähren Gesichter und Gestalten vor Augen, Peterson grauhaarig und fast blind, Beppler ein schlanker, verbiesterter Mann, die Bahnmüllerin fett und ungepflegt, Samen Paul ein Alkoholiker mit Stirnglatze, zotteligem Haarkranz, Musketierbart. Alle waren auf ihre Weise angsteinflößend, lauerten in der Düsternis ihrer Läden hinter dem Tresen, Beppler der Schlimmste von allen, ein Fahrrad- und Zweiradmechaniker, der geräuschlos aus seiner Werkstatt trat und die Kinder anschrie, wenn sie ihre Räder zur Reparatur vorbeibrachten.

Und dann die Geistergeschäfte, die Illusionen, die Chimären. Hanno fehlt eine ganze Schicht, 1990–2018, Geschäfte, die während seiner Abwesenheit eröffnet und wieder aufgegeben wurden, die er nie gekannt hat und nur als schillernde Folien über den Fassaden erahnt. Vor einer Schaufensterfront bleibt er stehen, die Scheibe ist von Schlieren und Staub überzogen, der Raum dahinter leer und unverputzt, aus der Wand ragen Stromkabel, der Boden nackter Beton, darauf eine halb volle Colaflasche, ein Spachtel, zwei Holzböcke. Unmöglich zu erkennen, was hier verkauft wurde und warum es nicht funktioniert hat, ob es an den Betreibern lag oder an einer unglücklichen Fügung, Unfall, Krankheit, Wasserschaden, ob es das Internet war oder ob hier jemand glücklich alt geworden ist und sein Geschäft vor der Rente noch ordnungsgemäß abgewickelt hat. Menschen, die nach ihm gekommen und vor ihm wieder gegangen sind. Er könnte seinen Vater fragen, aber sein Vater kann ihm nicht helfen. Was er sagt, ist ebenso wenig in Raum und Zeit verankert wie Hannos Gefühl für die Stadt, die Jahre seiner Abwesenheit ein grenzenlos weiter Saal, durch den er ohne Orientierung stolpert, in dem alles möglich und nichts sicher ist. Schwindlig wird ihm davon, eine leichte Panik steigt in ihm auf, und er legt eine Hand auf die Schulter seines Vaters, um sich zu stabilisieren. Auf ein paar kleine Erinnerungen schrumpfen die Jahre zusammen. Hanno weiß nicht, ob er sie je wieder groß bekommt, wie er das anstellen soll, diese halb vergessenen Menschen und Orte wiederzubeleben, von denen er manchmal nur noch den Namen und irgendein Detail kennt. Er drückt die Schulter seines Vaters fester, und die Hand seines Vaters hebt sich zitternd aus seinem Schoß, umschließt Hannos Finger, lässt nicht mehr los.

»Da war mal ein Friseur drin«, sagt sein Vater, »oder ein Grieche, ich weiß es nicht mehr.«

Susanne weiß solche Dinge.

Am Abend geht Hanno nach drüben und klingelt an der Haustür, das Messingschild daneben ist stumpf, Kratzer im Goldlack, dasselbe wie vor dreißig Jahren.

Jürgen Dreyer und Familie

Fast dreht er sich um und geht. Es wäre das Einfachste. Zu Hause wartet sein Vater, der um diese Zeit oft noch einmal aus dem Schlaf schreckt und ruft, die angefangenen Arbeiten, der Hund, der auf seiner Decke im Wohnzimmer liegt und mit seinem schweren, trotzigen Wesen den Raum ausfüllt. Hannos Finger verharrt über der Klingel; Schritte im Flur, Susanne, die die Tür eine Handbreit öffnet, ein halbes Gesicht, ein einzelnes Auge.

»War in der Königstraße neben Fielmann ein Friseur oder ein Grieche?«, fragt Hanno.

»Was?«

»Ich war mit meinem Vater in der Stadt, und wir haben uns gefragt, was da mal war, aber er wusste es nicht.«

»Wie geht es ihm?«

»Wenn du mich reinlässt, erzähl ich es dir.«

Sie sieht erschöpft aus.

Dunkle Schatten unter den Augen, die Stehlampe im Wohnzimmer auf die niedrigste Stufe gedimmt. Sie bietet ihm nichts zu trinken an, fragt nicht, ob er das Haus sehen will. Setzt sich an den Tisch und steht wieder auf, geht um den Tisch herum und setzt sich in den Sessel, steht wieder auf, zögert, durchschreitet den Raum, bleibt im Türrahmen stehen. Hanno fragt sich, ob es an ihm liegt. Ob er den Platz blockiert, auf dem sie sonst sitzt, rechts auf der Couch neben dem kleinen Beistelltisch, ob er ihr generell im Weg ist mit allem, was er ihr zumutet und dann wieder entzieht. Er weiß nicht, wie ihr Leben aussehen würde, wenn er nicht zurückgekommen wäre. Sie hat ihm nichts von sich erzählt, immer ging es nur um seine Eltern, darum, wie Sylvia die Pflege von Carl bewältigte, wie es Carl immer schlechter ging. Kein Wort über ihren Alltag, über das Geldverdienen, über das Menschennetz, in dem sie hängt, Freunde, Kollegen, Liebhaber. Mit wem sie schläft, welche Männer sonst hier sitzen, auf der Couch aus Stahlrohr und schwarzem Leder, ein zu spät gekommenes Stück wie die ganze Einrichtung, Glastische und Glasschränke, abstrakte Drucke an den Wänden und weiße Fliesen auf dem Boden. Es ist der Stil ihrer Mutter, Karins Geist, Karins Wohnzimmer. Hanno sucht nach irgendeiner Spur, die er Susanne zuschreiben kann, irgendeinem Objekt, das sie diesem Raum zugefügt hat, findet nichts. Es liegt nicht an ihm. Sie ist selbst nur Gast, kennt sich nicht aus. Steht mit dem Rücken gegen den Türrahmen gelehnt, die Arme vor der Brust verschränkt, ein Bein im Wohnzimmer, das andere im Flur, vielleicht, weil sie glaubt, auf diese Weise am schnellsten verschwinden zu können.

»Da war nie ein Friseur drin, ein Grieche schon gar nicht.«

Hanno berichtet von den letzten Tagen, wie er sich macht allein mit seinem Vater. Er stellt sich ungeschickter dar, als er sich vorkommt, will Susanne zum Lachen bringen, wenn er erzählt, wie er seinem Vater die Hemden linksherum anzieht und sich von Lupus an der Leine durch den Park ziehen lässt. Die tief sitzende Angst, die sich in ihm eingenistet hat, erwähnt er nicht.

Es nicht zu schaffen.

Es nicht schaffen zu wollen.

Vorgestern hat er zwei Medikamente verwechselt. Er bemerkte es in der Sekunde, als sein Vater die falsche Tablette schluckte, unmittelbar die Panik, der Griff zum Telefon, um den Notruf zu wählen. Das Telefon schwer in seiner Hand. Eine Sekunde, in der er dachte, besser, du stirbst jetzt. Anständig, mich nicht auch noch mit einem langen Leben zu quälen. Gerecht, wenn du jetzt gehst und ich bleiben kann.

»Vorgestern habe ich ihm statt Milch Orangensaft ins Müsli geschüttet, und wir haben es beide nicht gemerkt, zumindest hat er sich nicht beschwert. Vielleicht sollte ich das öfter machen.«

Susanne lächelt, löst sich aus dem Rahmen und setzt sich neben ihn. Hanno riecht ihren Geruch, frischer Schweiß und ein Hauch des Parfüms, berührt ihren Oberarm, streicht eine Falte aus ihrem Ärmel.

»Dein Vater«, sagt Susanne.

»Ja. Was ist mit ihm?«

»Kann ich vielleicht ab und zu mal mit ihm spazieren gehen?«

ZWEI

27. Juli 2018

Ich darf wieder zu ihm, Hanno war gestern hier und hat es mir erlaubt. Es war seltsam, ihn danach zu küssen, wie bezahlen. Gleich wollen wir zusammen frühstücken, Hanno wird alles vorbereiten, ich soll mich einfach entspannen. Mit ihm am Tisch sitzen und mir von Hanno Brötchen und Kaffee bringen lassen, plaudern, danach vielleicht wieder küssen. Alles ist gut, sagt Hanno, ich soll mir keine Gedanken machen. Aber keine Gedanken, wie soll das gehen?

Susanne schreibt mit Kugelschreiber. Das einmal Geschriebene lässt sich nicht so einfach entfernen wie Tinte oder Bleistift, und da steht es: bezahlen. Sie überlegt, das Wort zu streichen, klappt stattdessen das Heft zu und duscht, steht danach eine Ewigkeit vor dem Kleiderschrank und überlegt, was sie anziehen soll. Hoffnung machen oder Hoffnung enttäuschen. Sie kann sich nicht entscheiden, nichts scheint ihr passend, das kurze Kleid so wenig wie einer der vielen dicken Pullover, die Blusen unförmig, die Röcke zu eng über ihrem Hintern. Ihre beste Jeans, fünf Jahre alt, dazu ein weißes T-Shirt. Susanne zieht sich an und betrachtet sich im Spiegel. Unmöglich zu erkennen, was Hanno in ihr sieht, nur was Herr Holtz sieht, sieht sie selbst seit über dreißig Jahren. Auf dem Weg nach drüben ist sie so aufgeregt wie beim ersten Mal. Sie klingelt, Hanno öffnet die Tür im selben Moment, glitzernde Wassertröpfchen in den Haaren, das Hemd ordentlich in die Hose gesteckt. Er nimmt ihre Hand und schaut sie an, dann stehen sie für einen Moment ohne Wort, ohne Regung.

»Ist dein Vater schon wach?«

»Ja, er sitzt am Tisch. Er konnte es kaum abwarten, nachdem ich ihm gesagt habe, dass du kommst.«

Susanne beugt sich vor und küsst ihn,

bezahlen,

bevor sie eintritt und durch den Flur ins Wohnzimmer geht.

Sie sitzen am Tisch, und Hanno bringt ihr Brötchen und Kaffee, plaudert, während Susanne verstohlen das Pflaster am Kinn von Herrn Holtz betrachtet. Es ist nicht mehr dasselbe wie vor vier Tagen, Hanno muss es in der Zwischenzeit gewechselt haben, ein Kreuz aus zwei Streifen Hansaplast über der Wölbung des Kieferknochens, schlecht haftend auf dem noch immer unrasierten Gesicht. Susanne führt die Tasse mit heißem Kaffee zum Mund, haucht in den Dampf, der ihr die Sicht auf Herrn Holtz vernebelt. Unklar der Moment, als sie das Messer angesetzt hat, eine Leerstelle in ihrer Erinnerung, davor die Minuten im Garten, danach das grelle Licht der Untersuchungsleuchte im Krankenhaus. Sie fragt sich, was unter dem Pflaster ist. Stellt sich vor, es in einem Ratsch abzuziehen und die Wunde, die sie verursacht hat, zu begutachten, sie mit der Fingerspitze zu berühren, abzutasten.

»In drei Tagen werden die Fäden gezogen, dann ist alles wieder in Ordnung«, sagt Hanno leise.

»Es tut mir leid.«

»Schon gut. Er erinnert sich ja gar nicht mehr daran. Ständig fragt er mich, was das Pflaster soll.«

»Und was sagst du dann?«

»Dass er sich beim Rasieren geschnitten hat.«

»Warum sagst du ihm nicht, dass ich es war?«

»Das bringt doch niemandem was. Und für ihn macht es keinen Unterschied.«

»Aber für mich vielleicht.«

»Gut. Wenn du willst.«

»Dann sag es ihm jetzt.«

Hanno rückt von ihr ab und sieht sie zweifelnd an.

»Wirklich?«

»Ja.«

»Na gut.«

Er wendet sich seinem Vater zu, hebt die Stimme, als er ihn anspricht, eine Hand auf der Tischplatte, die andere unbewusst Krümel pickend.

»Papa?«

»Ja?«

»Du weißt doch, dass wir im Krankenhaus waren.«

»Da bin ich ständig.«

»Wegen deinem Kinn, meine ich. Da, wo du dich geschnitten hast.«

»Ach das.«

Herr Holtz fühlt mit der rechten Hand an Nase und Wange, tastet entlang des Kieferknochens nach unten, bis seine Finger endlich auf das Pflaster stoßen. Überrascht hält er inne, erleichtert für einen Moment, im nächsten irritiert von dem fremden Material. Er fängt an, daran zu ziehen, knibbelt, bis sich ein Streifen von den Bartstoppeln löst.

»Lass das mal dran, bitte. Erinnerst du dich, wie das passiert ist?«

»Was ist passiert?«

»Susanne war so lieb, dir beim Rasieren zu helfen, und dabei hat sie dich aus Versehen geschnitten. Es hat nicht aufgehört zu bluten, weil du Blutverdünner nimmst, deshalb sind wir ins Krankenhaus.«

»Susannchen war so lieb.«

Herr Holtz sieht sie an wie durch einen feuchten Film, ein in der Erinnerung verschwimmender Blick, müsste sie glauben, wenn die Krankheit nicht wäre.

»Zufrieden?«, fragt Hanno.

Susanne nickt. Er küsst ihren Hals, und ein Schauer durchläuft ihren Körper, eine Art Welle, steigend und fallend.

Nach dem Frühstück stellen sie Herrn Holtz auf die Terrasse und gehen nach oben. In Hannos Zimmer ist das Bett frisch bezogen, weiße Wäsche wie damals, an einer Wand gestapelt die zerlegten Möbel, gegenüber die neuen Möbelpakete, noch ungeöffnet. Susanne legt sich aufs Bett, schmal ist es und ungewohnt, weil sie nur ihr eigenes kennt, das Buchenholzgestell mit der alten, durchgelegenen Matratze, auf der sie immer häufiger mit Rückenschmerzen aufwacht, ohne je darüber nachzudenken, eine neue zu kaufen. Hanno legt sich zu ihr. Sie passen gerade so nebeneinander, Arme, Hüften, Beine eng aneinandergepresst, die Blicke zur Decke und aus dem Fenster gerichtet. Susannes kleiner Finger hakt sich bei Hanno ein, blau ist es im Fenster wie damals, immer wieder kommt der Sommer und fegt den Himmel frei, macht reinen Tisch, als hätte es die Winter nie gegeben. Manchmal ist es leicht, zu vergessen. Die Jahre, die Toten, die Einsamkeit. Von unten steigt Gelächter auf, Gläser klirren, irgendwo dazwischen die Stimme ihrer Mutter, das Schweigen ihres Vaters. Als hätte es die Jahre nicht gegeben, ein dummer Traum, geträumt in Hannos Armen. Susanne schließt die Augen und legt die Stirn an seine Schulter, fragt sich, ob es möglich ist, so zu tun, als habe sie nur geschlafen, aufzuwachen und ihm die langen Haare aus dem Gesicht zu streichen, noch wirr vom Sekt und der Hitze und den flirrenden Bildern des Traums, in dem die Zeit zugleich gerast und nie vergangen ist. In der Dunkelheit lassen sich Hannos Atemzüge nicht von denen des Jungen damals unterscheiden. Susanne erinnert sich an seine unterdrückte Erregung, wie er versuchte, flach zu atmen und sie nicht anzusehen, fürchtet sich davor, die Augen zu öffnen, tut es trotzdem. Ein dummer Traum: im Blau des Fensters ein Kondensstreifen, gedämpfte Rufe aus dem Garten, die sie erst versteht, als Hanno sich aufrichtet und das Fenster kippt, die Stimme von Herrn Holtz, sich überschlagend, fast panisch.

»Flugzeuge! Ich will mir Flugzeuge ansehen! Flugzeuge! Warum kommt denn keiner?«

***

Er quengelt drei Tage lang.

Flugzeuge, Flugzeuge!

Eine fixe Idee, die mit jedem Kondensstreifen, jeder Bewegung im Augenwinkel an Fahrt gewinnt, bis Herr Holtz sie nicht mehr einfangen kann. Er ist gehetzt, kann nicht schnell genug nach draußen. Beim Starren öffnet sich sein Mund zu einem großen, staunenden O, Speichel im Mundwinkel, die Arme hängen herab. Es ist wenig los am Himmel. Susanne schaut manchmal mit ihm nach oben, folgt denselben Vögeln und Wolken, ohne auch nur im Ansatz zu fühlen, was er fühlt. Ungeduld, Wut, dann die Verzweiflung, dass nichts da ist, kein Flugzeug für Stunden, und wenn dann nur als winziger Punkt, der kaum zu erkennen ist. Jedes Mal schlägt seine Verzweiflung in Panik um. Seine Atmung beschleunigt, das Gesicht kalkweiß, die ersten Rufe:

Wo sind denn alle? Warum ist denn da nichts?

Hanno hält es schlecht aus, wenn sein Vater so ist. Er versucht, ihn durch Ablenkung zu beruhigen, schaltet das Kofferradio ein, holt die Zeitung, schließlich den Schnaps. Herr Holtz trinkt gierig, verschüttet die Hälfte. Der Alkohol dimmt ihn für eine halbe Stunde herunter, dann geht es wieder los, eine Unruhe im Oberkörper, der Blick hebt sich zum Himmel, undurchdringlich das Blau, unaufhaltsam die Welle, die sich in ihm aufbaut.

»Wenn er Flugzeuge sehen will, müssen wir ihm Flugzeuge zeigen«, sagt Susanne.

»Du hast recht«, sagt Hanno. »Ich weiß was. Lass uns morgen früh fahren.«

Hundertfünfzig Kilometer Autobahn.

Susanne sitzt hinten, Herr Holtz auf dem Beifahrersitz. Immer wieder wandern seine Finger zum Kinn, während er durch die Windschutzscheibe den Himmel absucht, tasten und suchen, zucken zurück, wenn sie die Warze berühren, ob vor Schmerz oder Überraschung, kann Susanne nicht sagen. Vorgestern wurden die Fäden gezogen, am Morgen wollte Herr Holtz kein Pflaster mehr. Das schlaffe Gewebe ist runzelig und dunkler als zuvor, mittig geteilt durch eine tiefe, verkrustete Kerbe, wo die Naht verläuft. Herr Holtz streichelt die Warze, fährt mit dem Fingernagel die Kerbe nach. Ihr eigenes Bedürfnis, sie anzufassen, existiert nicht mehr. Schon bei dem Gedanken überkommt Susanne eine schwache Übelkeit, ihr Magen hebt sich, so wie sie sich das Fliegen vorstellt, den Start mit seiner unheimlichen Beschleunigung über eine Gerade hinweg, das Aufrichten der Maschine, Gravitationskräfte, die sie in den Sitz drücken. Sie versucht, sich durch Ablenkung zu beruhigen, denkt an Hanno, sieht aus dem Fenster. Ein Stau auf der gegenüberliegenden Fahrbahn, Blech, das in der Sonne glitzert.

Im Luftfahrtmuseum ist kaum Betrieb.

Nur ein altes Ehepaar steht vor Susanne am Kiosk und kann sich nicht entscheiden, ob es Wiener Würstchen oder Frikadellen will, dazu Wasser oder schon jetzt, am späten Vormittag, Bier. Es ist heiß, die Münzen in Susannes Hand sind feucht von ihrem Schweiß, Geld, das ihr Hanno gegeben hat, nachdem sie vorgeschlagen hat, Eis für alle zu kaufen. Er wartet in dem ehemaligen Hangar, wo Herr Holtz mit großen Augen vor den Flugzeugen sitzt, verzaubert von den riesenhaften Maschinen und der Tatsache, dass sie unbewegt vor ihm stehen, zum Greifen nahe, wenn Hanno den Rollstuhl parallel zum Absperrband stellt und er den Arm und die Finger ganz ausstreckt. Das Ehepaar kommt ihr mit Würstchen, Frikadellen und Bier entgegen. Susanne tritt an den Tresen, auf den eine in Plastik eingeschweißte Eiskarte geklebt ist, bestellt zwei Magnum und einen Flutschfinger. Hannos Wunsch:

»Als Kind habe ich den immer gegessen, und ich weiß bis heute nicht, welche Frucht das sein soll, Erdbeere oder Kirsche.«

Die Frau im Kiosk reicht ihr das Eis heraus, und Susanne zählt die verschwitzten Münzen auf einen Teller.

Bezahlt.

Auch nach drei Tagen ist das Gefühl der Unaufrichtigkeit nicht verschwunden. Hanno zu bezahlen, damit er sie zu seinem Vater lässt, den Kredit in Küssen abzustottern, Berührungen zu erlauben, um bleiben zu dürfen. Wenn sie mit ihm zusammen ist, horcht sie in sich hinein; prüft ihre Empfindungen darauf, ob sie ihr Unbehagen bestätigen oder widerlegen, wertet das Flattern im Magen als ein gutes Zeichen, das sie, ohne ganz sicher zu sein, Hanno zuschreibt. Er will mehr, hält sich aber zurück. Auf seinem Bett liegen sie beieinander, während Herr Holtz nebenan seinen Mittagsschlaf hält, kleine Oasen im Tag, Wasserlöcher, an denen sie sich satt saufen, bevor gegen halb drei die ersten Rufe durch die Wand dringen, *Flugzeuge, Flugzeuge*, und Hanno das Zimmer verlässt, nicht ohne sie noch einmal zu küssen. Sie bleibt noch eine Weile liegen; untersagt sich, Hanno zu folgen und in die Versorgung von Herrn Holtz einzugreifen, lässt den Blick über das Sperrholz und die Pakete wandern, in ihren Armen und Beinen eine Ameisenunruhe, die sie nur durch genaues Hinfühlen erträgt.

Betäubend das Eis in ihrer Hand.

Im Hangar die riesigen Maschinen, deren Namen Susanne im Vorbeigehen von den Tafeln abliest, Horwarth III »Schwalbe«, Fokker Dr. I, Rumpf Ju 52, Spitfire Mk XIV, Lockheed F-104G »Starfighter«. Am Ende der Halle stehen Hanno und sein Vater vor dem etwa zehn Meter langen Längsschnitt einer Boeing 737, in der sich eine als Stewardess hergerichtete Schaufensterpuppe in Uniform und mit Hütchen steifgliedrig über einen Gast beugt. Susanne gibt Hanno den Flutschfinger, nimmt ein Magnum zwischen die

Zähne und entfernt beim anderen die Schutzhülle, drückt es Herrn Holtz in die Hand und schließt seine Finger fest um den Stiel. Sofort steckt er es in den Mund und beißt ein Drittel ab, krachend der Schokoladenüberzug, Splitter, die ihm in den Schoß fallen.

»Langsam, Papa.«

Hanno berührt den Flutschfinger leicht mit der Zungenspitze.

»Erdbeere. Oder? Probier du mal.«

Er hält ihr das Eis hin, und sie leckt daran, nickt. Der Fluggast trägt eine hellbraune Anzughose mit weitem Schlag, dazu ein bunt gemustertes Hemd mit gelben und roten Blüten. Auf seinem Kopf, dort, wo die beiden Hartplastikschalen zusammengefügt sind, klafft ein fingerbreiter Spalt, wo sich die Verklebung gelöst hat.

»Wann bist du zuletzt geflogen?«, fragt Hanno.

»Ich bin noch nie geflogen.«

»Warum nicht? Hast du Flugangst?«

»Nein.«

»Warum dann nicht?«

»Es hat sich nicht ergeben.«

Susanne steigt über das Absperrband auf das Podest, auf dem der Längsschnitt des Flugzeugs montiert ist, und setzt sich in die Reihe vor der Schaufensterpuppe auf den Platz am Fenster.

Es hat sich nicht ergeben.

Es gab anderes zu tun, Wichtigeres, unmöglich, in der Weltgeschichte herumzugondeln, auch dann nicht, wenn Herr Holtz selbst im Urlaub war und das Haus gegenüber sie leer, fast aggressiv anstarrte. Immer die Möglichkeit, dass er überraschend zurückkehrt, eine Krankheit, ein schlimmer Streit mit Sylvia, mitten in der Nacht die Scheinwerfer in der

Auffahrt, während sie in einem Hotelzimmer auf Mallorca, in Griechenland, Tunesien, Ägypten schläft oder sich wegen der Hitze unruhig herumwälzt, ahnend, welchen Fehler sie gerade begeht, flackernde Lichter an den Wänden, dumpfe Musik, Insekten, die über ihre Arme laufen. Susanne umfasst die gepolsterten Armlehnen und drückt sich tiefer in den Sitz. Alle Strände, Berge und Sehenswürdigkeiten der Welt hat sie sich verwehrt. Keine Pyramiden, kein Tal der Könige, kein Luxor-Tempel. Das Nildelta kennt sie als Satellitenbild, ein ungefähres, auf der Spitze stehendes Dreieck, darunter die Nabelschnur des Flusses, dunkelgrüne Vegetation im hellen Sand der Wüste. Eine Bewegung im Augenwinkel, Hanno, der über die Absperrung steigt und sich neben sie setzt.

»Also, wo soll es hingehen?«

»Ägypten.«

»Zu Befehl.«

Dröhnend fahren die Triebwerke hoch, und die Boeing beschleunigt, hebt ab. Susanne schluckt gegen den Druck auf ihren Ohren, hält Hannos Hand, bis sie die Reiseflughöhe erreicht haben. Auf der Gangseite, schräg hinter ihnen, sitzt Herr Holtz im Rollstuhl und wird nicht kleiner. Eis tropft ihm vom Kinn, in der Faust hält er den Stiel und schwenkt ihn zum Abschied. Susanne wendet sich ab. Im Fenster die graue Wellblechwand des Hangars, bis Kairo noch an die vier Stunden.

DREI

Wir sitzen auf einer Bank am Pavianfelsen und sehen den Tieren beim Fressen zu. Seit Hanno und Susanne Familie spielen, unternehmen wir Ausflüge, vor ein paar Tagen das Fliegermuseum, jetzt also der Zoo. Er ist klein, keine dreißig Arten, dabei würden die Paviane allein schon genügen. Alles gibt es bei ihnen zu sehen, nicht nur das Fressen und Saufen, das ganze Leben, wie sie sich paaren, streiten und langweilen, sich ignorieren und dann doch gegenseitig pflegen, die eigenen Räume markieren, indem sie sich mit gebleckten Zähnen anfauchen, und so verzweifelt um Aufmerksamkeit kämpfen, dass sie ganz müde werden davon. Auf den warmen Steinen liegen sie in der Sonne und lassen die Schwänze zucken. Carl starrt die Tiere mit einer Mischung aus Faszination und Ekel an, dann verliert er ganz plötzlich das Interesse. Seine Augen werden glasig, die Gesichtszüge erschlaffen, *er geht auf Stand-by*, hat Doktor Dreiling dazu einmal gesagt, aber das klingt so harmlos, *Stand-by*, als gäbe es einen Schalter, mit dem man ihn wieder zurückholen könnte. Sein Gesicht wird mir immer fremder. Ich kann es nicht mehr anfassen, das habe ich immer getan, wenn er auf diese Art verloren ging, ihn mit den Fingerspitzen oder dem Handrücken an der Wange berührt, ihn gestreichelt, bis sein Blick wieder klarer wurde, zumindest habe ich mir das eingebildet, dass ich das kann, ihn zurückholen mit meinen Fingern. Dazu der ungewohnte Bart, weil sich niemand mehr traut, ihn zu rasieren, seit Susanne die Warze verstümmelt hat.

Auf dem Pavianfelsen hockt das älteste Männchen auf einem Vorsprung knapp unterhalb des Gipfels. Ich kann keine Warze an seinem Kinn erkennen, aber es ist Carl, eindeutig; grau und schwer, mit einem mächtigen Backenbart und kleinen, müden Augen. Sein Recht auf Führung ist längst erloschen, aber man lässt ihn in Ruhe, weil er mal etwas war, weil er mal etwas dargestellt hat in dieser winzigen Welt. Ab und zu springt ein freches Äffchen zu ihm hoch, und Carl langt ihm eine, dazu reicht es gerade noch. Kreischend schießt das Äffchen zur Seite davon. Ein Felsen darunter Hanno und Susanne, zwei frisch Verliebte, die sich gegenseitig die Insekten aus dem Fell pulen. Sie hält ihm ihr knallrot geschwollenes Hinterteil hin, es sind die fruchtbaren Tage, und Hanno schnüffelt daran, verdreht die Augen, stößt seine Schnauze hinein. Wo bin ich? Greife ich nicht ein, lasse ich ihn zu, diesen Unsinn, der sich da anbahnt? Dort hinten, im Graben neben der Durchreiche für das Futter. Ein altes Weib, an den Rand gedrängt zu den anderen alten Weibern. Das Fell ist stumpf, mein Hintern leuchtet nicht mehr. Ich existiere unterhalb der Wahrnehmungsgrenze, ohne Funktion in der Gruppe, werde nur noch geduldet, weil ich unsichtbar bin. Selbst die Zoobesucher beachten mich nicht.

Ich schaue mich um, ein paar Kleinkinder auf den Schultern ihrer Eltern, eine Grundschulklasse, zwei stumme

Rentnerinnen auf einer Bank. Karin und Jürgen kann ich nirgends entdecken, wahrscheinlich sind sie im Streichelzoo und machen die kleinen Ziegen verrückt. Besser so. Seit unserem Gespräch heute Morgen würdigt mich Karin keines Blickes mehr, ein eiskaltes Schweigen, das mich fast ein wenig erschreckt, weil keine Pose, kein Gehabe dahintersteckt.

»Ich stand direkt daneben, Karin, keinen halben Meter.«

»Und wenn du auf seinem Schoß gehockt hättest. Es ist und bleibt ein Unfall.«

»Sie hat nicht gezittert, Carl war ganz still, und sie zieht ihm das Messer mit voller Absicht durch die Warze, senkrecht von oben nach unten in einem langen, geraden Schnitt, und du willst mir erzählen, dass das ein Unfall war? Ein Versehen?«

»Sei vorsichtig, was du sagst.«

»Mit deiner Tochter stimmt was nicht, Karin. Vielleicht ist über die Jahre doch etwas hängen geblieben, kein Wunder bei allem, was sie mit dir und Jürgen durchmachen musste.«

Ich betrachte Susanne, ganz friedlich, wie sie da sitzt mit meinem Sohn und den Tieren zusieht. Eine normale Frau, nicht mehr ganz jung, aber noch lange nicht alt, um die Hüften vielleicht ein bisschen zu kräftig, ein bisschen unsicher, weil Hanno in aller Öffentlichkeit ihre Hand hält. Vielleicht tue ich ihr Unrecht. Seit er sie zurückgeholt hat, ist nichts mehr passiert. Sie verhält sich einwandfrei, unterstützt Hanno im Haushalt, aber lässt ihm den Vortritt bei der Pflege, begegnet Carl, wie man es sich vorstellt, freundlich, fürsorglich. Auf dem Pavianfelsen streicht Susanne Hanno über das Fell und entzieht ihm ihren leuchtenden Hintern, erklimmt mit tatsächlich affenartiger Geschwindigkeit den Vorsprung, auf dem Carl noch immer regungslos hockt, beginnt ihn zu umkreisen, ein Lauern in den Augen, die tief unter dem Schädeldach verborgen liegen. Carl reagiert nicht. Es ist eine interessante Frage, ob ich das Verhalten der Tiere erst durch meine Zuschreibung ausgelöst habe oder ob der Pavian, der nichts mit Susanne zu tun hat, auch ohne mich zu dem Pavian, der nichts mit Carl zu tun hat, hinaufgestiegen wäre. Ob der Pavian, der nichts mit mir zu tun hat, auch ohne mich so erbärmlich alt im Graben liegen würde, um mit den anderen alten Pavianen, die nichts, rein gar nichts mit Karin und Jürgen zu tun haben, auf das Sterben zu warten.

Verdammte Affen.

Verdammter Hund, verdammte Transparenz, die mich zur Untätigkeit verurteilt, weil ich nichts greifen kann, selbst wenn ich ganz nahe an Susanne herangehe und meine Hände auf ihr Gesicht lege. Eine normale Frau, nicht mehr jung, noch nicht alt, ein bisschen kräftig, ein bisschen unsicher, still, eine stille Frau, die mit Hanno zusammen den Tieren zusieht.

»Was ist das mit dir und Carl? Was ist das mit euch beiden?«

***

Ich wache mit Argusaugen.

Im Zoo, im Blechmuseum, in jedem Zimmer des Hauses. Ich bin dabei, wenn Susanne mit Carl in einem Raum ist, dabei, wenn sie im Keller die Wäsche macht, dabei, wenn sie sich duscht und rasiert, immer das rechte Bein zuerst, den rechten Fuß auf dem Badewannenrand abstellt und den Rasierer mit einem langen Strich von der Ferse bis zur Kniekehle zieht und dann gegen den Uhrzeigersinn um das ganze Bein herum, lange Striche, die mich daran erinnern, wie ich den Rasen gemäht habe, das Schergeräusch, der Duft der geschorenen Halme. Susanne benutzt ein Rasiergel, das nach Meeresbrise riecht. So steht es auf der Dose, Meeresbrise und Aloe Vera, Susanne drückt sich einen nussgroßen Klecks in die Hand und verreibt ihn zu Schaum, zögert kurz, schäumt den Intimbereich ein. Sie hält den Kopf gerade, sieht an die gegenüberliegende Wand, nicht nach unten. Das rechte Bein steht im rechten Winkel auf dem Wannenrand, glatt und glänzend, das linke bis übers Knie eingeschäumt daneben. Ich bin dabei, wenn sie die Stellung wechselt, das linke Bein rasiert, den Intimbereich nicht. Dabei, wenn sie den Schaum ausspült, dabei, wenn sie sich abtrocknet und nackt vor dem Spiegel steht, dabei, wenn sie sich anschaut, mit einem undurchdringlichen Ausdruck auf dem Gesicht. Es ist mir nicht unangenehm. Nichts ist mir unangenehm, nichts zu peinlich oder intim. Die Notwendigkeit, zu begreifen, was geschieht, nimmt mir alle Hemmungen, und deshalb bin ich dabei, wenn sie sich auf die Toilette setzt, lausche dem leisen Tröpfeln des Urins, registriere, dass Susannes Hände den Toilettensitz umklammern, als müsse sie sich daran festhalten, um nicht herunterzufallen. In jeder noch so kleinen Geste oder Handlung vermute ich einen Hinweis. Susanne legt zwei Blatt Toilettenpapier deckungsgleich übereinander. Susanne zieht den BH an, bevor sie abspült, dann erst das Höschen. Susanne wischt den Wannenrand mit ihrem großen Badetuch ab und hängt es zum Trocknen an den Haken, an dem früher mein Handtuch hing.

Susanne wohnt in meinem Zimmer.

Hanno hat meinen Nähtisch in den Keller gebracht und meine Kommode in die Ecke geschoben, damit die neue

Ausziehcouch Platz hat. Ein hellgraues IKEA-Ding, Zweisitzer, Polyestervlies, simpler Mechanismus: ein Griff unter die Sitzfläche, ein kurzes Anziehen, und das Bett entfaltet sich geräuschlos in den Raum, keine zwei Sekunden, dann steht es da, und Susanne kann es mit dem Spannbetttuch aus Hannos Zimmer beziehen. Sie hat nichts von zu Hause mitgebracht, keine Gebrauchsgegenstände, keine persönlichen Dinge. Hanno gibt ihr Handtücher und Bettwäsche, die Badutensilien hat sie neu gekauft, einmal am Tag geht sie nach drüben und holt sich die Kleidung, die sie für den nächsten Tag benötigt. Jeden Morgen klappt sie die Couch ein, jeden Abend wieder aus. Zieht das Spannbetttuch auf und wieder ab, legt Kissen und Bettdecke auf und verstaut sie morgens wieder in der untersten Schublade der Kommode. Tagsüber wirkt das Zimmer vollkommen unbewohnt. Das Rollo ist heruntergelassen, damit es sich nicht aufheizt, ein Schlitz zwischen den untersten Lamellen, durch den das Licht als hauchdünne Scheibe einfällt. Susanne lüftet erst nach Sonnenuntergang. Ich bin dabei, wenn sie das Rollo hochzieht und das Fenster öffnet, draußen die Geräusche der Insekten und das Haus der Dreyers als dunkle Silhouette vor dem nachglühenden Himmel.

Ich bin dabei, wenn Hanno versucht, mit ihr zu schlafen.

Er ist rücksichtsvoll. Nie nähert er sich einfach so, wartet immer auf ein Signal, eine über den Tisch gestreckte Hand, ein Blick, ein Lächeln, eine Berührung der Schultern, wenn sie nebeneinander auf der Couch sitzen und fernsehen. Vielleicht liegt es am Programm. In einer Kochsendung werden die Zutaten von langbeinigen Modellen in Miniröcken auf Schiefertafeln präsentiert und den Köchen zur Zubereitung überreicht. Passionsfrucht und Lotuswurzel.

Der Münchner Kommissar legt eine Schallplatte auf und tritt von hinten an die Zeugin, küsst die Linie ihres Nackens, *Riders on the storm*, Regen in der Schwabinger Nacht, die Tropfen schlagen gegen die Scheibe, darin die Spiegelung der beiden Gesichter, es ist der eine mit den grauen Locken, nicht sein Kollege, der Kroate. Im Vinschgau wird einem Bauernmädchen die Liebe gezeigt. Es muss sich ins Stroh legen, kichert, als der Zugereiste ihm die Bluse aufschnüren will, eine weiße Bluse mit Bändern, wie sie nur Bauernmädchen im Vinschgau noch tragen, daher die Mühe des Zugereisten, sein Ungeschick. Hannos Hand tastet sich vor, nestelt, sucht. Susannes Blusen sind von minderer Qualität, Kunstfasergemische, vielleicht wird ihr deshalb so schnell heiß, dass ihre Ohren und Wangen glühen und ihr Körper unter dem dünnen Stoff dampft, oder es ist doch Hanno, der sie erregt, weil er die Linie ihres Nackens küsst.

Ich bin dabei, als sie nach oben gehen.

Auf der Ausziehcouch in meinem Zimmer hängen Hannos Füße über den Rand. Ausgestreckt liegt er da und betrachtet Susanne, während sie sich mit dem Rücken zu uns bis auf die Unterwäsche auszieht. Im Zimmer brennt als einzige Lichtquelle die kleine Gelenklampe am Nähtisch, sodass wir ihren Körper nur als milchigen Schemen erkennen, genauso ihr Gesicht, als sie sich zu uns umdreht und unter die Decke kriecht. Hanno strampelt seine Unterhose aus dem Bett und fängt an, ihren Hals zu küssen. Das weiße Knäuel auf dem Boden erinnert mich an die Taschentücher, die ich damals immer diskret entfernt habe, soll er doch, habe ich gedacht und mich nicht gewundert, als sie plötzlich nicht mehr da lagen, habe gedacht, vielleicht hat er eine Freundin und muss nicht mehr selbst, obwohl ich ihn bis zu seinem Verschwinden nie mit einem Mädchen gesehen habe. Die Decke verrutscht, und Susannes Gesicht kommt zum Vorschein. Wieder gehe ich ganz nah heran, anders ist es nicht möglich in dem schwachen Licht, in dem ich früher so getan habe, als würde ich nähen, obwohl ich in Wahrheit nur Löcher in die Luft gestarrt und ab und zu einen Stich gesetzt habe, um hinterher zu mir selbst sagen zu können, siehst du, du hast genäht.

Susannes Gesicht, ein Loch in der Luft.

Hanno tut noch ein bisschen, dann hört er auf. Über der Decke hält er ihre Hand, flüstert ihr etwas ins Ohr. Susanne nickt, lächelt sogar. Eine halbe Stunde liegen sie so, dann verabschiedet sie ihn mit einem Kuss, und ich bin dabei, als er die Unterhose aufhebt und das Zimmer verlässt.

***

Die Wacht laugt mich aus.

Es ist nicht die übliche Erschöpfung nach einem langen Tag, keine Kopf- und Rückenschmerzen, keine wunden Füße, überhaupt kein Körpergefühl. Diese Zeiten sind vorbei. Carls Pflege hat mich ruiniert, jetzt wünsche ich mir die Abende zurück, an denen ich meine Knochen als knirschendes Gerüst und die Muskeln als schwere Betonplatten gespürt habe, dazu die Leere im Kopf, so wohltuend, an nichts denken zu müssen, für einige Momente jeder Verantwortung enthoben, nur sitzen und atmen und fernsehen, bis mir die Augen zufielen. Jetzt das Gegenteil: Alle schlafen, nur ich wehe rastlos durchs Haus, der Kopf angefüllt mit den unzähligen kleinen Beobachtungen über Susanne, die ich nicht teilen kann, setze mich zu Hanno ans Bett, gehe kurz zu Carl, um zu sehen, ob er atmet, spreche in meiner Verzweiflung sogar die Warze an und bekomme keine Antwort. Ein Hin und Her die ganze Nacht, bis Susanne endlich aufsteht und der Kreislauf von Neuem beginnt, ein neuer Tag, neue Beobachtungen, neue Sprachlosigkeit. Niemals hätte ich geglaubt, dass ich Karin einmal vermissen würde. Ihr ständiges Geplapper fehlt mir, wenigstens könnte ich mit ihr reden, auch wenn nichts Vernünftiges dabei herauskäme, den Kopf leer reden, sitzen, atmen, fernsehen, bis mir die Augen zufallen.

Seit dem Zoobesuch habe ich sie nicht mehr gesehen.

Nach unserem Streit hat sie sich zurückgezogen und nicht mehr blicken lassen, obwohl sie sich bis in den Wahnsinn langweilen muss, allein mit Jürgen drüben im Haus, kein Radio, kein Fernsehen, keine Susanne, außer in den fünf Minuten, in denen sie ihre Kleidung für den Tag holt. Ich stelle es mir vor, ein heiliger Moment: Karin hört den Haustürschlüssel im Schloss, sprintet zur Tür, drückt sich an ihre Tochter, sobald die den Flur betritt, weicht nicht von ihrer Seite, während Susanne durchs Treppenhaus nach oben geht und in ihrem Zimmer die Sachen zusammensucht, streichelt ihre Wange, küsst ihre Stirn, redet ohne Unterlass auf sie ein. Der ganze Tag muss in diese fünf Minuten. Alle Fragen, Sorgen, Ratschläge, Bedenken, die sich Stunde um Stunde in Karin anhäufen, müssen dann heraus, daher die Gehetztheit, das ungeheure Tempo, in dem sie spricht. Ich habe ihre Stimme im Ohr; noch schriller als sonst, sich überschlagend in dem Wissen, dass die Zeit nicht reichen wird, *da drüben, mit diesen Leuten, komm doch zurück, bitte, was willst du da, das ist kein Ort für dich, müsstest mal hören, wie Sylvia über dich spricht, ich kann das gar nicht wiederholen, die Dinge, die sie behauptet, so etwas muss man sich ausdenken, dieses Gift, das diese Frau verbreitet, diese Verbitterung, weil ihr Sohn sich nur noch für dich interessiert, als könntest du etwas dafür, nimm doch die blaue Wäsche, immer dieses ewige Schwarz und Weiß, du bist doch kein Stummfilm, oder mag Hanno das, das Eindeutige, gut oder böse, bloß nichts dazwischen, und auf welcher Seite Sylvia steht, muss ich dir ja wohl nicht sagen, Susanne, bleib doch, bitte, wir sehen dich nur noch so selten, bleib, bitte,* und da ist Susanne schon wieder zur Tür heraus, fünf Minuten am Tag, die Karin wie Goldstaub durch die Finger rinnen.

Ansonsten nur sie und Jürgen.

Eine Zweisamkeit, die schlimmer sein muss als jede Einsamkeit, weil erst der Anblick des anderen die ganze Katastrophe wie in einem Spiegel sichtbar macht. Ein Yin und Yang des Elends. Seit acht Tagen hocken sie dort drüben, wahrscheinlich auf den alten Stühlen im Wohnzimmer, und schauen aneinander vorbei, gerade so weit, dass der andere noch die Hälfte der Welt ausmacht. Mehr darf es nicht sein. Weniger geht kaum noch. So ist es in einer langen Ehe. Während ich mit Susanne durch den Garten zum Haus der Dreyers gehe, rechne ich die Jahre mit Carl gegen die Jahre ohne ihn: 47:21. Ich erschrecke vor den Zahlen. Dass ich seit einem halben Jahrhundert mit Carl zusammen sein soll, siebenundvierzig Jahre, vier Kanzler und eine Kanzlerin, ein Zeitraum, in dem ganze Reiche aufgestanden und gefallen sind, Mauern gebaut und wieder abgerissen wurden.

Dass ich einmal so jung war.

Wir erreichen die Haustür, und ich bleibe auf dem Treppenabsatz stehen, nicke Karin zu, die bei meinem Anblick kurz innehält und dann sofort mit den Augen rollt.

»Komm halt rein, wenn du schon mal hier bist«, sagt sie.

»Nein, ich muss gleich wieder rüber.«

»Jetzt stell dich nicht an, Sylvie, ist ja furchtbar, dass du immer so übertreiben musst.«

Sie führt mich ins Wohnzimmer, weist mir den Platz an, auf dem ich sitzen soll. Seit zwölf Jahren war ich nicht mehr hier. Ich erkenne alles wieder, unverändert die Anordnung der Möbel und das Muster der Tapeten, im Regal die ungelesenen Mängelexemplare, die Karin en gros bei Willhelm gekauft und nach den Farben des Regenbogens sortiert hat.

»Ich komme gleich zu dir, ich muss nur kurz zu Susanne.«

Karin eilt aus dem Zimmer, und ich bleibe mit Jürgen am Tisch zurück. Es sind ja nur fünf Minuten. Wir ringen die Hände, lächeln kurz, wenn sich unsere Blicke begegnen, wischen Geisterstaub von der Tischplatte, betrachten unsere Fingernägel. Schon zu Lebzeiten wusste ich nicht, wie ich mit ihm umgehen soll. Er war mir stets unangenehm, schien immer etwas zu wollen, sagte aber nicht, was, sondern sah mich erwartungsvoll an, die Hände im Rücken verschränkt, den Oberkörper leicht vorgebeugt. Meistens stand Karin daneben und redete. Ich zwang mich, ihr zuzuhören, hing an ihren Lippen, nur um Jürgen nicht ansehen zu müssen. Vielleicht glaubte sie deshalb, ich würde mich für sie interessieren, dabei versuchte ich lediglich, mich von Jürgen zu lösen, die emotionale Erpressung abzuwehren, die er an mir beging, indem er sich immer weiter vorbeugte, die Augen immer größer werden ließ, immer lauter schwieg, bis er mit seinem Schweigen sogar Karin übertönte. Auf ihn reagieren zu müssen, den ersten Schritt zu machen, ihn zu fragen, *was ist denn? Wie geht es dir, Jürgen, wie läuft's, was machen die Geschäfte?* Als ich von den Umständen seines Todes erfuhr, wunderte ich mich nicht. Wieder hatte er etwas gewollt und nichts gesagt, wieder schwieg er so unfassbar laut, dass alle anderen um ihn herum gezwungen waren, den ersten Schritt zu machen, die erste Frage zu stellen:

Warum?

Keine Antwort.

Natürlich trösteten sich damals alle mit »der Sache«, es war so naheliegend, das Geld, die Flucht, die Ausweglosigkeit, aber die eigentliche Frage blieb im Raum, hängt bis heute über Jürgens Kopf wie eine kleine, sich ständig über ihn ergießende Wolke.

Warum wirklich?

Er lächelt mich an, ringt die Hände, betrachtet seine Fingernägel. Karin kommt aus dem Flur zurück, wo sie sich von Susanne verabschiedet hat, und setzt sich zu uns an den Tisch. Nach den fünf Minuten mit ihrer Tochter ist sie ganz außer Atem, rosig, beinahe lebendig.

»Wenn ich könnte, würde ich dir einen Kaffee anbieten. Und du hättest sicherlich Kuchen mitgebracht«, sagt sie.

»Selbstverständlich hätte ich Kuchen mitgebracht, was denkst du von mir?«

»Das willst du nicht wissen.«

»Es tut mir leid, Karin. Ich wollte dich nicht beleidigen.«

»Es geht nicht um mich. Es geht um die Dinge, die du über Susanne gesagt hast.«

»Vielleicht habe ich da etwas falsch verstanden. Wahrscheinlich war alles ganz harmlos, Carl hat gezuckt, was weiß ich.«

Karin wägt meine Worte ab, ihr Blick geht zum Fenster, dort steht mein Haus, zumindest ein Teil davon.

»Warum tut ihr euch das an hier? Ich sehe doch, wie ihr Susanne vermisst«, sage ich.

»Weißt du, Sylvia, ich sage nicht, dass es perfekt war. Schau ihn dir an, perfekt ist ein großes Wort, nicht wahr, Jürgen, aber immerhin waren wir wieder zusammen, zum ersten Mal seit der Sache, meine Schmerzen waren weg, Jürgen war da, Susanne war bei uns, auch wenn sie nichts von uns wusste, aber gespürt hat sie es doch, dass wir um sie herum waren, dass wir uns gekümmert haben, so gut es ging.«

Sie wendet den Blick vom Fenster ab und fixiert mich mit ihren leuchtend blauen Augen.

»Wir waren eine Familie, hier, in diesem Haus. Das war das eine, was ich hatte und du nicht, ein Kind, das nicht vor mir wegläuft, und dann stirbst du, und Hanno kommt zurück, und plötzlich habe ich gar nichts mehr.«

»Du kannst Susanne doch jederzeit sehen. Ihr seid immer willkommen bei uns.«

»Wieso muss alles immer drüben bei euch sein? Wieso nie hier? Früher war das schon so, seit wir hier eingezogen sind, immer nur Carl und Sylvia, Sylvia und Carl, und dazu euer Haus, der einzige bewohnbare Planet im ganzen Viertel. Für euch war das alles ganz selbstverständlich, der Name, das Geld, die einflussreichen Bekannten. Ihr musstet nie um irgendetwas kämpfen. Wie wir uns gefühlt haben, kannst du dir doch überhaupt nicht vorstellen, jeden Morgen aufzuwachen, und das Erste, was man im Fenster sieht, ist euer perfektes Leben, und das Letzte, bevor man ins Bett geht, sind eure in Gold getauchten Gesichter, weil du diese verdammte Lichtinstallation hast, dieses verdammte, perfekte Scheißlicht!«

Karin verstummt, und wir sehen zum Haus hinüber, in dem ich fast mein ganzes Leben verbracht habe. Es hat nichts Unklares an sich, weiße Mauern, rechte Winkel, ein schwarzes Dach. Kein Firlefanz bis auf das Windspiel, das ich mir als einziges exzentrisches Objekt geleistet habe, weil die Holzkugel auf dem Bambus einen so tiefen und warmen Klang verursacht.

Die Scheiben glitzern in der Sonne.

Es stimmt nicht, was Karin sagt.

Ich habe doch gekämpft.

Vom ersten Moment an, vom ersten Morgen, als ich nicht sicher war, ob Carl mich nach unserer gemeinsamen Nacht fortschicken würde, als ich so selbstbewusst tat und nur mit einem Slip bekleidet ins Bad ging, obwohl ich auf dem Flur seinen Eltern hätte begegnen können. Ich bin fast gestorben damals, drückte mich an die Wand, kicherte wie verrückt, stellte mir vor, wie sein Vater die Treppe hochkommt und meinen Busen anstarrt, während ich ihn frage, ob er gut geschlafen hat. Im Bad stand ich vor dem Spiegel und kämpfte. Aus dem Fenster klettern und nackt durch die schlafende Stadt schleichen, zurück in das kleine Zimmer, in dem ich damals wohnte, es war neblig, zurück in die Untermiete, vielleicht sah mich niemand, zurück ins Büro, das geliehene Kleid vergessen, zurück an die Schreibmaschine und Klara erklären, dass ich ihr Kleid verloren hatte und ihre Schuhe dazu, dass ich ihr alles zurückzahlen würde, dass es nur etwas dauern würde, ein halbes Jahr vielleicht, wenn ich jeden Monat fünf Mark abstotterte, bestimmt ginge das, wer braucht schon Kaffee, wer braucht schon Zigaretten. Ich stand vor dem Spiegel und kämpfte. Ich genügte Carl nicht. Ich genügte seinen Eltern nicht, ich war nichts zum Vorzeigen, die Nase zu spitz, die Mutter zu jung, Vater unbekannt. Ich wusste, was ich mir ersparen würde, wenn ich einfach aus dem Fenster verschwand. Ich kämpfte. Die Nase zu spitz, die Lippen zu schmal, der Busen zu klein. Ich zog den Slip aus und ging zu Carl ins Bett zurück.

Ich habe gekämpft.

Die ganzen ersten Monate, als ich noch nicht dazugehörte und nur geduldet wurde, weil Carl mich immer wieder anschleppte wie etwas, das er von der Straße aufgelesen hatte. Die Frauen seiner Freunde und Kollegen waren eine homogene Masse. Alles, was ich tat oder sagte, blieb bei ihnen stecken, keine Reaktionen, keine Anzeichen dafür, dass sie mich überhaupt bemerkten. Also fing ich an, sie zu beobachten; lauschte ihrer Sprache, achtete genauso darauf, was sie nicht sagten und nicht taten, kleidete mich wie sie (von Carls Geld), fuhr in die Stadt zum selben Friseur (von Carls Geld), kaufte von Carls Geld die Kosmetikprodukte, die ich in ihren Badezimmern sah, wenn ich mich bei den Partys dort einschloss und die Schränke durchsuchte. Am Anfang war ich zu genau. Sie fühlten sich parodiert, nachgeäfft, erst als ich mir kleine Fehler erlaubte, kehrte ihre Überlegenheit zurück, und sie wurden wieder nachsichtiger. Die kleine, beiläufige Herablassung, der Seitenblick, die Nachfrage: Ach, so ist das bei euch? So macht ihr das?

Ihr.

Ihr vaterlosen Töchter, ihr Möbelhaussekretärinnen, ihr Mittelschülerinnen. Aus derselben Stadt, aber von einem anderen Planeten, Bahnhof, Maxbauviertel, ihr, von denen du eine bist. Sie legten eine Hand auf meinen Unterarm und tätschelten ihn, eine von euch können wir gerade so aushalten, es ist ohnehin bald wieder vorbei, Carl wird zur Vernunft kommen, und du kannst zurück zu den anderen.

Zu deinesgleichen.

Sie sagten es mit den Augen, lächelten mich an und zeigten mir die neuesten Produkte, die sie bei Neckermann bestellt hatten. Farbfernseher, Schnellkochtöpfe. Das Gekochte brachten sie reihum in Tupperware mit, die Luft fuhr ins

Vakuum, als sie den Deckel unter aller Augen öffneten, ein zischendes Geräusch und dann der Geruch, sie stöhnten gemeinsam auf vor Wonne und ich mit ihnen, eine Variation von Königsberger Klopsen mit Stücken vom Dosenpfirsich statt der Kapern.

Aber Carl kam nicht zur Vernunft.

In den ersten Jahren gehörte es zum Kampf, dass ich niemals eine Lücke zwischen uns ließ, wir klebten aneinander, tatsächlich unzertrennlich, weil ich immer dafür sorgte, dass wir uns irgendwie berührten, an den Schultern, an den Armen, dass wir tanzten und flüsterten und uns küssten, vor allen anderen. Sie sollten sich an uns gewöhnen, sollten uns nur noch zusammen denken können. Zwei Hälften eines Ganzen. Wenn ich Carl auf einer Party aus den Augen verlor, stieg Panik in mir auf, aber ich zwang mich, ruhig zu bleiben, suchte im ganzen Haus, bis ich ihn am anderen Ende eines Raums entdeckte. Ich blieb stehen, mischte mich in ein Gespräch, hob die Stimme, sodass Carl mich hören musste, machte eine Bewegung, die er im Augenwinkel wahrnahm, irgendetwas, um ihn auf mich aufmerksam zu machen und glauben zu lassen, er habe mich entdeckt, er habe mich vermisst, er müsse zu mir kommen und seinen Arm um meine Schultern legen. Ich war so gut darin, dass Carl mich irgendwann fragte, ob es *mir* nicht zu viel werde mit seiner ständigen Scharwenzelei. Du wirst mir nie zu viel, sagte ich. Die anderen seufzten und lächelten uns an. Ich spürte, wie sie mit den Jahren müde wurden, wie sie einfach weitersprachen, wenn ich dazukam, nicht mehr verstummten. Das Fremde an mir ging ihnen verloren. Fast vergaß ich selbst, dass ich eigentlich nicht dazugehörte, nur manchmal, ganz beiläufig, eine Bemerkung über jemanden,

den ich nicht kannte, ein Witz, den ich nicht verstand, und während die anderen lachten, stand ich wieder halb nackt vor dem Spiegel wie damals, die Nase zu spitz, zu klein, zu schmal, und sehnte mich danach, mit einem Sprung aus dem Fenster zu verschwinden.

Aber wohin?

Ich wohnte mit Carl und seinen Eltern in dem Haus, das Zimmer am Bahnhof hatte ich längst aufgegeben. Der Zug war auf die Schienen gestellt. Wir würden heiraten und Kinder bekommen, Carls Eltern würden sterben, wir würden das Haus umbauen. In meiner Vorstellung deuteten sich die neuen Formen schon an, Räume, Lichtachsen, ich spielte mit ihnen, schob sie hierhin und dorthin, bis das Haus, wie es einmal sein würde, vor meinem inneren Auge stand und ich darin herumgehen konnte. Wenn wir verheiratet waren, würde ich nicht mehr arbeiten, es gab sogar schon einen Termin, ab dem ich keine Sekretärin mehr wäre: der 31. Mai 1972.

Im Februar oder März dieses Jahres platzte Karin herein, hochschwanger, und brachte uns anlässlich ihres Einzugs Salz und Brot vorbei. Man könne ja auch mal andersherum. Man müsse ja nicht immer wie alle anderen, da könne man ja lange warten, schließlich sei man auch schon eine Woche hier, die Möbel stünden schon, Jürgen habe da ein Händchen für, Jürgen, ihr Mann, eigentlich ein Zahlenmensch, aber auch mit dem Hammer, trotzdem gäbe es noch so viel zu tun, die vielen Kisten, der Keller, vom Garten ganz zu schweigen, und sie könne ja nicht in ihrem Zustand, ich sähe ja selber, und überhaupt, überhaupt.

Ich stand im Flur, und Karin sah mich erwartungsvoll an. Ihre riesige Kugel ragte über die Schwelle und berührte mich fast, niemand kann so schwanger sein, dachte ich, das ist eine Attrappe, ein Medizinball, ein Sofakissen, das sie gleich herauszieht, und dann ruft sie April, April und hüpft in weiten Sätzen davon. Nichts hätte sie lieber gewollt, als dass ich sie anfasse. Ihren Bauch zu berühren, zu spüren, wie sich das fast fertige Kind darin bewegt, zu fragen, ist das ein Fuß oder eine Hand, Junge oder Mädchen, den kleinen Kopf mit der Hand zu überwölben. Es juckte mich in den Fingern, aber ich rührte mich nicht, sagte nichts, hielt ihren Blick, ohne zu blinzeln. Wahrscheinlich standen wir viel kürzer da, als ich es in Erinnerung habe. In meiner Erinnerung vergehen Minuten, unmöglich, dass Karin so lange stand und nichts sagte, es können nur ein paar Sekunden gewesen sein, in denen sie sich ihr Bild von mir machte und die Frau zum Leben erweckte, die ich bis heute für sie geblieben bin. Die Frau mit dem goldenen Gesicht. Die, die nicht kämpfen musste, für die alles selbstverständlich ist, der Name, das Geld, die einflussreichen Bekannten, die sich nicht vorstellen kann, weniger zu haben, weniger zu sein als alle anderen.

Diese Frau.

Vielleicht wurde ich sie in dem Moment, als ich mich weigerte, Karins Bauch anzufassen.

***

Wir gehen nach draußen.

Das Wetter ist viel zu schön, unmöglich, in dem engen Haus zu bleiben, ein strahlender Sommer, die Luft wie Watte, weich und dicht, sodass sich alles verlangsamt, die Vögel am Himmel, die Kondensstreifen der Flugzeuge langsamer ausfransend, langsamer unsere Schritte auf dem Weg zwischen den Gärten. Susanne kommt mit Carl aus dem Haus, und natürlich gehen wir ihnen nach, die Straße hinunter am Park vorbei, wo sie sonst immer spazieren gehen, über den Rechbächlweg stadtauswärts, rechts die letzten Häuser, links die schmale Straße nach Weidenthal. Es geht leicht bergauf, nach einer Kurve die ersten Bäume, Buchen und Kastanien, saftig grün trotz der Hitze. Susanne stemmt sich mit durchgedrückten Ellenbogen gegen den Rollstuhl. Unter den Achseln färbt sich der hellblaue Stoff ihres T-Shirts dunkel, wir hören sie atmen, ein tiefes, regelmäßiges Schnaufen, sonst nichts, kein Wort zu Carl, die ganze Zeit nicht. In den Schatten ist es angenehm kühl. Jürgen bleibt ein paar Schritte zurück, er ist nie der große Wanderer gewesen, im Gegensatz zu Carl, der hier alle Wege kennt, ganze Sonntage, an denen er schon im Morgengrauen im Wald verschwand und abends, nach dreißig, vierzig Kilometern, wiederauftauchte, stumm vor Erschöpfung und mit glasigen, in die Ferne gerichteten Augen, als sei nur der Körper zurückgekehrt, sein Geist aber immer noch irgendwo dort unter den Bäumen.

Hinter mir wimmert Jürgen wie eine junge Katze. Ich drehe mich um, schrecke zurück vor der Furcht und Verzweiflung in seinem Gesicht. Keine Sekunde habe ich darüber nachgedacht, wohin wir gehen, warum wir hier sind, so weit weg von zu Hause.

Jetzt erst begreife ich.

Und mag ihn nicht ansehen.

Wie er über die Forststraße kommt, nicht im Mondlicht diesmal, sondern im gesprenkelten Sonnenlicht des Waldes, die Arme eng am Körper, die Schritte mechanisch, ein Schlafwandler ohne besondere Eile. Die Räder des Rollstuhls knirschen über Schotter, knacken kleine Äste, holpern über Unebenheiten, durch Schlaglöcher. Die Straße zu Bereswill verläuft ohne weitere Steigungen, nur deshalb kann Susanne den schweren Rollstuhl überhaupt bewegen. Ein Gewaltakt, wie sie ihn vorwärts wuchtet, immer wieder verkanten die Räder, Carls Oberkörper klappt nach vorne, ein Wunder, dass er nicht herausfällt, dabei wäre es das Beste, wenn er herausfiele und liegen bliebe, niemals könnte Susanne ihn allein in den Rollstuhl zurückheben.

»Bleib stehen, geh nicht weiter!«

Ich schreie, so laut ich kann, aber Susanne hört mich nicht, nur Carls Kopf ruckt herum, Karin zuckt zusammen, und wir sehen uns an, sind ganz still. Bereswills Grundstück ist ungesichert, kein Tor versperrt den Zugang zum Becken. Ich rufe noch einmal; bilde mir ein, dass die Vögel verstummen, während Susanne die Einfahrt betritt, renne los und Karin mit mir, sogar Jürgen, stelle mich in den Weg, rufe und schreie und kann doch nur zusehen, wie Susanne Carl unaufhaltsam auf den Rand des Beckens zuschiebt, ein schwarzer, öliger Fleck, in dem lautlos die Forellen kreisen.

1986

Leichtigkeit und Schwere

Sylvia verliert die Kontrolle.

Ein universales Gefühl, wie die Himmelskörper in unglaublicher Geschwindigkeit von ihr wegstreben, während sie als Einzige statisch zu verharren scheint, die Hände auf die Arbeitsplatte gestützt, und durch das Küchenfenster in den Garten blickt. Der Urknall klingt ihr noch im Ohr, dieser erste Ton, mit dem alles angefangen hat. Ein F. Sie hat sich die Noten nur ein Mal angesehen, vor ein paar Wochen, als Hanno sie von Herrn Abel mit nach Hause brachte, und danach darauf vertraut, dass Hanno das Lied selbstständig einübt. Offensichtlich ein Fehler. Sie hätte hinterher sein müssen, die Fortschritte regelmäßig überprüfen, ihn vorspielen lassen sollen. Aber es gab so viel zu tun. Die Vorbereitung der Feier, die letzten Arbeiten an Haus und Garten, dazu der Ärger mit der Terrasse, die die Gartenbaufirma so nachlässig unterfüllt hat, dass sich an einer Stelle die Platten gesenkt haben, eine Knöchelfalle, notdürftig verdeckt von einem der Pflanzenkübel, die Carl am Morgen aufgestellt hat.

Ein Loch in der Terrasse.

Sylvias Aufmerksamkeit legt sich hinein, manchmal ruht sie sich aus in solchen Senken, versteckt sich vor den Menschen, vor Hanno und Carl, presst sich ganz flach auf den Boden einer Nebensächlichkeit, statt sich um die wichtigen Dinge zu kümmern. Was passiert ist, ist ihre Schuld. Ihr Vertrauen in Hannos Selbstständigkeit war nur ein Vorwand, um sein Zimmer nicht betreten zu müssen, wo sie sich so verloren fühlt, die weißen Möbel, das weiße Bett und darauf dieser schwarz gekleidete Junge, der nicht aufblickt, wenn sie etwas von ihm will, der mit einem Nicken alles bejaht und es dann doch nicht macht, der plötzlich wie aus dem Nichts explodiert, sie anschreit, Türen knallt und fünf Minuten später wieder in ein gleichgültiges Brüten verfällt, als wäre nichts gewesen. Sie meidet ihren Sohn, ist nicht mehr gern mit ihm zusammen. Eine besondere Form der Feigheit, dass sie als seine Mutter ihm nicht beisteht, sondern ihn allein durch diese Zeit treiben lässt und nur hofft, dass sie vorübergeht.

Sylvia ist maßlos enttäuscht von sich, von Hanno, von Carl, der auch an diesem Tag nicht aus seiner Haut kann. Er steht im Garten und trinkt Schnaps, Flasche und Glas griffbereit neben sich auf einem der Stehtische. Den ersten hat er unmittelbar nach dem Ende des Liedes gekippt, noch bevor er Hanno einen Arm um die Schulter legte. Soll sie es so nennen, ein Lied? Zwischen den Dissonanzen und Fehltönen war die Melodie nur zu erahnen gewesen, ein zartes Pflänzchen, platt getrampelt von Hannos brutalem Anschlag in den tieferen Passagen, in der Luft zerrissen vom Kreischen und Quietschen des Akkordeons bei den höheren Tönen. Es hatte etwas Anarchisches, wie sich die Musik über die Ordnung hinwegsetzte, die Regeln der Komposition brach und nur Trümmer des ursprünglich Gemeinten zurückließ. Barrikadenmusik. In den Gesichtern der Umstehenden – ihre Freunde und Nachbarn, alle, die sie kennt – fand Sylvia, was zu erwarten war: Belustigung, Schadenfreude, Mitleid, Fremdscham, darüber jedoch ein Leuchten, das nicht vom Schweiß und der Sonne kam. Die Musik stellte etwas mit den Menschen an, sie bewegten sich unruhig, traten auf der Stelle, spannten die Muskeln. Nur Sylvia nicht. Sie dachte daran, einzugreifen, und konnte es nicht. Ihr ganzer Körper war steif, bewegungsunfähig, wie festgewachsen in der Erde. Das Lied endete, und sie versuchte einen Schritt, aber Hanno setzte noch einmal an, spielte eine weitere Strophe. Sylvia spürte die wachsende Distanz und die Beschleunigung, mit der sich die anderen von ihr entfernten, unendlich der Raum in alle Richtungen, als habe Hanno mit seinem Spiel die natürlichen Grenzen aufgelöst und das Universum für alle Möglichkeiten geöffnet. Neben ihr griff Carl hinter sich und nahm die Schnapsflasche. Sie sah es im Augenwinkel, konnte den Kopf nicht drehen, konnte nicht eingreifen, weil Hanno noch spielte.

Im Garten balanciert Karin ein volles Schnapsglas zwischen ihren hochgeschnürten Brüsten, beugt den Kopf nach vorne und versucht, den Schnaps mit der Zungenspitze aufzulecken wie eine Katze die Milch. Das Glas kippt um, und der Schnaps läuft in ihren Ausschnitt. Gerd Dreißigacker nimmt es herunter, füllt es auf, drückt es tief zwischen Karins Brüste, damit es dieses Mal fest steht und nicht gleich wieder umfällt. Karin macht einen Buckel und geht leicht in die Knie, die Arme zur Seite ausgestreckt wie eine Seiltänzerin. Sie ist nicht mehr ganz sicher auf den Beinen, schwankt vor und zurück, die Zunge schon zu voller Länge ausgefahren, während sie den Nacken in Zeitlupe zum Glas hinunterbeugt. Durch das Küchenfenster beobachtet Sylvia Susanne, die wiederum ihre Mutter beobachtet, Jürgen, der den Blick gesenkt hält und am Knopf seines linken Hemdärmels nestelt. Um den Tisch stehen noch andere, Gerd und Elfi Dreißigacker, Klaus und Waltraud Dreiling, Bernd Siegrist. Der harte Kern. Karins Nackenstränge sind zum Zerreißen gespannt. Ihre Zungenspitze berührt beinahe den Rand des Glases, sie beugt den Kopf noch etwas weiter, dann verliert sie das Gleichgewicht und stolpert vorwärts in den Buchsbaum am Rand der Terrasse. Sylvia hört ihr Lachen, ein hoher, klirrender Ton. Sie strafft sich, löst die Hände von der Arbeitsplatte und begibt sich ins Wohnzimmer. Bevor sie nach draußen geht, läuft sie noch einmal barfuß über die Terrakottafliesen, darin gespeichert die Wärme des Tages, so tröstlich unter den Fußsohlen. Niemand ist hier, alle verbliebenen Gäste sind im Garten und trinken in der lauen Luft. Das Haus gehört Sylvia allein, der massive Holztisch und im Kontrast dazu die Voile-Vorhänge, in die der Wind nur hauchen muss, damit sie sich bauschen, während der Tisch fest und sicher auf dem Boden steht. Leichtigkeit und Schwere. Haben die anderen es überhaupt gesehen? Haben sie verstanden, dass sie sich in diesen Räumen verwirklicht hat, dass sie jetzt endlich ganz da ist?

Eine leere Weinflasche rollt von Sylvia weg, als sie mit dem Fuß dagegen stößt. Nichts ist greifbar an diesem Tag. Sogar die Vorhänge widersetzen sich, öffnen sich nicht, als sie nach draußen will, sodass sie viel zu hart daran reißt und einer der Gleiter knirschend aus der Schiene springt. Morgen wird sie sich auf einen Stuhl stellen und ihn wieder hineindrücken, hoffentlich ist nichts abgebrochen, sie müsste dann zu Mann Mobilia in die Stadt und einen einzelnen Gleiter nachbestellen, wenn das überhaupt möglich ist, und wer weiß, wie lange es dauert, bis er geliefert wird, müsste wieder hin, um ihn abzuholen, eine ewige Fahrerei für ein Stück Plastik, das wahrscheinlich keine zwei Mark kostet. Sylvia zieht einen Stuhl heran und untersucht den Schaden. Sie bleibt hinter dem Vorhang, damit sie für die Gäste draußen nicht auf dem Präsentierteller steht, fühlt mit den Fingern über die Schiene und den Gleiter, über den Saum des Vorhangs, um zu prüfen, ob er eingerissen ist.

Was macht sie da?

Wieso steht sie hier auf einem Stuhl und repariert Gardinen, statt mit den anderen zu feiern? Draußen das Gelächter, und sie will nicht dabei sein, draußen fängt Gerd an zu singen, und sie will nur weg, draußen alle Menschen, die ihr etwas bedeuten, und sie sehnt sich nach der Einsamkeit ihres Zimmers, das sie sich oben eingerichtet hat, ein Nähtisch am Fenster, Fischgrätparkett, perlnachtblaue Wände. Sie drückt den Gleiter wieder in die Schiene, es ist nichts kaputt. Es ist alles in Ordnung mit ihr, sie ist nur erschöpft vom letzten Jahr und diesem Tag, eine völlig normale Reaktion, am Höhepunkt zusammenzubrechen, wenn alles geschafft ist und der Geist den Körper nicht länger über das Ende seiner Kräfte hinwegtäuschen kann.

Sylvia steigt vom Stuhl und geht nach draußen, zieht den Vorhang hinter sich zu, nun wieder ganz sanft und geräuschlos. Sie kennt ihre Fähigkeit, sich die Zustände wie dünne Kleidung überzuwerfen. Die wenigen Schritte über den Rasen genügen, sie strafft die Schultern, atmet tief ein und aus, legt ein Lächeln auf ihr nacktes Gesicht. Als sie die Gruppe erreicht, hört Gerd auf zu singen.

»Braucht ihr noch was?«, fragt Sylvia. »Wir haben noch so viel Essen da, nehmt euch, was ihr wollt, wir werfen das morgen sonst doch nur weg. Und du, Gerd, mach ruhig weiter, du weißt doch, dass ich deiner Stimme nicht widerstehen kann.«

»Mit der Virtuosität deines Sohnes kann ich natürlich nicht mithalten«, sagt Gerd.

Sylvia versteht das gelallte Wort zunächst nicht, *Wirsusität*, lacht über ihre Unsicherheit hinweg, bevor sie die Boshaftigkeit seines Satzes begreift. Für einen Moment steht sie reglos, wie gelähmt. Sie will Gerd anspringen und ist zu müde dafür. Sie will ihm sagen, dass er ein dummes Arschloch mit einer hässlichen Frau ist, dass seine Kinder dumme, hässliche Arschlöcher sind, die es zu nichts bringen werden, weil sie von ihrem Vater die Selbstgefälligkeit und von ihrer Mutter die Unterwürfigkeit geerbt haben, dass er der Letzte ist, der irgendetwas über Hanno sagen darf, weil sein ältester Sohn gerade einmal das Wasser halten kann.

Und bringt nur ein schwaches Lächeln hervor.

»Wie war eigentlich die erste Woche für Markus?«, fragt Carl. »Hat er sich auf der Hauptschule gut eingelebt?«

In Sylvias Magen lodern die Gefühle auf, Liebe, Dankbarkeit, Stolz, und sie neigt den Kopf, legt ihn an Carls Schulter, atmet an Carls Hals. Er wirkt vollkommen nüchtern. Sie kennt diese Phase seiner Betrunkenheit, wenn er ihr gegenüber ganz aufmerksam wird, wach, zugewandt, als mache eine bestimmte Menge Alkohol ihn hellsichtig für all ihre Wünsche und Bedürfnisse. Gemeinsam sehen sie Gerd beim Schrumpfen zu. Der Schulwechsel seines Sohnes ist ein Tabu, eines von vielen Themen, über die man im Freundeskreis nicht spricht. Sex, Geld, die Mängel und Verfehlungen der Kinder, Jürgens berufliche Abenteuer, Waltrauds

Tabletten, Waltrauds Stimmungsschwankungen, Waltrauds dunkle Tage, an denen sie das Bett nicht verlässt. Normalerweise werden diese Bereiche großräumig umgangen, aber heute? Wieder spürt Sylvia den offenen Raum und seine Anziehungskraft, ob es an Hannos Spiel liegt oder am Alkohol, kann sie nicht sagen, nur dass die anderen schon dort sind und sie noch hier. Sie lässt den Blick über die Gesichter wandern, die sich in ständiger Bewegung befinden, eine unter der Haut verrichtete Arbeit, mahlende Kiefer, Muskelzuckungen. Elfi Dreißigacker weint still und trocken. Karins Brüste blähen sich bei jedem Atemzug wie Fischblasen. Gerd ist nur noch Gebiss. Wie soll sie diese Menschen kontrollieren, die sich von einem Lied so aus der Fassung bringen lassen? Waltraud, ein Stundenglas bis zur nächsten Depression. Der Sand rieselt durch ihren dünnen Hals nach unten, sie schluckt, ihr Kopf fast schon leer. Ihr Mann formt seine Hände zur Schale. Immer muss Klaus sie auffangen, immer ist er es, der sie vom Boden aufliest. Ein Gedanke: dass Hannos Lied nicht die anderen aus der Fassung gebracht hat, sondern nur sie selbst. Sylvia betrachtet Jürgen und Susanne, die so vertraut beieinanderstehen, dass sie die Berührung überhaupt nicht bemerken, ihr Arm an seiner Hüfte, Vater und Tochter. Sylvias Sehnsucht nach Hanno ist überwältigend. Sie hebt den Blick und sieht ihn am Fenster, sein Gesicht ein milchiger Fleck, schwebend dort oben im Licht, das hinter der Scheibe scheint. Im Universum der auseinanderstrebenden Körper ist sein Zimmer eine Raumkapsel, die sich immer weiter von der Erde entfernt. Sylvia verfolgt ihren Weg, ein sanfter Anstieg in die Lautlosigkeit, dann die elliptische Neigung, und Hanno wird kleiner, geringer, winkt ihr zu mit seiner schwerelosen Hand, ein letzter Astronautengruß.

2018

Im Zwielicht

EINS

Rico Bereswill zieht den Kescher durchs Wasser, holt vier Forellen heraus, legt sie nebeneinander auf den Rand des Beckens. Sie zucken und springen hoch, eine schafft es fast ins Wasser zurück, aber er fängt sie mit den Händen in der Luft und tut sie zurück zu den anderen, hebt vier Finger, sieht Susanne fragend an.

»Was?«

Susannes Kopf ist vollkommen leer. Sie weiß nicht, wie sie hergekommen ist, weiß nicht, warum, weiß nicht, was Rico Bereswill von ihr will, seine feuchte Hand, vier Finger, der schwarze Dreck unter den Nägeln. Das letzte klare Bild: die Vorderräder des Rollstuhls frei drehend über dem Wasser.

Ist Herr Holtz noch da?

In einer panischen Sekunde kann sie ihn nirgends entdecken, ihr Blick zuckt über das Becken, den Zaun, den Wald, dabei sitzt er direkt hinter ihr im Rollstuhl und betrachtet mit großen Augen die sich windenden Fische.

»Wie viele du brauchst?«, fragt Rico.

»Drei. Wir sind drei.«

Rico packt die erste Forelle, fixiert sie auf dem Boden und schlägt ihr mit einem dünnen Holzknüppel kurz und hart auf den Kopf, sodass das Maul aufspringt und die Schwanzflosse zittert. Aus seinem Gürtel zieht er ein Messer, dreht die Forelle um und sticht ihr zwischen die Brustflossen ins Herz. Blutblasen quellen aus dem Stich, der Fisch erschlafft. Rico legt ihn beiseite.

»Den bitte nicht.«

Susanne zeigt auf den Fisch, der es fast ins Becken geschafft hätte, und Rico schiebt ihn mit der Spitze seines Gummistiefels ins Wasser zurück. Der Fisch schlängelt in die Tiefe, verschwindet in der Dunkelheit. Die beiden anderen tötet Rico wie den ersten. Ein Schlag, ein Stich, ein Schlag, ein Stich. In den Muskeln der Forellen entladen sich die elektrischen Potenziale. Zusammen wiegen sie 913 Gramm und kosten 8,67 Euro.

Der Rückweg ist eine Qual.

Susanne bekommt den Rollstuhl kaum vorwärts, jeder Schritt kostet die letzten Reserven, ein Holpern und Stolpern über die Unebenheiten der Schotterstraße hinweg. Die Forellen wölben sich in der Netztasche des Rollstuhls. Susanne stößt dagegen, wenn der Rollstuhl plötzlich in einem Schlagloch stecken bleibt, weich und nachgiebig das Fleisch der Fische, weich und nachgiebig ihr eigener Unterleib, der auf die toten Tiere drückt. Sie spürt, wie sie sich aneinander verschieben und übereinander hinweggleiten, schlängelnd und schmatzend unter dem weißen Plastik. In der heißen, stehenden Luft glaubt Susanne, sie riechen zu können. Etwas rührt sich in ihrem Magen, Erinnerungen, und sie unterdrückt die aufsteigende Übelkeit, wirft sich mit aller Gewalt gegen den Rollstuhl. Sie weiß nicht, ob sie Fisch mag. Ob sie Fisch je gemocht hat. Natürlich gab es keinen mehr seit damals, aber davor muss es Fisch gegeben haben, freitags, wie überall. Herr Holtz trinkt Weißwein zum Fisch, die Etiketten sind im Fernglas nicht zu entziffern. Beim Gedanken daran, dass sie die Forellen ausnehmen muss, wird ihr kurz flau, und sie bleibt stehen, vor ihr der Waldrand und der asphaltierte Weg, die Sonnenstrahlen wie Speerspitzen in ihren Schläfen. Herr Holtz verschluckt sich und fängt an zu husten. In den letzten Jahren hat Sylvia immer die Gräten für ihn entfernt, auch das wird sie übernehmen müssen.

Zu Hause öffnet Hanno ihr die Tür, küsst sie, nimmt ihr die Tüte ab.

»Was hast du da?«, fragt er.

»Forellen.«

»Gute Idee.«

»Dein Vater ist draufgekommen, als wir spazieren waren.«

Hanno öffnet die Tüte und sieht hinein.

»Ich hab keine Ahnung, wie man die macht.«

»Ich krieg das schon hin.«

»Wir hatten die immer an Weihnachten, mit Kartoffeln und zerlassener Butter. Salat dazu, glaube ich.«

»Grüne Bohnen.«

»Stimmt. Woher weißt du das?«

»Wir haben immer grüne Bohnen dazu gemacht.«

»Hast du welche da?«

»Nein.«

»Dann gehen wir direkt los und holen welche, ja, Papa?«

Er gibt ihr die Tüte zurück und nimmt den Schlüsselbund von der Kommode, wendet den Rollstuhl, schiebt ihn nach draußen.

»Wohin denn jetzt schon wieder?«, ruft Herr Holtz. »Hab ich mein Geld?«

»Ich hab Geld. Bis gleich.«

Hanno schließt die Tür hinter ihnen, der Flur fällt ins Halbdunkel. Ein angenehmes Zwielicht gegen das Gleißen dort draußen, zwielichtig die Blicke von Hannos Verwandten an der Wand, zwielichtig die Erinnerungen, die jetzt immer stärker kommen, warme, in Honig getauchte Bilder, sie selbst auf dem Schoß ihrer Mutter und Jürgen, der das Boot über den See rudert, die untergehende Sonne ein roter Ball zwischen den Gipfeln, das leise Plätschern und Knirschen der Riemen, die letzten Rufe der Haubentaucher, bevor sie im Schilf zur Ruhe kommen. Der letzte Atemzug ihrer Mutter, beinahe ein Standbild, nur die geringste Bewegung der Lider, die noch einmal flattern und dann nicht mehr. Dieses flatternde Glück, das sie früher so oft empfunden hat.

Und dann nicht mehr.

Das Arbeitszimmer liegt am Ende des Flurs.

Mit der Fischtüte in der Hand geht Susanne hinein und schließt die Tür hinter sich. Der Schreibtisch ist noch derselbe. Die Regale mit der juristischen Fachliteratur, in der Ecke die Sitzgruppe aus zwei Ledersesseln um einen niedrigen Glastisch. Der Perserteppich, die Stehlampe. Susanne knipst sie mit dem Fußschalter an. Das Licht ist immer noch gelb. Ein scharf gezeichneter Lichtkreis an der Decke, der Lampenschirm zart und transparent über dem schweren Edelstahlfuß. Sie setzt sich in den Sessel, in dem Jürgen damals gesessen hat. Man sitzt im Licht, man legt die Arme auf die breiten Lehnen, man schlägt die Füße übereinander. Man blickt auf den Schreibtisch. Die Schreibtischplatte ist leer, anders als damals. Damals lagen Akten herum, aufgefächerte Stapel, Stifte in einem Becher, ein Diktiergerät, Wassergläser, eine Karaffe. Eine Flasche Armagnac. Wanderkarten. Stempel in einem drehbaren Halter, die vergoldete Miniatur des Eiffelturms, einzelne Papiere, Ansichtskarten. An der Wand hinter dem Schreibtisch die Luftaufnahme. Man erkennt die hellgrünen Kastanienhaine und die dunkleren Tannen, die sich in den Wald schlängelnden Wege, rechts unten das Becken, wenn man genau hinschaut. Man denkt an die Fische im schwarzen Wasser, an Rico Bereswill, der selbst stumm ist wie ein Fisch, an seine Hände, glatt und ohne Linien, an seine Augen, Fischaugen. Man erkennt die Strudel im Wasser und vergisst ganz, wo man ist.

Man schließt die Augen und erinnert sich.

***

Natürlich war es ein Tag wie jeder andere.

Alle Ahnungen und Zeichen fügten sich erst nachträglich zu einem Bild, dass Jürgen weniger frühstückte als sonst, dass er das Telefon klingeln ließ, dass er ihr über die Haare strich, während sie am Tisch saß, und seine Hand für eine Sekunde auf Höhe der Schultern verharrte, bevor er die Bewegung vollendete. Der 8. Juli 1996, ein Montag, warm und freundlich, Auftakt zu neun schönen Wochen, an deren Ende Kriminaloberkommissar Becht die Todesnachricht überbringen würde. Nur eine kleine Sonnendelle Mitte Juli, als ein atlantischer Tiefausläufer drei Tage lang für Regen und Temperaturen knapp unter zwanzig Grad sorgte. Die Pflanzen benötigten viel Wasser, gediehen aber prächtig. Mit einem grün-schwarz geringelten Gartenschlauch goss Jürgen am Vormittag den Garten, wie immer im Uhrzeigersinn, beginnend bei den Sonnenaugen auf zwölf Uhr, bis er auf neun Uhr, bei der Färberkamille, aus Susannes Blickfeld verschwand. Sie sah ihn ein letztes Mal als Schatten neben der Zypresse, hörte sein letztes Geräusch, ein metallisches Scharren, als er den Schlauchwagen in der Garage verstaute.

Ihre Mutter wurde am späten Abend unruhig. Sie drehte Kreise um den Tisch, drehte ein Glas Weißwein zwischen den Fingern, ließ es fallen. Susanne hob die Scherben auf, während ihre Mutter auf der Terrasse rauchte und Kringel in die Luft drehte, Spiralen, zuckende Fäden. Jürgens Abwesenheit war eine Leerstelle im Schuhregal unten rechts, wo er am Ende eines Tages normalerweise seine Straßenschuhe hineinstellte. Susanne betrachtete die Lücke, die weiße Tapete dahinter, die schwarzen Abriebspuren von Jürgens Schuhen auf der Tapete. Beim Abendbrot war der dritte Teller gedeckt. Frischkäse, Gurke, Radieschen, Jürgens Bierschinken, eine Lage Gouda, stufig versetzt auf das Pergamentpapier geschichtet. Ihre Mutter zupfte Krümel vom Brot und häufte sie zu einem Hügel am Rand des Tellers. Susanne mied ihren Anblick. Sie sprachen nicht über Jürgen, stellten keine Hypothesen auf, ließen alle Möglichkeiten unerwähnt.

Aßen schweigend.

In einer ersten Befragung erläuterten die Kommissare Becht und Reichmann die Hintergründe. Die Vorwürfe gegen Jürgen lauteten auf Anlagebetrug, Untreue, Urkundenfälschung. Im Jahr 1994 habe er mittels eines Privatdarlehens der Spartan Holding KG die JDconsult GmbH gegründet und über diese den geschlossenen Immobilienfonds RegioEstate Plus vertrieben, aufgelegt von der Spartan Estate GmbH, welche wiederum als Tochterfirma der Spartan Holding KG firmiert habe. Die Einlagen in diesen Fonds seien widerrechtlich zur Deckung eines anderen Fonds der Spartan Holding KG verwendet worden. Ein Schneeballsystem, in dem Jürgen eine Relais-Station gewesen sei, eine Art Durchlauferhitzer, wenn man so wolle.

Susanne verstand kein Wort.

Man fragte sie, wann sie ihren Vater zuletzt gesehen habe. Für einen Augenblick begriff sie nicht, wer gemeint war. Sie kannte und dachte ihn nur als Jürgen, sprach ihn auch so an, wusste überhaupt kein anderes Wort für ihn. – Vorgestern. – Ob etwas ungewöhnlich an ihm gewesen sei. – Nein. – Ob er etwas gesagt habe. – Nein. – Ob er seltsam gewesen sei in den letzten Tagen. Nervös. Aggressiv. – Nein. – Nein. – Nein. – Ob es irgendwelche Anzeichen dafür gegeben habe, dass er habe untertauchen wollen. Ein gepackter Koffer. Anrufe.

»Nein. Jürgen war wie immer. Er hat noch die Blumen gegossen, dann war er weg.«

Jürgen.

Ihre Mutter nannte ihn auch so.

In den ersten Tagen kam Jürgen Dutzende Male nicht zurück.

Ein Klappern an der Tür, ein Schatten auf der Terrasse, ein Auto, das in der Nacht langsam am Haus vorbeifuhr. Manchmal, wenn sie aßen oder die Wäsche erledigten, schreckten Susanne und ihre Mutter gemeinsam auf, erstarrten in der Bewegung, ein kurzer Blick, dann stocherten die Gabeln wieder im Teller, und Jürgen war ein weiteres Mal nicht gekommen. Meistens saß Susanne allein in ihrem Zimmer, die Augen im Fernglas bei Herrn Holtz, die Ohren bei den Geräuschen im Haus. Sie hörte, wie ihre Mutter im Erdgeschoss rumorte, Bücherstapel aus dem Regal nahm und abstaubte, Möbel verschob. Nach und nach setzte sich bei ihr die Überzeugung durch, Jürgen habe *die Flatter gemacht*, hocke an irgendeinem Strand an der Côte d'Azur oder Costa del Sol und lasse sich die Sonne auf den Pelz brennen. Susanne schwieg dazu. Jürgens Brief, den sie am Morgen des 18. Juli unter ihrer Zimmertür fand, verbrannte sie ungeöffnet. Auf dem Umschlag hatte in zittriger Handschrift gestanden: *Für Susanne. Von Papa.* Dicke und Gewicht des Briefes nach zu urteilen, waren mehrere Bögen darin enthalten gewesen, ein schweres Bekenntnis, jetzt Asche. Ein Häufchen blieb auf der feuchten Erde zurück, Flocken wurden vom Wind davongetragen. Es waren die Tage des Atlantiktiefs, ein in den Sommer getriebener Keil, der den Himmel von Westen her spaltete. Jürgen musste in der Nacht ins Haus gekommen sein. Ihre Mutter nahm starke Schlafmittel, aber auch Susanne hatte nichts gehört, kein Stochern im Türschloss, keine Schritte, kein Schaben oder Knistern, als der Brief unter die Tür geschoben wurde. Mit den Fingern lockerte sie die Erde unter der Zypresse und hob die Asche unter, strich alles glatt, bis nichts mehr zu sehen war. Die Asche diente dem Boden als Dünger, Kalium, Kalk, Eisen, dazu das konzentrierte Substrat aus Jürgens Worten, mit ungeklärter Wirkung.

Sie gewöhnte sich daran, dass er nicht da war.

Eine Gewöhnung innerhalb des Ausnahmezustands, vor der Tür stand ein Streifenwagen, die Parolen an ihrer Hauswand waren kaum getrocknet.

Dreyer verrecke

Dreyer wir kriegen dich

Hastig und in Erregung hingeschmiert, das *y* in *Dreyer* zog beide Male tief nach unten, ein zittriges Abrutschen der Hand, noch verlängert durch den Nachlauf der Farbe, die als dünner Strich abwärtsrann und in einem stecknadelkopfgroßen Tropfen erstarrte. Dass Jürgen verrecken solle, dass man ihn kriegen würde, in dieser Reihenfolge. Susanne las die Botschaft wie ein Wahlplakat. Sie hatte ihre Arbeit wieder aufgenommen, froh darüber, dass sie nicht angesprochen wurde, obwohl sie in ihrem hellblauen Kittel als Angestellte des Supermarkts erkennbar war. Bei Fragen wandten sich die Kunden an den Marktleiter, an die Fachkräfte hinter Fleisch- und Käsetheke, an die Kassiererinnen. Susanne war weniger als eine Kassiererin, aber mehr als eine Putzfrau. Wenn sie dicht an ein Regal herantrat und das Gesicht in eine Lücke zwischen den Konserven schob, die Luft anhielt, ganz still stand, schien sie mit den Waren zu verschmelzen. Eine Chamäleon-Technik. Die Kunden schoben ihre Einkaufswagen an ihr vorbei, ohne sie zu bemerken, unterbrachen ihre Gespräche nicht, die von Jürgen handelten, von Jürgen und Karin, vom Versagen der Familie Dreyer im Ganzen.

Irgendwann stellte ihre Mutter den dritten Teller nicht mehr auf den Tisch. Die Schlafmittel hüllten sie in einen Nebel, hinter dem ihre Züge milchig verwischten, eine Unklarheit in jeder Handlung, sollte sie aufstehen oder nicht, lohnte es zu duschen, die Herdplatte auf neun oder eins, geschah noch etwas, oder blieb alles so, wie es war. Susanne übernahm einen Großteil der Arbeiten im Haus, kaufte nach ihren Schichten im Supermarkt ein, sieben Prozent Mitarbeiterrabatt, die einfachsten Dinge, Wurst, Käse, Brot, Milch, einmal auch Kirschen, einmal auch ein halbes Kilo äthiopischen Kaffees im Angebot. Herr Holtz trank seinen Kaffee schwarz, mit viel Zucker. Als Anwalt der Familie kam er regelmäßig zu ihnen herüber, kümmerte sich um alles, was mit Jürgens Verschwinden zu tun hatte, die Befragungen, den Papierkram, überhaupt die Betreuung ihrer Mutter, die nur bei Herrn Holtz aus dem Nebel trat und für einige Stunden in der Woche ihre Klarheit zurückgewann. Im toten Winkel des Treppenhauses stand Susanne und belauschte die Gespräche zwischen den beiden, roch den Kaffee, den sie gekauft und für Herrn Holtz gekocht hatte.

Ihre Mutter sagte:

»Weil Jürgen so sein will wie du, weil er sieht, wie die Leute mit dir reden, wie du mit den Leuten redest. Wenn er könnte, würde er sofort mit dir tauschen. Der würde sogar Sylvia und deinen Sohn nehmen. Ohne mit der Wimper zu zucken, würde der mich und Susanne sitzen lassen und in dich reinkriechen, der würde dich anziehen wie einen Mantel und nie wieder ausziehen. Seit er dich kennt, guckt er von unten zu dir hoch. Die sitzt so tief in ihm drin, diese Kleinheit, da hat er was Großes versucht, endlich mal, und glaub ja nicht, dass er dabei nicht die ganze Zeit an dich gedacht hat. Das muss seine geheime Lust an der Sache gewesen sein, sich vorzustellen, was Carl sagt, was Carl denkt, wenn Carl wüsste. Dass ihr keine Anteile gekauft habt, hat ihn schwer getroffen. Die paar Tausend Mark, die hätten euch doch nicht wehgetan! Und jetzt hockt er irgendwo und denkt, dass du von Anfang an gewusst hast, dass es nichts wird, dass du es schon gewusst hast, bevor er selbst es wusste, und das ist das Allerschlimmste für ihn.«

Herrn Holtz anziehen wie einen Mantel.

Susanne spielte mit dem Gedanken, wenn sie allein in ihrem Zimmer auf dem Bett lag, umhüllt zu werden, eingehüllt zu werden in sein Wesen, in seinen Geruch. Draußen war es zu warm für einen Mantel. Selbst ein leichter Sommerstoff wäre zu viel gewesen, die Hitze war zurückgekehrt und hielt sich beständig, schon früh am Morgen auf dem Weg zur Arbeit begann Susanne zu schwitzen und hörte nicht auf, bis sie am Nachmittag kalt geduscht hatte. Immer näher rückte der Jahrestag, immer stärker der Sog, nach draußen zu gehen, sich anzunähern, das Grundstück zu betreten. Sie begann die Tage herunterzuzählen. Mittwoch, Donnerstag, Freitag. Am Samstag kochte die Luft. Ihre Mutter war zum ersten Mal nicht zu der Geburtstagsfeier von Herrn Holtz eingeladen und litt unter der Zurückweisung wie unter einer Amputation. Ein Phantomschmerz dort, wo sonst die Vorfreude gewesen war. Am Abend lag sie auf der Couch unter einer Decke, die Susanne trotz der Hitze über sie geworfen hatte, krümmte sich, schlängelte sich um den Schmerz herum, lag dann wieder für Minuten reglos, um den Schmerz zu täuschen und abzulenken. Ihre Stimme war heiser, unbeherrscht, verlangte Wein statt Wasser für ihre Tabletten.

»Vom Weißen, unten im Kühlschrank.«

Zwei runde Tabletten, weiß, mittig gekerbt. Nicht eingeladen zu sein, erforderte die doppelte Dosis, eine Strafe wie keine andere, lebenslänglich, grausam und ungerecht.

Für immer würde ihre Mutter nicht dabei gewesen sein.

Susanne ging nach draußen, an den Zaun.

Im Garten der Familie Holtz brannten die Fackeln, beleuchteten die Äste und Zweige, die noch immer zum Tag geneigten Dolden der Bibernelle. Jürgen trat hinter einem Baum hervor, unter seinen Füßen altes Laub, sodass er raschelnd auf sie zukam, wie eine Maus, dachte Susanne, oder ein anderes spitznasiges Tier.

»Geh da nicht hin. Bitte, Susanne.«

Sie fand ihn äußerlich kaum verändert. Einigermaßen aufrecht, einigermaßen gesund, auch wenn sie im Schatten der Buche den Zustand seiner Haut nicht genau erkannte, nicht sagen konnte, ob etwas fehlte, was vor neun Wochen noch da gewesen war. Sein Hemd hatte er ordentlich in die Hose gesteckt. Die Hand, die er ausstreckte, um sie zu berühren, zitterte leicht.

»Hast du meinen Brief nicht bekommen?«

Sie standen nicht weit von der Stelle, wo er verbrannt in der Erde lag. Die Zypresse hatte sich längst genommen, was sie brauchte, und grünte sie nicht grüner, stand sie nicht fester mit ihren Wurzeln im Boden, die Zweige unter starker Spannung, ein jüngerer Baum, wenn dies überhaupt möglich war, als noch zu Beginn des Sommers.

»Sag doch was, bitte!«

Susanne erinnerte sich daran, wie die Polizisten ihn genannt hatten:

Ihr Vater, hatten sie gesagt, obwohl er doch nur Jürgen war.

***

23. August 2018

Ich konnte die Forelle nicht essen.

Ich habe sie ausgenommen und gekocht, habe Kartoffeln geschält und gekocht, Bohnen geputzt und gekocht. Hanno hat so getan, als würde es ihm schmecken. Seine Backen wurden immer dicker, er kam mit dem Kauen und Schlucken nicht hinterher, aber wenigstens hat er es versucht, anders als sein Vater. Der hat nach dem ersten Bissen seinen Löffel in den Teller geworfen wie

ein bockiges Kind, er benutzt tatsächlich einen Kinderlöffel mit abgewinkeltem Mundstück, in den Griff ist ein Zwerg mit Zipfelmütze eingeprägt, der selbst einen Löffel in der Hand hält. Früher hat Hanno damit gegessen, er konnte sich genau an dieses Besteck erinnern, es gibt noch eine Gabel mit gerundeten Zinken und ein stumpfes Messer mit den gleichen Zwergen im Griff. Ich habe mir Hanno vorgestellt, wie er damit isst, die kleinen Fäustchen, die hoch konzentrierten Bewegungen. Mit der Spitze seines Fischmessers hat er ein Bäckchen aus dem Kopf seiner Forelle ausgelöst. Das Maul war geöffnet, winzige, spitze Zähne, trübe Augen. Als ich vorhin am Becken stand, habe ich es fast laut gesagt, vielleicht habe ich geflüstert, ich weiß es nicht mehr.
Mein Vater hat sich meinetwegen umgebracht.
Ich muss es einmal schreiben, damit ich es sehe, da steht es.
Meinetwegen.

ZWEI

Sie verabschieden sich im Kies vor dem Haus.

Hanno beugt sich hinunter und umarmt seinen Vater, der sich mit schweren Armen an ihn klammert und nicht loslassen will. Duschgel und Nivea. Hanno hat ihn früh am Morgen gebadet und rasiert, zunächst mit dem elektrischen Rasierapparat für das gröbste Gestrüpp, danach mit dem Messer. Die Haut ist kühl und glatt, ein erster Anflug von Schweiß hinter den künstlichen Gerüchen. Hanno atmet tief ein, schließt kurz die Augen, öffnet sie wieder. Auf dem Treppenabsatz stehen Matze Dreiling und seine Tochter Ines und warten darauf, dass sie sich endlich voneinander lösen.

»Ist ja gut, Papa, wir sind heute Abend wieder zurück, da schläfst du wahrscheinlich schon, morgen früh dann spätestens. Ines und Dr. Dreiling passen auf dich auf.«

»Geht Sylvia auch mit?«

»Mama ist tot, das weißt du doch.«

»Und Karin?«

»Karin auch.«

»Alle tot.«

Sein Vater lässt die Arme sinken, und Hanno richtet sich auf, geht zum Wagen, wo Susanne schon auf ihn wartet.

»Lasst es euch gut gehen!«, ruft Matthias und winkt ihnen nach, als Hanno den Wagen aus der Einfahrt setzt.

Wann ist er zuletzt so gefahren, eine Frau neben sich, den Tag vor sich, die Sonne links oben im Auge, sodass er den Sichtschutz herunterklappen muss? Nach Süden. In eine ganze Himmelsrichtung, in die breite Front der Welt, langsamer als erlaubt, weil der Weg kostbar ist, jeder einzelne Straßenmeter, die Abschnitte zwischen den Leitpfosten ein Maß für das Zurücklassen, hundert Pfosten von zu Hause, zweihundert, fünfhundert, die Landstraße frisch asphaltiert, noch ohne Markierungen an den Rändern.

Tausend Pfosten von zu Hause.

Es war seine Idee, zu fahren, Susannes Idee, an den See zu fahren, den sie von früher kennt. Matze Dreilings Idee, mit seiner Tochter auf seinen Vater aufzupassen, eine Geste von solcher Großzügigkeit, dass Hanno ganz sprachlos war, als Matze ihm das Angebot machte. Er hatte ihn angerufen und nach Möglichkeiten der Tagesbetreuung für seinen Vater gefragt, hatte ihm erzählt, dass er mit Susanne wegfahren wolle, dass sie einmal rausmüssten, für ein paar Stunden nur. Matze machte einen ganzen Tag daraus.

»Um der alten Zeiten willen.«

Hanno sieht in den Rückspiegel, blinkt, überholt einen Traktor. In der Bewegung sind die Sorgen um seinen Vater milde, als könne ihm, solange er fährt, nichts geschehen, das Fahren ein gesicherter Zustand, in dem alle Handlungen des Schicksals ausgesetzt sind. Also nicht anhalten. Aufmerksam sein, die Vibration des Wagens spüren und Susanne neben sich, wissen, dass sie dasselbe sieht wie er, die Spitze der Kuppe, wo die sanft ansteigende Straße den Horizont berührt und der Mittelstreifen, vom Himmel ausgegeben, direkt auf sie zuläuft, still sitzen, zu zweit in dieser engen Kabine, der Autogeruch von Kunstleder und Plastik, und mit hundert Stundenkilometern durch die Landschaft, Rebflächen, Felder, Weizen, Raps, das leuchtende Gelb eine nicht zu imitierende Farbe, die nur im Vorbeiwischen existiert und im Rückspiegel schon nicht mehr, nach vorne schauen in den Tag, nach Süden. Susanne fährt sich durch die Haare, raschelt im Sitz.

»Ich will gar nicht sprechen«, sagt Hanno.

Er will nicht sprechen.

Darüber, dass sie einfach gegangen ist, mitten im Essen aufgestanden und ohne ein Wort verschwunden ist, dass sie seinen Vater angeschrien hat, als sie wieder da war, will nicht darüber sprechen, dass der Sommer allmählich zu Ende geht und sie immer noch nicht miteinander geschlafen haben. Er hat für alles Verständnis. Susanne kann tun und lassen, was sie will, ist ihm keine Rechenschaft schuldig. Drei Tage war sie weg. Hanno setzte seinen Vater vor den Fernseher und machte sich ans Badezimmer, entfernte unter dem lauten Gebell des Hundes die restlichen Fliesen, ein befriedigendes Gefühl, wenn sie mit einem sauberen Schlag abplatzten, ohne Rückstände zu hinterlassen, Rhythmus und dosierte Kraft, wie er den Meißel ansetzte und den Hammer im immer gleichen Winkel führte, mehr anklopfte als durchzog. Hinter dem Milchglasfenster war er für Susanne unsichtbar. Dieses Mal mied er den Garten, stolzierte nicht auf und ab, schlug keine Pfauenräder. Abends zog er die Vorhänge im Wohnzimmer zu, damit er nicht wie in einem beleuchteten Glaskasten stand und von draußen beobachtet werden konnte. Von drüben. Er war müde von der Arbeit, deshalb fragte er sich nichts. Ein Balanceakt, von dem er wusste, dass er ihn nicht lange würde halten können, nicht fragen, nicht denken, sich erschöpfen in den Notwendigkeiten des Alltags, nicht hinausgehen über den Moment, den Fliesenkleber abschleifen, den Bauschutt zur Entsorgungsstelle fahren. Er ging früh schlafen, auch am dritten Abend. Am nächsten Morgen stand Susanne im Wohnzimmer und deckte den Tisch. Sie taten beide so, als wäre nichts gewesen, es schien unmöglich, zu sprechen, während sein Vater nach Schnaps verlangte und der Hund erwartungsvoll vor seinem leeren Napf hockte. Susanne füllte das Futter in den Napf, Hanno schenkte Schnaps ein. Als sie alle am Tisch saßen, stieß sein Vater mit dem Handrücken die beiden Gläser um. Susanne schoss hoch, mit den Oberschenkeln hob sie den Tisch an, das Geschirr klirrte, der Tisch krachte auf den Boden zurück.

»Pass doch auf, du Idiot, verdammt noch mal!«

Sie schrie aus voller Kehle. Der Hund hob den Kopf, alarmiert, sein Vater, der nach einem der Gläser griff, erstarrte in der Bewegung. Seine Hand zitterte stärker als sonst. Hanno stand auf und ging zu Susanne. Als er die Arme um sie legte, spürte er ihren Widerstand nur kurz, dann sank sie gegen ihn. Er hielt sie fest, wie lange, wusste er nicht. Im Augenwinkel sah er, dass der Hund wieder angefangen hatte zu fressen.

»Liegt es an mir? Bin ich der Falsche? Du musst nicht weitermachen, nur weil du angefangen hast«, sagte er.

Der See ist ein gestrecktes Oval vor dem Relief der Berge, sanft ansteigend die Wälder am westlichen Ufer, gegenüber ein Badestrand, ein Wirtshaus mit breiter Terrasse, rot-weiß gestreifte Sonnenschirme, ein Kinderspielplatz.

»Als ich klein war, gab es da nur zwei Schaukeln und ein Klettergerüst«, sagt Susanne. »Eine Wippe noch.«

Sie haben den Wagen geparkt, jetzt schauen sie den Kindern zu, die auf die Holztürme steigen und über die Hängebrücken rennen, sich kopfüber die geschwungene Rutsche hinunterstürzen. Dutzende Kinder an diesem Spätsommertag, Staus an den Schaukeln und Aufgängen, überall kleine Scharmützel. Von der Terrasse rufen die Eltern herüber, wenn es zu arg wird. Am Strand sind die Handtücher zum See hin ausgerichtet, das Klackern der Holzschläger, ab und zu klatscht ein Körper ins Wasser und fächert glitzernde Tropfen gegen die Sonne auf, die für den Bruchteil einer Sekunde in der Luft stehen zu bleiben scheinen, gläsern, ehe sie in einem Bogen herunterprasseln.

Den Rundweg um den See gehen sie im Uhrzeigersinn. Je weiter sie sich vom Strand und vom Wirtshaus entfernen, desto ruhiger wird es, ein schmales Band aus Licht und Schatten, zwischen den Bäumen blitzt das Wasser, Paare kommen ihnen entgegen und grüßen mit einem leichten Nicken. Kaum Kinder, kaum Einzelgänger.

»Wenn wir früher am Parkplatz losgegangen sind, dachte ich immer, das schaffe ich nie, drei Stunden oder wie lange, aber dann ging es doch irgendwie. Jürgen hat immer gesagt, *ich kann die Pommes schon riechen, riechst du sie auch*, und er schnupperte dabei so komisch an der Luft, wie ein Hund, ganz blöd. Dann tat er immer so, als würde er die Bäume herunterzählen, *nur noch zehntausend*, und fünf Meter weiter, *nur noch neuntausend*, und so weiter. Er hat so viel geredet, dass ich gar nicht gemerkt habe, wie mir die Beine wehtaten. Um den ganzen See herum hat er geredet. *Schau, das Eichhörnchen. Schau, das Moos an der nördlichen Seite. Schau, wie die Haubentaucher miteinander tanzen.* Die ganze Zeit, bis wir herum waren. Und irgendwann habe ich die Pommes wirklich gerochen.«

Es ist schön, ihr zuzuhören. Hanno blickt über den See, kaum bewegt das Wasser, ein paar Schwimmer, ihre Köpfe wie Bälle auf der Oberfläche tanzend.

»Nach dem Essen sind wir immer Boot gefahren, Jürgen musste rudern, und ich bin auf Mamas Schoß eingeschlafen.«

Den Bootsverleih gibt es nicht mehr.

Als sie wieder am Wirtshaus ankommen, zeigt ihm Susanne, wo der Steg war, an dessen Stelle ein Ponton, auf dem ein paar Teenager in der nachlassenden Sonne liegen. Drei Jungen, zwei Mädchen. Sie sehen müde aus, findet Hanno, die Mädchen in der Mitte, ihre Schultern berühren sich, ein Junge hält sein Handy am ausgestreckten Arm gegen den Himmel, damit alle sehen können. Hanno folgt Susanne auf die Terrasse des Wirtshauses, die jetzt am späten Nachmittag nur noch zur Hälfte besetzt ist. Sie nehmen einen Tisch direkt am Wasser, unter ihnen plätschert es sanft und regelmäßig gegen die Mauer, Enten ziehen vorbei, in Erwartung herabfallender Krümel.

»Wollen wir was essen?«, fragt er.

»Ja, ich habe Hunger.«

Ein Kellner bringt die Speisekarten und fragt nach Getränken. Hanno spürt die Schwere in den Beinen, die Lust, zu trinken und noch schwerer zu werden, in der untergehenden Sonne rot aufzuglühen und spät, ganz spät, mit Susanne in ein fremdes Bett zu steigen, nackt unter die kühlen Laken, die Haut auf Spannung vom Tag, miteinander zu schlafen, einzuschlafen, aufzuwachen.

»Ich glaube, ich nehme das Schnitzel. Mit Pommes natürlich«, sagt Susanne.

»Kein Fisch heute?«

Susanne hält kurz inne, starrt ihn über die Speisekarte hinweg an, schüttelt den Kopf. Hanno bestellt das Gulasch und zwei Gläser Wein. Sie essen schweigsam, konzentriert. Am Gulasch fehlt nichts, Hanno zerteilt das Fleisch mit der Gabel, tunkt die Sauce bis zum letzten Tropfen mit Brot auf. Der blanke Teller, Hanno muss lachen, so wie er ihn früher als Kind sauber geleckt und in den Schrank zurückgestellt hat.

»Das hättest du mal bei meiner Mutter versuchen sollen«, sagt Susanne.

Er sieht sie an:

Im Licht dieses anderen Ortes scheint das Mädchen von früher viel heller durch die Jahre, da ist ihr Gesicht, offen, zugewandt, sommersprossig, da ist ihr Lächeln, leicht schief auf dem linken Eckzahn, ihre Augen, durchdringend blau. Derselbe Mensch, nur einunddreißig Jahre älter. Die Erinnerung ist stärker als sonst, obwohl sie nie schwach war. Eine harmlose Knutscherei. Neugier, Langeweile, die im Magen kribbelnde Gefahr, erwischt zu werden, unten seine Eltern und alle Gäste, oben die beiden Zungen, eine halbe Stunde lang. Damals glaubte Hanno an einen Anfang, wovon, wusste er nicht genau, irgendeine Art Liebe oder Zusammensein, auf jeden Fall mehr davon, mehr Zunge, mehr Mund, mehr Susanne.

Stattdessen berührte er sie nicht mehr.

Natürlich sah er sie noch am Fenster gegenüber, sah sie in der Schule, wo sie ihm auswich, klingelte an der Haustür und wurde von Susannes Mutter abgewiesen. Die Verzweiflung darüber nahm bald sein ganzes Leben ein. Jede Sekunde der halben Stunde auf seinem Bett ging er durch und fragte sich, was er falsch gemacht hatte. War er zu schüchtern gewesen oder zu wild, sein Mund zu trocken oder zu nass? Hatte er die Zähne nicht auseinanderbekommen oder den Mund zu weit aufgerissen? War er mit der Zunge zu tief vorgedrungen? War er ihr eklig gewesen, wie ein Fisch, der sich in ihren Rachen schlängelte, hatte er gestunken, gesabbert, gerülpst? Dann seine Hände: Hatten sie sich zu wenig bewegt oder zu viel? Hätte er versuchen sollen, ihre Brust zu berühren, oder hatte er es versucht und hätte es nicht tun sollen? Hatte sie seine Erektion gespürt, oder hatte sie sie nicht gespürt? War sie zu groß oder zu klein gewesen, hätte er von ihr abrücken sollen, oder war er von ihr abgerückt, und sie hatte gedacht, was macht er, warum will er weg von mir? Hatte sie noch mehr gewollt? Hätte er sich ausziehen sollen? Hatte sie ihn für einen dummen, kleinen Jungen gehalten, mit dem man nichts anfangen konnte?

In Hannos Vorstellung entstanden unzählige Versionen, katastrophale und weniger katastrophale, mit dem immer gleichen Ergebnis: Susanne sah ihn nicht mehr an, sprach kein Wort mehr mit ihm. Die halbe Stunde blieb ihm ein Rätsel. Ein ganzer Mensch schien darin verschwunden zu sein, eine Zeitspalte, in die Susanne durch seine Schuld gestürzt war, durch irgendetwas, was er getan oder nicht getan hatte.

»Meine Mutter hätte dich alle Teller spülen lassen«, sagt Susanne, »das ganze Geschirr, die Schränke hättest du putzen müssen, die Küche, wahrscheinlich das ganze Haus.«

Die Terrasse leert sich, vom Spielplatz verschwinden die Kinder, die Teenager auf dem Ponton packen ihre Sachen und schlurfen davon. Wieder berühren sich die Schultern der Mädchen, wieder hält ein Junge sein Handy so, dass alle sehen können. So weit sind Susanne und er nie gekommen. Zusammen mit Freunden am See, ein Walkman, dessen Kopfhörer sie sich teilen, liegen bleiben, während die anderen ins Wasser gehen. Er will sie fragen, warum, aber vielleicht ist es nicht wichtig. Was immer es war, es ist vorbei, spielt keine Rolle mehr. Also spricht er über Gott und die Welt, über den Geburtstag seines Vaters in gut zwei Wochen, über die kleine Feier, die er ausrichten will. Ein paar Freunde und Bekannte, Matze natürlich, Ines. Bei gutem Wetter können sie im Garten feiern, bei Regen im Wohnzimmer, nur den Flur, in dem er angefangen hat, die alten Tapeten zu entfernen, muss er bis dahin noch machen.

»Ein Tag für uns alle, für uns drei, das haben wir uns doch verdient, oder?«

Susanne nickt. Der Kellner kommt an ihren Tisch und bittet sie, ins Restaurant umzuziehen, damit er die Terrasse schließen kann. Hanno bezahlt. Der Abend ist zu schön, um drinnen zu sitzen, der See spiegelglatt, die untergehende Sonne ein roter Ball zwischen den Gipfeln. Am Strand eine Familie, die Kinder laufen in Achten um ihre Eltern, ein letztes Aufbäumen, bevor sie von der Erschöpfung überwältigt im Auto wie Wachs auseinanderlaufen und einschlafen werden. Hanno nimmt Susannes Hand. Sie gehen am Wasser entlang, hinter dem Strand ein Rasenstück, an den Halmen die Feuchtigkeit der herabfallenden Nacht, glitzernde Tröpfchen, im Schilf die Rufe der Haubentaucher.

»Hanno?«

Susanne bleibt stehen. Hannos Kopf ist voll vom Tag und gleichzeitig leer, ein leichter Schwindel, als er sich zu ihr umdreht.

»Können wir jetzt bitte endlich nach Hause?«

DREI

Wir verhören Jürgen im Nähzimmer.

Die Hände zwischen die Oberschenkel gelegt, die Knie aneinandergepresst, sitzt er auf der Ausziehcouch, die Susanne wie jeden Morgen zusammengeklappt hat, daneben Karin, ihm zugewandt, während ich mit vor der Brust verschränkten Armen vor der Couch auf und ab gehe, vor Jürgen stehen bleibe, ihn fixiere, bis er den Blick sinken lässt.

»Warum dort? Das ist doch kein Zufall, man kommt nicht einfach so bei Bereswill vorbei. Wer dort hingeht, weiß, was er tut. Das ist ein Ort, der für etwas steht. Frag hundert Leute, und neunzig werden sagen, das ist doch da, wo der Dreyer …«

»Sylvia!«

»… wo der *Herr* Dreyer damals ausgeschieden ist. Ob es dir gefällt oder nicht.«

»Du überschätzt die Leute. Das ist zweiundzwanzig Jahre her, niemand erinnert sich mehr daran.«

»Und Susanne auch nicht? Susanne geht zu Bereswill und denkt nicht daran, dass ihr Vater sich dort umgebracht hat? Da steht in Leuchtbuchstaben J-Ü-R-G-E-N drüber, das kannst du vom Mond aus lesen, das muss dir doch klar sein!«

»Vielleicht wollte sie ja wirklich Forellen kaufen, was meinst du, Schatz?«

Jürgen hebt den Kopf und lächelt Karin an. In den unzähligen Krimis, die ich gesehen habe, gab es keinen Verdächtigen wie ihn. Einen Selbstmörder in Begleitung seiner verstorbenen Frau, der mit spitzen Fingern am IKEA-Sofa knibbelt. Er sitzt weich, tief in den Polstern, das Perlnachtblau der Wände noch immer ein warmer, beruhigender Ton. Normalerweise sind die Verhörräume sterile Würfel, in der Mitte ein Tisch mit zwei Stühlen, an einer Wand die Spiegelscheibe, hinter der die Kollegen zusehen. Die Kommissare: harte Schalen, weiche Kerne. Sie schaffen es nicht, professionell zu bleiben, sind fahrig und unkonzentriert, rote Augen, unrasierte Gesichter, die Emotionen brodeln unter der Oberfläche. Man kann die Uhr danach stellen, wann einer von ihnen die Fassung verliert.

»Jetzt mach endlich den Mund auf, verdammt!«, schreie ich.

»Schrei ihn nicht so an!«, schreit Karin.

»Mag deine Tochter Fisch? Sag doch mal, Jürgen.«

Es ist hoffnungslos. Er wird nichts sagen, hat seit drei Tagen nichts gesagt, nichts, seit er hier aufgetaucht ist. Sein Lächeln ist das eines Schwachsinnigen, eine hilflose Maske, so wie Carl lächelt, wenn man ihm Bilder von Menschen zeigt, die er längst vergessen hat. Darin ähneln sie sich; Hüllen ohne Inhalt, Schutzumschläge in Menschengestalt.

»Kannst du nicht ein Mal sachlich bleiben, Sylvia?«

»Sachlich? So sachlich wie deine Tochter, die meinen Mann wie eine Katze ersäufen will? So sachlich wie Jürgen, der uns sagen könnte, warum, und sein Maul nicht aufbekommt?«

Ohne erkennbaren Widerstand fällt meine Hand durch die Luft. In den Krimis schlägt der Kommissar mit der Faust auf den Tisch, wirft eine Kaffeetasse, packt den Verdächtigen am Kragen und stößt ihn gegen die Wand, wieder und wieder, bis die Kollegen in den Raum stürmen und ihn mit vereinten Kräften zurückreißen. Ein Schlag, eine Ohrfeige, ein Griff ins Nichts statt an Jürgens Hemdkragen. Karin wirft sich über ihn wie eine Vogelmutter über ihr frisch geschlüpftes Junges.

»Ach, Karin. Du sagst doch selbst, dass mit Susanne etwas nicht stimmt.«

»Sagen und tun, Sylvia. Sagen und tun.«

»Was soll das denn heißen?«

»Jürgen braucht eine Pause.«

Die schweren Türen der Verhörräume schlagen gedämpft zu, die des Nähzimmers steht einen Spalt offen, und die beiden schlüpfen hinaus, Jürgen unter Karins Fittichen, ein zerbrechliches Vogelwesen, aus dem Nest geworfen, ohne fliegen zu können.

Ich folge ihnen ein paar Minuten später nach unten, gerade noch rechtzeitig, um zu sehen, wie sie sich auf die Rücksitze des Wagens drücken, außer sich vor Sorge, den Anschluss an ihre Tochter zu verpassen und zurückbleiben zu müssen, während Susanne mit Hanno zum See fährt.

Diese kolossale Bedürftigkeit.

Weil wir von unseren Kindern nie zurückbekommen, was wir ihnen gegeben haben, das Konto ständig im Minus, ein riesiges Verlustgeschäft, und statt loszulassen, fangen wir an zu betteln, machen uns klein und schwach für ein bisschen

Mitleid, blasen uns auf zu Ochsenfröschen, bis wir uns im Spiegel selbst nicht mehr erkennen. Selbst Dr. Dreiling ist nicht frei davon. Den ganzen Vormittag beobachte ich ihn, wie er versucht, seine Tochter zu beeindrucken, *nicht wahr, Herr Holtz, wir beide, Herr Holtz, ganz entspannt, Herr Holtz*, immer wieder die Seitenblicke zu Ines, ob sie auch zusieht, *hopp, hopp, Herr Holtz, das geht doch auch schneller.* Er legt sich ordentlich ins Zeug. Frühstück, Brettspiel, Spaziergang, danach ein paar gymnastische Übungen mit Carl, die ich schon vor Jahren aufgegeben habe. *Die Arme gestreckt, Herr Holtz, und greifen, greifen, so sieht das aus.* Gerade stellt er ihm einen Stapel Teller auf den Schoß, *immer schön aktiv bleiben*, und Carl glotzt ihn an, ohne den leisesten Schimmer, was dieser Derwisch im hellblauen Polohemd von ihm will.

Zum Glück ist Ines dabei.

Sie fährt Carl ins Wohnzimmer, nimmt ihm die Teller ab, deckt den Tisch ein. Ein reizendes Mädchen. Vierzehn, fünfzehn Jahre alt, gertenschlank, kastanienbraunes Haar, Pagenschnitt. Wenn sie mit ihm spricht, leuchten Carls Augen wie lange nicht mehr, er himmelt sie an, fasst ihre Hand, nennt sie *mein Mädchen.* Beim Mittagessen erzählt sie von ihren Lehrern. Einer fährt Porsche, ein anderer leugnet den Klimawandel. Ines pustet vor Empörung gegen ihren Pony, wedelt die Ungeheuerlichkeit wie eine Fliege weg. Zwischen den Gabeln mit Auflauf, die sie sich in den Mund schiebt, kaut sie kaum und schluckt, spricht ein paar schnelle Sätze, bevor sie weiterisst.

»… und reden von Zukunft, als wäre das etwas, was später erst kommt, dabei habt ihr meine doch schon längst für mich angefangen, vor meiner Geburt schon, ja, du auch, Papa, da brauchst du gar nicht so zu gucken.«

Carl hängt an ihren Lippen. Man könnte meinen, er bestaune ein Wunder, und vielleicht ist Ines genau das, eine allen Naturgesetzen und Erfahrungen widersprechende Erscheinung, wie sie dieses Haus seit über dreißig Jahren nicht gesehen hat. Susanne damals, jetzt Ines, dazwischen nichts, weil Hanno nie eine Freundin mitgebracht hat, als er noch hier lebte. Diese kleine, spitze Scherbe, an der ich mich gerne geschnitten hätte: Mama, darf ich dir jemanden vorstellen? Die Konkurrentin zu begutachten, zu spüren, dass ich chancenlos bin gegen ein solches Wesen aus Fruchtshampoo und Licht, Wimpern wie Flugseide, ein Körper zum Mäusemelken. Ich hätte Hanno das schönste und klügste Mädchen gegönnt. Sie wäre ein paar Monate geblieben und dann gegangen, in ihrer Tasche ein Stück von Hanno, das er nie zurückbekommen hätte. Vielleicht war Susanne dieses Mädchen. Sie hat ihn einmal geküsst, wie ich jetzt weiß, oben in seinem neuen Zimmer, *während unter uns die Erwachsenen gefeiert haben, wir konnten sie hören, ihre Stimmen, ein seltsames Gefühl, als redeten sie schon über uns, noch während wir es taten.*

***

Seit drei Tagen lese ich die Einträge, die Susanne in ihr Tagebuch schreibt. Zum ersten Mal am Abend nach den Forellen, ich allein mit Hanno vor dem Fernseher, blind für das Geschehen auf dem Bildschirm, weil ich in Gedanken noch am Becken war, in dem Moment, als Susanne Carl über die Kante schob und der Rollstuhl zu kippen schien. Die Kleinigkeiten, an denen das Leben manchmal hängt: ein Hund auf der Treppe oder nicht, Rico Bereswill, der dazukommt oder nicht. Eine Erscheinung, lange Haare, olivgrüne Stiefel, ein Gummi-Jesus, die Anglerhose bis zur Brust über dem weißen Pullover. Wir waren ganz still, Karin, Jürgen und ich, beinahe ehrfürchtig, als Ricos Schatten auf Susanne fiel und sie den Rollstuhl von der Kante zog. Auch auf dem Rückweg kein Wort, Schweigen, während wir Susanne bei der Zubereitung der Forellen zusahen, Jürgens leiser Aufschrei, als sie das Besteck fallen ließ und aus dem Zimmer stürmte. Karin und Jürgen gingen ihr nach, ich blieb. Betrachtete Carl und fragte mich, ob er gespürt hatte, wie nahe er dem Wasser gekommen war. Sein Blick ging hinter die Gegenstände, hinter das Wasserglas, hinter den Teller, auf dem unangerührt die zerkochten Bohnen und Kartoffeln lagen, der Fisch, von Hanno entgrätet und zerteilt. Carls Welt hinter den Dingen, die Leere dort, das weiße Tischtuch. Susanne hatte es aufgelegt, nachdem sie versucht hatte, meinen Mann zu töten. Der Gedanke setzte sich langsam, sank in mich ein, ohne an Wucht zu verlieren. Meinen Mann zu töten. Ihn dort zu versenken, wo ihr Vater versunken war, der mühsame Weg durch den Wald, fast eine Stunde, um sich zu besinnen, abzulassen von diesem Wahnsinn und es nicht zu tun, an die Kante zu treten, über die Kante hinaus. Danach die Forellen zu servieren. Im ganzen Haus roch es nach Fisch. Hanno öffnete die Terrassentür und schaltete den Fernseher ein. Auf dem Bildschirm rollte Susanne Carl ans Wasser, über die Kante, vor und zurück wie in einer Schleife gefangen, dahinter schemenhaft die Figuren des Films, den wir uns ansahen. Streifenpolizisten, Kleinkriminelle. Karin trat durch die Terrassentür, und ich zuckte zusammen.

»Du musst dir das ansehen, Sylvia, ich weiß auch nicht, irgendetwas stimmt da nicht.«

Beim Schreiben macht Susanne manchmal Pausen. Sie legt den Stift neben das Heft und lockert die Finger, dann greift sie zu einem Fernglas und schaut sich mein Haus an. Von hier oben kommt es mir klein vor, verloren in der Dunkelheit. Die unbeleuchteten Fenster verschwimmen mit der Fassade, nur dort, wo Licht brennt, kann ich die Dinge erkennen, die ich gekauft habe und von denen ich nicht weiß, ob sie mir noch gehören. Das Bild über der Couch im Wohnzimmer: Pinien und Kiefern, dazwischen ein Weg, Sonneneinsprengsel im Sand, am Ende des Wegs eine steinerne Hütte. Mit bloßem Auge ist sie von hier nicht auszumachen, aber ich weiß, dass sie da ist, hunderte Male bin ich den Weg dorthin in Gedanken gegangen. Im Fernglas muss die Hütte gut zu erkennen sein. Ich weiß nicht, wie oft Susanne mit mir dort war, während ich mir vorstellte, im Schatten der Hütte allein auf dem Boden zu sitzen, den Rücken an die Mauer gelehnt, schwer atmend in der Hitze. Nie habe ich eine zweite Anwesenheit gespürt. Kein zweites Bewusstsein, mit dem ich die Stille und Einsamkeit der Landschaft teilen musste, aber es war wohl so, ich war wohl nicht allein.

Nach einer Weile stellt Susanne das Fernglas ab und greift zum Stift, der runde Lichtkreis der Schreibtischlampe im ansonsten dunklen Zimmer, das Kratzen des Kulis auf dem Papier, während Susanne weiterschreibt. Eine ungeübte Kraft, langsam, stockend, sodass ich mühelos mitlesen kann. In den drei Einträgen, die ich kenne, erwähnt Susanne nichts von einer Affäre mit Carl, keine verschmähte Liebe, keine Erklärung für die Dinge, die sie tut. Sie schreibt über das Fernglas; wie sie das Gefühl für Entfernungen verliert, wenn sie es nach einem langen Tag endlich absetzt und in eine Leere greift, die ganz von Carls Gesicht erfüllt ist, *ein tellergroßes Gesicht*, schreibt Susanne, *das noch eine Weile wie ein Mond im Zimmer hängt.*

Er steht mir ständig vor Augen, in allem, was er ist und getan hat.

***

Was er ist und getan hat.

Carl ist ganz still, hat den Löffel abgelegt und lässt sich von Ines den Mund abtupfen, ein Vorgang von größter Zärtlichkeit und Sorgfalt. Dr. Dreiling steht auf und klatscht in die Hände.

»Hopp, hopp, Herr Holtz, Mittagsschlaf.«

Wir gehen zusammen nach oben. Im Schlafzimmer lässt Ines die Rollos herunter, während Dr. Dreiling Carl aus dem Rollstuhl hievt und aufs Bett legt.

»Mein Mädchen soll das machen!«

Ines zieht ihm Hausschuhe und Socken aus und deckt ihn zu, Carls zufriedenes Stöhnen, als sie die Decke über ihm glatt streicht, dann federt sie aus der Tür, und wir sind allein, Carl und ich, zum ersten Mal wieder, seit ich die Tagebucheinträge gelesen habe. Ich lege mich neben ihn. Das Haus ist still, kein Anzeichen von Leben außer Carls unregelmäßigen Atemzügen, zu denen ich all die Jahre eingeschlafen bin, von ihm abgewandt auf der Seite liegend, den Blick auf die gebrochene Fußleiste an der Wand, während mir langsam die Augen zufielen. Nach dem Fehlschlag mit Jürgen heute Morgen wage ich kaum zu sprechen. Noch einmal ein solches Schweigen. Ich weiß nicht, ob ich es aushalten könnte, könnte es wahrscheinlich, wie ich alles aushalte, einfach weitermachen, mit Karin und Jürgen in diesem Haus, endlose Tage und die Nächte noch länger.

»Hallo, Carl.«

Stille.

Atmen.

»Carl?«

»Lass mich.«

»Wie geht es dir?«

»Ständig laufen hier irgendwelche Leute herum. Was wollen die denn? Das ist doch kein Bahnhof, man kann doch von hier nirgendwo hin, es fahren doch keine Züge. Der Hund wird ganz verrückt von denen, mein Hund.«

»Lupus.«

»Es ist nicht gut für meinen Hund, wenn immer so viele Fremde um ihn herum sind.«

»Keine Fremden. Dr. Dreiling und seine Tochter. Sie passen auf dich auf, weil Hanno nicht da ist.«

»Wer?«

»Dein Sohn. Hanno.«

»Wo ist Hanno?«

»Am See. Mit Susanne.«

»Ja, Susannchen, natürlich. Die war auch schon mal da, so eine Blonde. Aber die wollte nicht.«

Stille.

Atmen.

Ich rücke näher heran, berühre ihn fast.

»Was meinst du, Susanne wollte nicht?«

»Die wollte nur tanzen in ihrem kaputten Kleid. In einem kaputten Kleid haben sie die zu mir geschickt! Da konnte man den ganzen Arsch sehen.«

Das Kleid. In einem Eintrag schreibt Susanne, dass sie sich nicht erinnert, was damit passiert ist, ob ihre Mutter es geflickt oder in den Müll geworfen hat. Nie wieder habe ich es getragen, schreibt Susanne.

Es existiert noch in einer Zwischenwelt, an einem Mädchen, das mir immer fremder wird.

Carl dreht sich weg, unter der Bewegung zittert das Bett, meine Stimme ein Wispern, ein geisterhaftes Flüstern, als ich mich über ihn beuge.

»Was wollte Susanne nicht?«

1986

Kufstein

Das hat Susanne nicht gewollt: ihre Mutter so zu sehen, auf allen vieren, wie sie vom Rasen auf die Terrasse krabbelt, schwankend, mit hängenden Eutern und großen, glänzenden Augen. Eine Kuh als Mutter macht sie selbst zu einem Kalb. Susanne muht leise, ein tief dröhnendes Geräusch, das ihren ganzen Kopf ausfüllt und vibrieren lässt. Ein Kalb ist das Letzte, was sie ist oder sein will. Wenn überhaupt ein Tier, dann kein Nutztier, sondern eins, das auf kurzer Strecke Höchstgeschwindigkeiten erreicht, ein Wanderfalke im Sturzflug, dreihundertzwanzig Stundenkilometer, zehn Sekunden Rausch, ein Pfeil durch die Welt. Susanne trinkt einen Schluck Sekt. Der Alkohol in ihrem Blut macht es leichter, sich alles Mögliche vorzustellen, Wanderfalke, Gepard, Schwertfisch, die dumpfe Wärme des Stalls, in dem sie als Kalb neben der Kuh stehen müsste. Auf der Terrasse tritt Frau Holtz zu ihrer Mutter und hilft ihr hoch, Jürgen kommt dazu und stützt sie auf der anderen Seite.

»Ich glaube, du hast genug, Karin. Geh mal besser nach Hause«, sagt Frau Holtz.

»Ich bring dich rüber«, sagt ihr Vater.

»Nix. Du bleibst bis zum Schluss. Und blamier uns nicht«, lallt ihre Mutter.

Sie macht sich von Jürgen los, schüttelt die Haare in den Nacken, knickt in den Knien ein. Frau Holtz greift zu, hält sie aufrecht.

»Ich mach das, bleibt ihr mal hier und amüsiert euch. Komm, Karin.«

Frau Holtz legt sich Karins Arm über die Schulter und ihren eigenen um Karins Hüfte, dann ziehen sie über den Rasen ab. Vom Schlachtfeld geschleppt. Susannes Sozialkundelehrer, der auch Geschichte unterrichtet, hat davon erzählt, dass im Ersten Weltkrieg Millionen Pferde an der Front verendet sind, vergast, zusammengeschossen, aufgefressen. Warum nicht auch Kühe? Eine wird schon dabei gewesen sein, diese da im blauen Kleid, das in der Düsternis zwischen den Fackeln einen leichten Stich ins Lilafarbene bekommt. Ein Kichern steigt in Susanne auf, unaufhaltsam wie ein Niesreiz:

Die Milka-Kuh ist im Ersten Weltkrieg draufgegangen, eine verirrte Kugel aus einem französischen Gewehr, direkt zwischen die Augen.

Susanne beißt sich auf die Unterlippe, kneift sich in den Oberschenkel, irgendetwas, um das Kichern zu unterdrücken. Niemand soll denken, sie lache über ihre Mutter. Hinter den anderen geht sie als Letzte ins Haus, es sind nur noch wenige, die Feier neigt sich schon dem Ende zu, obwohl es erst halb zwölf ist. Die Alten saufen zu viel und werden früh müde. Susanne nimmt eine halb volle Flasche Champagner vom Buffet und setzt sie an die Lippen, verschluckt sich, hustet.

»Na, Mädchen, den Mund zu voll genommen?«

Herr Dreißigacker.

Sie könnte ihm erzählen, wer den Mund zu voll genommen hat, dass sein Sohn im Schullandheim beim Kekswichsen verloren und den Keks aufgegessen hat. Prinzenrolle. Wieder das Kichern in ihrer Kehle, und diesmal prustet es heraus, ein feiner Champagnersprühregen auf Herrn Dreißigackers Hemd, der einen Schritt zurückweicht, gegen die Sessellehne stößt und in den Sessel fällt, zappelnd wie ein auf dem Rücken liegender Käfer. Susanne schlägt die Hand vor den Mund. All diese Tiere, Kühe und Kälber, Falken, Geparden, Schwertfische, Hirschkäfer. Herr Holtz reicht Herrn Dreißigacker die Hand und zieht ihn hoch, auch er kann sein Lachen kaum zurückhalten. Er wirft Susanne einen Blick zu, lächelt, ein leichtes Kopfschütteln, als wolle er sagen, *hör auf, ich kann nicht mehr*, dann hat er Herrn Dreißigacker endlich oben und streicht ihm das Hemd glatt, umarmt ihn lang und innig, küsst seine Wange mit geschlossenen Augen. Susanne sieht zu, trinkt Champagner. In der Theorie weiß sie, dass auch Erwachsene Gefühle haben, Freude und Traurigkeit empfinden, Verzweiflung und Glück im schnellen Wechsel, aber persönlich hat sie es noch nicht erlebt. Ihre Eltern haben keine Gefühle, nur Sorgen. Geld, Geschäft, Schule, was die anderen denken, was die anderen haben. Die Vorstellung, dass ihr Vater einen Freund auf die Wange küsst, unmöglich. Er müsste dazu einen Freund haben, müsste empfinden, was Herr Holtz gerade empfindet, der Herrn Dreißigacker einen Arm um die Schulter legt und mit ihm zum Esstisch geht. Er zündet zwei Zigaretten an, gibt eine an ihn weiter. Obwohl Susanne als Kind oft hier war, kennt sie Herrn Holtz nur flüchtig, er war immer weg, bei der Arbeit, nur manchmal am Wochenende nicht. Ein Erwachsener wie alle anderen auch, freundlich, aber unaufmerksam, Furcht einflößend allein schon dadurch, dass er kein Kind war. Sie versucht sich zu erinnern, wie Hanno mit ihm war. Normal. Kein Bild in die eine oder andere Richtung, dass sie sich nichts zu sagen gehabt hätten oder überschwänglich miteinander gewesen wären.

Hanno.

Dort steht er im Türrahmen und kommt nicht weiter, weiß schon wieder nicht, wohin. Sie könnte Herrn Holtz erzählen, dass sie mit ihm rumgemacht hat. Würde sie sich das trauen? Zu ihm gehen und sagen, *ich war oben mit deinem Sohn im Bett, während ihr hier unten Hausführung gemacht habt*? Ihr Blick geht hin und her, von Hanno zu seinem Vater und wieder zurück. Erst jetzt, nachdem sie den einen geküsst und dem anderen zugesehen hat, bemerkt sie die Ähnlichkeit zwischen den beiden, die gleichen Augen, das gleiche Grübchen im Kinn. Susanne stellt die Champagnerflasche auf einem kleinen Beistelltisch ab und schlendert los. Wattige Schritte, in Wolkenzwischenräume gesetzt, einmal quer durch den Raum, vorbei an Herrn Holtz und Herrn Dreißigacker, die rauchend am Tisch sitzen, vorbei an Jürgen, der unschlüssig danebensteht. Als sie bei Hanno ankommt und gegen ihn stößt, zuckt er zusammen.

»Weißt du was?«, fragt Susanne.

»Was?«

»Die Franzosen haben die Milka-Kuh erschossen.«

Sie ziehen um ins Arbeitszimmer, dort gibt es Schnaps und Musik. Herr Dreißigacker legt Platten auf, Herr Siegrist schenkt ein. Susanne riecht an der dunkelbraunen Flüssigkeit, nippt daran, spuckt sie ins Glas zurück. Am Fenster steht Frau Dreiling mit hängendem Kopf, daneben ihr Mann, der sich gerade vom gemeinsamen Spiegelbild abwendet, das Gesicht verzerrt, und den Schnaps in einem großen Schluck herunterkippt. Er lässt sich in den freien Sessel fallen, im anderen sitzt Jürgen und spielt mit den Fingern am Glastisch. Im gelben Licht der Stehlampe wirkt seine Haut kränklich, ein scharf gezeichneter Lichtkreis an der Decke, direkt über seinem Kopf. Herr Dreißigacker kratzt mit der Nadel über Udo Jürgens. Alle rauchen, alle trinken. Nur Hanno, als einziges Kind, hat kein Glas bekommen. Sie hält ihm ihres hin, aber er schüttelt den Kopf, traut sich nicht vor seinem Vater, der mit verschränkten Armen am Schreibtisch lehnt und wie sie den Raum aus schmalen Augen beobachtet. Gegen den Rauch zusammengekniffene Lider. Ihre Blicke begegnen sich, wandern weiter. Wann hat sie sich zuletzt etwas nicht getraut, weil ihr Vater dabei war? Sie hat in seiner Anwesenheit geflucht, geraucht und getrunken, hat ihre Mutter beschimpft, bei Karstadt Lippenstifte geklaut, eine Kette, die er ihr geschenkt hatte, zerrissen, weil es die falsche war. Danach geheult, allein auf ihrem Zimmer. Ihr Vater ließ die Kette reparieren und legte sie ein paar Tage später auf ihren Schreibtisch. Die zerkratzte Schreibtischplatte stört ihn nicht. Susanne benutzt sie wie einen Baum, in den sie die Initialen der Jungen ritzt, die sie mag. K+S, A+S, T+S, M+S. Die Jungen stören ihn nicht. Das Durcheinander auf dem Schreibtisch stört ihn nicht. Es stört ihn nicht, dass sie die Hausaufgaben auf dem Boden macht, nur wenn sie eine schlechte Note nach Hause bringt, steht er hinter ihrer keifenden Mutter und tut so, als ob. In seinem gespielten Ärger sieht er aus wie ein Kind, das böse gucken will. Ein kleiner Trost, dass er es wenigstens versucht, bestimmt gibt es Väter, denen selbst das nicht gelingt. Auf der Schreibtischplatte, als eine der frühesten Eintragungen, PAPA, in krakeligen Strichen. Es stört ihn nicht, dass sie hier ist, vom Sessel aus lächelt er sie an, fast entschuldigend, wie immer, wenn er lächelt. Susanne tritt auf der Stelle. Wie immer, wenn er lächelt, weiß sie nicht, wie sie reagieren soll. Er hat nichts getan, also darf sie nicht wütend sein, aber wohin dann damit, sie ist ja da, die Wut, dazu die Traurigkeit und das Gefühl, ihn trösten zu müssen, als wäre sie die Erwachsene und er das Kind.

Susanne wendet sich ab, trinkt nun doch einen kleinen Schluck. Frau Holtz kommt herein, abgekämpft, blass. Über ihrem rechten Auge ist der Lidschatten verwischt, sie spürt Susannes Blick und fasst hin, betrachtet ihren schwarz gefärbten Zeigefinger.

»Deine Mutter schläft jetzt. Morgen ist alles wieder gut.«

Susanne nickt. Frau Holtz legt ihre Hand auf Hannos Schulter.

»Für dich ist jetzt auch Zeit.«

Er wehrt sich noch ein wenig, ein schwaches Zappeln, dann verlässt er das Zimmer mit hängendem Kopf, dreht sich in der Tür noch einmal zu Susanne um und sofort wieder weg. Frau Holtz verabschiedet sich ebenfalls, Herr und Frau Dreiling schließen sich an. An der Wand lehnt Herr Siegrist und schläft im Stehen ein. Die Augen geschlossen, das Kinn auf der Brust, erstaunlich, dass er nicht zur Seite kippt und sogar sein Glas noch halten kann. Die Alten sind müde und müssen ins Bett. Herr Holtz nimmt Herrn Siegrist das Glas aus der Hand und stellt es ins Regal mit der juristischen Fachliteratur.

»Auf geht's.«

Er fasst ihn am Oberarm, führt ihn nach draußen.

»Wollen wir dann auch langsam?«, fragt ihr Vater.

»Nein.«

Susannes Kopf ist noch leicht, und sie fängt an, ihn zu schütteln, zur Musik, nein, gegen die Musik, irgendein Schlagerscheiß, hundert Jahre alt, über irgendeine Insel. Der alte Kindertrick: verschwinden, indem man die Augen schließt. Kein einziges Mal hat er nicht funktioniert, wenn sie von ihrer Mutter zusammengestaucht wurde, auf der evangelischen Kinderfreizeit, in einem Zimmer voll fremder Mädchen, die miteinander tuschelten und lachten, nachts allein im Haus, ihre Eltern auf irgendeiner Veranstaltung. Ein kurzer Moment der Orientierungslosigkeit, Schwärze um sie herum, die Stimme ihrer Mutter immer schwächer, das Kichern der Mädchen, die rauschenden Bäume und knarzenden Balken, die Musik gedämpft, eine rote Sonne, die bei Capri im Meer versinkt, vom Strand ziehen die Fischer hinaus und legen die Netze in einem weiten Bogen aus, ein Scheißjob, so spät am Abend noch aufs Meer, statt unter der bleichen Sichel des Mondes am Strand zu feiern und zu tanzen, in der wehenden Musik zu schwanken, die nackten Füße im Sand, auf der Haut noch die Wärme des Tages, im Rücken ein leichter Zug, von der Tür, die sich öffnet, Susanne hört, wie sie zuschlägt, öffnet die Augen. Herr Holtz streckt seine Hand aus, und sie tanzen miteinander. In der Tanzschule sind sie gerade beim Discofox, also Discofox, rechts zurück, links zurück, tippen, rechts vor, links vor, tippen. Sie tritt Herrn Holtz auf den Fuß, und sie müssen beide lachen, rechts, links, tippen, rechts, links, tippen, eigentlich spielt es keine Rolle, Herr Holtz hält sie fest und wirbelt sie herum, dass sie kaum noch den Boden berührt. Bei jeder Umdrehung der Blick ihres Vaters, um seine Lippen das gleiche Lächeln wie vorhin, die gleiche Verzagtheit. Es stört ihn nicht, dass sie tanzt. Es stört ihn nicht, dass sie sich von Herrn Holtz führen lässt, ihn anstrahlt, sich enger an ihn drückt. Das Lied endet, und sie bleiben stehen. Herr Holtz legt seine Hände an Susannes Hals, streichelt mit den Daumen ihre Ohrläppchen, küsst sie, erst flüchtig, dann fest, auf ihren leicht geöffneten Mund. Alles brennt für eine Sekunde. Das Kribbeln ist nicht auszuhalten, sie macht sich los, und er zieht sie an sich, küsst sie noch einmal, tiefer. Dann schiebt er sie weg; hält sie am ausgestreckten Arm und betrachtet sie, lächelt, ganz anders als ihr Vater.

»Es ist schon spät, findet ihr nicht?«, sagt Herr Holtz.

In Susannes Augenwinkel eine Bewegung, Herr Dreißigacker, der sich vom Plattenspieler löst und zur Tür wankt.

»Auf geht's, Jürgen, ab ins Bett.«

Susanne dreht sich um. Aus dem Gesicht ihres Vaters ist das Lächeln verschwunden. Es ist das Gesicht, das sie sich immer gewünscht hat, ernst und zugewandt, ein Gesicht ohne Ausreden, auf das sie sich verlassen kann. Er öffnet den Mund, um etwas zu sagen, schließt ihn wieder. Steht auf, geht, die Arme hängend, zur Tür und mit Herrn Dreißigacker nach draußen.

»Gott sei Dank sind wir die los«, sagt Herr Holtz.

Er fährt sich durch die Haare, lacht, küsst ihren Hals, ihr Schlüsselbein. Susanne spürt den Knochen unter der Haut als ein Einzelteil ihres Körpers, vom Rest abgesondert durch seine Berührung, auch dann noch, als er die Lippen löst und sich aufrichtet. Sie tanzen wieder. Ein Lied, das sie nicht kennt, von einem Schiff, das kommen wird, aus Hongkong, Java, Chile, Schanghai, während Herr Holtz sie zum Schreibtisch zieht. Akten. Aufgefächerte Stapel, Stifte in einem Becher, ein Diktiergerät. Wassergläser, eine Karaffe. Eine Flasche Armagnac. Wanderkarten. Stempel an einem drehbaren Stempelhalter, die vergoldete Miniatur des Eiffelturms, einzelne Papiere, Ansichtskarten. Sie versucht zu blinzeln, aber es gelingt ihr nicht. Die Befehle erreichen die Muskeln nicht mehr, veröden auf dem Weg. Herr Holtz hebt sie hoch, und sie klammert sich an seinen Hals, Angst, zu fallen, Angst, zu atmen, Angst, etwas falsch zu machen mit diesem Körper, der ihr nicht mehr gehorcht, den sie so deutlich spürt wie noch nie. Weich, fast flüssig im Inneren, bretthart die von Herrn Holtz berührten Stellen. Er legt sie auf den Akten ab. Die Nadel kratzt in der Rille zwischen zwei Liedern, eine kurze Unterbrechung, in der Herr Holtz ihr Kleid hochschiebt, dann setzt die Musik wieder ein.

Das Städtchen Kufstein ist die Perle Tirols, umrahmt von Bergen, so friedlich und still.

Susanne schließt die Augen, der alte Kindertrick.

Mein liebes Maderl, leb wohl, leb wohl.

2018

Neunter September

EINS

Sie kann nicht mehr zusehen, wie er die Oliven lutscht.

Er steckt sie in den Mund und saugt Luft durch das Loch, schmatzt, pfeift, vergisst manchmal zu kauen und schluckt sie im Ganzen herunter, deutlich erkennbar die Wölbung über dem Kehlkopf, ehe sie verschwindet. Wortlos steht Susanne auf und entfernt sich vom Frühstückstisch. Im Rücken Hannos sorgenvolles Nachschauen, dieser ziehende Blick, der nicht loslassen kann, ein Blick wie Kaugummi, Hubba Bubba, ein elastisches Seil, an dem Hanno sie zurückreißen will, so wie er Lupus im Park vor den Kindern zurückreißt. Dabei ist es umgekehrt. Sie müsste sich Sorgen um ihn machen, ständig neue Projekte, ständig neue Löcher, die er in die Wände schlägt. Im Flur liegen die abgerissenen Tapetenbahnen, im Bad die abgeschlagenen Kacheln, in Hannos Zimmer die Möbel in Einzelteile zerlegt. Schranktüren, Regalbretter. Maulwurfshügel, die sich an immer neuen Stellen aufwerfen. Vielleicht gibt es einen Plan, ein System, das nur die Maulwürfe kennen, eine Notwendigkeit, die Hügel kreuz und quer und in scheinbar willkürlichen Abständen zu setzen.

Vielleicht weiß Hanno, was er tut.

Nach dem Frühstück entfernt er die gesprungene Scheibe im Fenster der Gästetoilette. Susanne schaut ihm ein paar Minuten zu, steht im Türrahmen und achtet auf seine Hände, die nichts Unkontrolliertes tun, sein Gesicht, ruhig und konzentriert, die Sorgfalt, mit der er die Silikondichtung aus dem Fensterrahmen löst. Er hat keine Ahnung, seit über dreißig Jahren nicht. Sein Leben hätte anders verlaufen können, wer weiß, ob besser oder schlechter, aber anders; auf einer Wahrheit beruhend, so wie ihr eigenes Leben, eine harte, unteilbare Wahrheit, auf die alles gebaut ist, während Hanno vollkommen haltlos auf der Lüge schwimmt. Vielleicht fühlt sie sich ihm deshalb überlegen. Kein schönes Gefühl, weil es ihn kleiner und kindlicher macht, als er eigentlich ist, dieser große, schlanke Mann, der die letzten Reste aus den Fugen kratzt. Er will noch immer mit ihr schlafen, auch das ist in seinem Blick: die Lust auf sie, die so plötzlich kommt, dass er das Messer sinken lässt und auf dem Spülkasten ablegt, aus der Toilette verschwindet, ohne die Arbeit zu beenden. Sie sieht ihm nach, ein Blick wie Kaugummi, damit er zurückkommt, weitermacht, nicht wieder alles liegen lässt. Als Kind hat sie ständig Hubba Bubba gekaut, Erdbeere und Cola zusammen, ein Chemieanschlag im Mund, Blasen so groß, dass sie beim Platzen ihr gesamtes Gesicht bedeckten. Eine feuchte, warme, klebrige Schicht, die sie nicht sofort abzog, sondern wie eine Maske aufbehielt, mühsam atmend, sodass die Schicht sich blähte und in sich zusammenfiel, wenn sie die Luft durch den Mund einsog.

Sie wartet noch einen Moment, ob Hanno zurückkommt, dann geht sie ins Wohnzimmer und macht sich an die Einladungen. Er hat sie darum gebeten, weil sie besser weiß, wer dazugehört und wer nicht, wen seine Mutter eingeladen hätte, um seinem Vater eine Freude zu machen. Siebzehn Personen insgesamt. Matthias Dreiling und Familie (sein Vater lebt noch, seine Mutter ist vor Jahren gestorben), Elfi Dreißigacker, Bernd Siegrist, ein paar Nachbarn und Freunde aus dem Karnevalsverein, die ehemalige Putzfrau Frau Mayer, Frau Sikorek, eine Freundin von Frau Holtz. Die Adressen überträgt Susanne aus Sylvias Notizbuch auf einfache weiße Umschläge. In den Umschlägen die Karten, *Einladung zum Geburtstag*, Uhrzeit, Datum, Adresse. Sie klebt Briefmarken auf, steckt die Einladungen in eine Jutetasche, damit Hanno sie einwerfen kann, wenn er später mit Lupus nach draußen geht. Überlegt, was noch zu erledigen ist. Die Getränke und das Catering sind organisiert. Antipasti von Del Fabbro, Caponata, Bruschetta, Caprese, Vitello tonnato, Oliven, Käse, Schinken. Zwei Weine, weiß und rot, Winzersekt, Bier, Wasser mit und ohne Kohlensäure. Schnaps genug im Schnapsschrank. Sie werden den großen Tapeziertisch als Buffet im Wohnzimmer aufstellen, Susanne wird die weißen Tischdecken bügeln, die Getränke auf einen kleineren Extratisch, so wie Sylvia es immer gemacht hat. Einunddreißig Jahre hat Susanne am Fenster gestanden und ihr zugesehen, jetzt wird sie selbst die Gastgeberin sein. Eiswürfel in die Blechwanne, in der Lupus bei großer Hitze badet, darin der Sekt, der Weißwein, das Bier, jeder nimmt sich, was er möchte, jeder besäuft sich bis zur Besinnungslosigkeit, säuft, bis alles möglich und kein Kind mehr sicher ist. Die Tochter von Matthias Dreiling ist ungefähr in dem Alter, in dem sie damals war. Ines. Sie wird sich langweilen unter lauter Erwachsenen, wird sich wegschleichen und durch den Garten schlendern oder durchs Haus, ein paar Schubladen aufziehen, heimlich am Sekt nippen, tanzen.

Was soll sie ihr sagen?

Ihr Vater wird ja da sein, es kann ja nichts passieren.

Jürgen war ja da.

Es konnte ja nichts passieren.

Nachdem er sie in der Nacht verlassen hatte, sah Susanne ihn eine ganze Woche nicht mehr. Am Morgen nach der Feier war er schon aus dem Haus, als sie erwachte, Probleme in der Firma, ebenso an den folgenden Tagen, an denen er spätabends zurückkehrte und die Haustür lauter zuschlug als sonst, damit sie ihn bemerken und in ihr Zimmer verschwinden würde, falls sie sich gerade im Erdgeschoss aufhielt. Mit der Zeit verloren sie sich aus den Augen, obwohl sie im selben Haus lebten. Schweigend gingen sie aneinander vorbei, hielten die Blicke gesenkt, wenn sie sich zufällig im Flur begegneten, ein Schaltkreis, der sich kurz schloss und wieder öffnete, keine Worte für irgendwas, beide nicht.

Dieser Jürgen, diese andere.

Für Karin musste es schlimm gewesen sein, dass plötzlich Fremde im Haus lebten. Sie wusste nichts, verstand nichts, wurde immer hysterischer. Das ganze brüchige Familiengebäude, an dem sie so lange gebaut hatte, stürzte in sich zusammen. Jürgen versteckte sich im Büro, Susanne in ihrem Zimmer, Karin vereinsamte im Erdgeschoss. Susanne hörte sie tigern, Wohnzimmer Küche Wohnzimmer Küche Wohnzimmer, spitze, hastige Schritte auf dem Parkett, in Eile, obwohl es keine Eile gab. Sie hatte nichts zu tun, nachdem sie den Haushalt erledigt hatte, einkaufen gewesen war, geputzt hatte. Keine Hobbys, keine Freunde. Vielleicht, wenn sie gelesen hätte, aber sie las nicht, Stricken, Kreuzworträtsel, Tierpuzzle, alles nichts. Sie konnte nicht still sitzen. Tigerte. Wohnzimmer Küche Wohnzimmer Küche Wohnzimmer.

Ping-Pong-Gedanken: Was ist mit Jürgen, was mit Susanne? Warum Jürgen, warum Susanne? Jürgen, Susanne, Jürgen, Susanne, Wohnzimmer, Küche, Wohnzimmer, Küche, Wohnzimmer, Jürgen, Susanne. Nach Jürgens Selbstmord wurde es noch schlimmer. Kein Ping-Pong mehr, sondern ein Specht, Jürgen Jürgen Jürgen Jürgen Jürgen Jürgen. Immer enger zog sie den Radius, in dem sie die Couchgarnitur umkreiste, ein ausgetretener Pfad auf dem Boden, die Sohlen ihrer Schuhe ungleichmäßig abgelaufen, weil sie immer rechtsherum ging.

Auf der Terrasse ruft Herr Holtz, aber Susanne bleibt sitzen, die Hände über der Jutetasche gefaltet.

»Ich will rein, kann ich bitte rein, kann ich rein, ich will rein, bitte, bitte rein, kann ich rein?«

Die Buntspechte trommeln das ganze Jahr über ihre Wirbel in die Buchen. Bei gekipptem Fenster kann Susanne sie hören, wenige Sekunden dauernde Serien von Einzelschlägen, dazwischen längere Pausen, in denen sie auf die nächste Serie wartet, so lange, bis keine mehr kommt.

»Rein, rein, rein, rein.«

Sie steht auf und geht nach draußen, schiebt ihn vor den Fernseher und schaltet das Vormittagsprogramm im Zweiten ein, das er fast jeden Tag schaut. Hanno kommt durch die Tür, mit dem alten Akkordeon vor der Brust.

»Soll ich am Sonntag wieder spielen?«

»Untersteh dich.«

»Ich weiß sowieso nicht mehr, wie das geht.«

Er zieht das Akkordeon auseinander, ein Quietschen und Stöhnen wie von einem halb toten Tier, einer Katze vielleicht. Susannes Kiefer lösen sich, und sie stimmt in Hannos Lachen ein. Sie kann manchmal lachen mit ihm, im

Vordergrund, während sein Vater im Hintergrund im Rollstuhl sitzt. So wie jetzt, so wie immer. Sie vorne, er hinten. Sie könnten nie zu zweit sein, auch wenn Hanno das glaubt. Unmöglich, das Leben wieder aufzunehmen, das er damals freiwillig aus der Hand gegeben hat, niemand hat ihn gezwungen, dieser eine läppische Schlag, und selbst wenn, er hätte nach ein paar Wochen wiederkommen können. Bleiben, so wie sie geblieben ist, obwohl ihre Eltern ständig wollten, dass sie irgendwohin geht, in die Küche, um gemeinsam zu essen, nach draußen an die frische Luft, in die Stadt zur Ausbildung, auf Weltreise, *wir zahlen dir das*, hatten sie gesagt, zumindest bis Italien, *damit du mal rauskommst*, aber sie wollte nicht raus, was sollte sie da. Es war ihre Entscheidung, zu bleiben. Sie wollte in seiner Nähe sein, wo denn sonst, alles andere war egal. Vom Fenster aus sah sie ihn ab und zu, undeutlich, das Fernglas kam erst später. Es hatte ihrem Opa gehört, Jürgens Vater, und Jürgen schenkte es ihr zum achtzehnten Geburtstag.

Damit wir zusammen Tiere beobachten können.

Was hatte er sich vorgestellt?

In den Wald gehen und von einem Hochsitz aus den Hirschen und Wildschweinen zusehen? Butterbrote essen? Susanne musste lachen, das Tier saß doch drüben auf der Terrasse. Nein, kein Tier. Als sie ihn zum ersten Mal im Fernglas scharf stellte, war ihr sein Gesicht fast so nah wie in jener Nacht, kein Tier, ein Mensch, immer noch.

Sie weiß nicht, was sie ihm anziehen soll. Im Schrank sind nur Altmänner-Klamotten, Jogginghosen, weite Pullover, ein paar karierte Hemden, dazu der schwarze Anzug, den er auf der Beerdigung getragen hat. Sachen für die letzten Tage. Nach und nach hat Sylvia in den letzten Jahren seine

Garderobe ausgetauscht, das Schicke durch das Praktische ersetzt, die Farben abgeschafft. Jeder Krankheitsschub ein Altkleidersack. Susanne hat ihr zugesehen, wie sie ein Stück nach dem anderen aus dem Schrank nahm und es am ausgestreckten Arm betrachtete, von den Erinnerungen Abschied nahm, bevor sie es in den Sack stopfte. Die neuen Sachen sind braun und beige, viel Unterwäsche, weiß, damit man die Flecken sofort erkennt. Den Urin sehen, statt ihn nur zu riechen. Wahrscheinlich wollte Sylvia der Versuchung entgehen, ihn in den verpissten Lappen hocken zu lassen, durch den Mund zu atmen, den Geruch zu ignorieren, sich einzureden, es ginge alles noch. Die Wäsche nicht täglich zu wechseln. Damals hat Susanne seine Wäsche nicht gesehen, er ließ nur die Hosen herunter, ein dunkelblauer Anzug, ein weißes Hemd mit grauer Krawatte, braune Schuhe. Der Anzug saß perfekt, bestimmt eine Maßanfertigung, er war damals noch nicht so fett wie heute. So wird sie ihn in vier Tagen nicht hinbekommen. Im besten Fall *seinem Alter angemessen*, irgendein einfarbiges Hemd, die schwarze Anzughose, kein Jackett. Die klobigen Schuhe aus dem Sanitätshaus. Natürlich könnte sie Hanno um Geld bitten, um ihn bei Eising neu einzukleiden, es gibt dort Übergrößen, Sakkos, Hosen, Hemden, alles, was sie braucht. Sie könnte ihn herausputzen, wie es ihr gefällt. Er wehrt sich ja nicht. Was will er denn machen, wenn sie ihm ein pinkes Hemd anzieht, hellgrüne Hosen, eine Motivkrawatte? Micky Maus. Hunde. Kleine niedliche Hunde, er liebt Hunde so sehr, vielleicht findet sie eine Krawatte, auf der die Hunde so aussehen wie Lupus, ein Hütchen dazu, schließlich hat er Geburtstag, und was will er denn machen, wenn sie ihm eine Wunderkerze in die Hand drückt, bevor sie ihn vor die Gäste schiebt? Er wehrt sich ja nicht. Egal, was sie macht, er wehrt sich nicht, ob sie ihn schlägt oder schneidet oder ins Wasser schiebt, immer hockt er nur da und glotzt sie an, kapiert nichts, spürt nichts, glotzt sie an und erkennt sie nicht mehr.

Was ist denn noch übrig?

Was, wenn nichts mehr da ist von damals, wenn sie endgültig alleine damit ist?

***

8. September 2018

Ich konnte die Augen erst wieder aufmachen, als er nicht mehr auf mir war. Er hat mich gefragt, ob alles gut ist. Ist alles gut? Ist alles gut? Es war ihm wichtig, also habe ich genickt. Er hat mich geküsst und gesagt, ich muss nach Hause gehen. Durch den Garten sollte ich gehen. Barfuß, das Gras war schon feucht. Ich konnte gehen. Es war nichts von ihm in mir drin. Ich trug meine Schuhe in der Hand. In den Beeten habe ich Abdrücke gemacht, Erde an den Füßen, dann die Erde im Haus, im Flur, auf der Treppe. Ich habe mir keine Mühe gegeben, leise zu sein, aber ich war nicht laut. Im Schlafzimmer brannte kein Licht, obwohl Jürgen noch wach war, ich konnte ihn spüren, als ich vorbeiging, ein großes, pumpendes Bewusstsein. Aus dem Bad nahm ich einen feuchten Waschlappen. In meinem Zimmer: das Kleid ausziehen. Den BH ausziehen. Die Unterhose ausziehen. Abwaschen. Ein wenig Blut, wie von einer anderen Person. Ist alles gut? Das Nachthemd anziehen, ins Bett legen. Der Mond schien schon anders durchs Fenster als jemals zuvor, ein breiter Streifen

Licht an der Decke, den ich noch nie zuvor gesehen hatte. Die Augen schließen. Schlafen.
Noch einmal schlafen.
Noch einmal die Bilder und die Träume, bevor ich morgen die letzten Dinge erledige, die Blumen binden, die Gläser spülen, die Tische im Garten aufstellen, noch einmal durchatmen, bevor um halb zwei die Gäste kommen. Die Gastgeberin hat das erste Rederecht. Die Gastgeberin kann sagen, was sie will, alle müssen ihr zuhören, keiner darf sie unterbrechen. Die Gastgeberin schlägt mit einem kleinen Löffel gegen ihr Sektglas, bis die Gespräche verstummen, dann begrüßt sie die Gäste, schön, dass ihr gekommen seid, um Carls Geburtstag mit uns zu feiern, vor zweiunddreißig Jahren wart ihr schon einmal hier, die meisten von euch zumindest, habt zugesehen und nichts gemacht, als Carl mich vergewaltigt hat. Die Gastgeberin hält inne. Sie steht ein wenig erhöht auf der Terrasse, die Gäste in breiter Front vor ihr auf dem Rasen, den Hanno morgen früh noch mähen muss. Ihr Blick wandert über die Gesichter. Entsetzen, Verwirrung, aber keiner, der glaubt, dass es nicht wahr sein kann. Sie sehen mich an, dann Carl, in ihren Augen plötzlich ein Zweifel an allem, was gewesen ist. Ich trinke einen Schluck Sekt und wende mich ab, sehe den Schmerz in Hannos Gesicht, sehe als Letztes noch, wie Matthias Dreiling seine Tochter an der Hand nimmt und mit ihr den Garten verlässt.
Die Kinder in Sicherheit.
Ines.
Da steht es.
Da steht es.

ZWEI

Das Haus ist nicht fertig geworden.

Es ist Hannos erster Gedanke, als er erwacht, das Haus ist nicht fertig, und er bleibt noch eine Weile mit offenen Augen liegen, bevor er aufsteht und die Stellen ein letztes Mal begutachtet. Im Licht der Morgendämmerung wirken die rohen Mauern in Bad und Flur milde verwischt, schlafend die neuen Möbel, zur Hälfte montiert, die alten abgeschlagen in den Ecken. Werkzeuge liegen herum, Fliesenpakete, Tapetenrollen. Der Himmel im leeren Rahmen des Toilettenfensters unterscheidet sich kaum von der umliegenden Wand. Ein wabernder Fleck, nur die kühle Luft, die von außen eindringt, spürt Hanno deutlich, hört die Gesänge der Vögel lauter als in irgendeinem anderen Raum des Hauses. Er überlegt, ob er die Scheibe einsetzen soll. Sie steht seit Tagen unter dem Waschbecken, akkurat zugeschnitten, die Kanten mit Packpapier abgeklebt. Eine Sache von einer Viertelstunde. Lange bevor sein Vater aufwacht, wäre er fertig, lange bevor Susanne kommt.

Ob sie es überhaupt bemerken würde?

Die letzte Woche haben sie in verschiedenen Bahnen verbracht, aneinander vorbei in verschiedenen Geschwindigkeiten, kurze Begegnungen im Flur, manchmal ein Kaffee in der Küche, eine Hand, die er auf ihren Arm legt, manchmal ein Arm, den sie nicht wegzieht. Flüchtige Küsse morgens und abends, Begrüßung und Abschied. Hanno steigt auf die Toilette und steckt seinen Arm durch den Rahmen bis zum Ellenbogen in den aufziehenden Tag. Die Heimkehr ist eine mächtige Chemie. Er spürt sie wie ein Medikament im Körper, eine psychoaktive Substanz, die ihn langsam verändert. Früher wäre es ihm unmöglich gewesen, ein Haus zum Stichtag in einem halb fertigen Zustand zu übergeben. Ob er Schafe hütete oder Balkone baute, immer lag der Weg zur Fertigstellung einer Arbeit schon beim ersten Handgriff in klar definierten Abschnitten vor ihm, die er nur abschreiten musste, um sein Ziel zu erreichen. Von diesem Weg wich er nicht ab, trödelte nicht. Die Arbeit zu vollenden, war der einzige Grund, warum sie existierte, es nicht zu tun, wäre Hanno wie ein Verrat an der Arbeit selbst vorgekommen. Zum Abschluss hatte er sie immer noch einmal betrachtet, wandte sich in dem Wissen ab, dass sie im Ganzen verwirklicht worden war und deshalb bestehen würde.

Auftrag, Durchführung, Übergabe.

Auf Hannos Arm setzt sich langsam das Licht, ein paar Minuten, bis er die Härchen deutlich erkennt und den Arm durch den Rahmen zurückzieht. Er wird die Scheibe nicht einsetzen. Die Gäste sollen ruhig sehen, wie es um dieses Haus bestellt ist, um die Menschen darin, um seinen Vater und ihn selbst, wie er vergeblich versucht, seine Jahre in der Ferne zu leugnen, indem er die Spuren beseitigt, die in seiner Abwesenheit entstanden sind. Bruchstücke: einzelne Kacheln und eine herabhängende Tapetenbahn, aufgerissene Möbelpakete, aus denen Stangen und Bretter herausstehen. Es gibt hier nichts Ganzes, keinen Auftrag, keine Notwendigkeit, etwas zu vollenden. Ob er die Möbel zusammenschraubt oder nicht, ob er das Badezimmer fliest, den Flur tapeziert, die Böden abschleift, ob er in einer großen Kraftanstrengung das Haus von Grund auf saniert oder alles lässt, wie es ist: Sein Vater wird nicht mehr. Ein paar Jahre noch unter Hannos ungeschickten Händen, dann wird er das Haus endgültig verlassen, bis dahin Nahrung, Schlaf und Arztbesuche, zwei Schnäpse am Morgen, damit er beim Frühstück nicht zittert. Etwas anderes als glänzende Oberflächen braucht es für die kommenden Jahre. Geduld und Nähe, eine Zuneigung, die er zu jeder Begegnung mit seinem Vater mitbringen muss. Hanno geht die Treppe nach oben, die Tür zum Schlafzimmer knarrt, als er sie öffnet, obwohl er die Scharniere geölt hat. Eine alte Tür, Risse, die wie ein Nervengeflecht durch den ehemals weißen Lack laufen. Hanno geht zu seinem Vater, der hellwach auf dem Bett liegt, und küsst ihn auf die Stirn.

»Herzlichen Glückwunsch, Papa.«

»Was ist?«

»Du hast Geburtstag.«

»Geburtstag?«

»Ja.«

»Wie alt bin ich?«

»Fünfundsiebzig.«

»So alt? Im Leben bin ich nicht so alt. Du musst dich irren.«

»Doch, das stimmt, Papa.«

»Früher war ich nicht so alt.«

»Erzähl mal was von früher.«

»Was soll ich denn erzählen?«

»Irgendwas.«

»Da waren mal so Bleche im Garten, solche großen Bleche.«

»Was war damit?«

»Ich weiß nicht.«

Sie schweigen eine Weile. Hanno, auf der Bettkante sitzend, hält die Hand seines Vaters, der aus großen Kinderaugen zu ihm heraufschaut. Zehn, höchstens zwölf ist er in diesem Moment, ein aus der Zeit gefallener Junge, vor sich noch ein ganzes Leben, das er längst vergessen hat.

»Wann war das mit den Blechen? War ich noch hier, als die im Garten lagen?«

»Nein, du warst schon weg.«

»Weißt du noch, warum ich damals gegangen bin?«

»Du wolltest noch mal einkaufen. Du hattest irgendwas vergessen, und dann warst du plötzlich weg. Was war das denn, ich muss das doch wissen!«

»Schon gut, Papa. Ist nicht so wichtig.«

»Ständig fallen mir solche Sachen nicht mehr ein, das muss ich doch wissen. Was kann das denn gewesen sein, dass du so lange weg warst?«

»Ich glaube, ich musste Milch holen.«

»Ja, Milch, das wusste ich. Haben wir Milch?«

»Wir haben alles, Milch, Bier, Wein, Schnaps.«

»Wer soll das denn alles trinken?«

»Deine Gäste. Wir feiern heute.«

»Was feiern wir?«

»Deinen Geburtstag, Papa.«

»Ich habe nicht Geburtstag.«

»Deinen fünfundsiebzigsten.«

»Hat Sylvia das gesagt?«

»Mama ist tot, das weißt du doch.«

»Quatsch.«

»Irgendwie schaffen wir das auch ohne sie.«

»Ohne Mama weiß ich überhaupt nicht, was ich sagen soll. Ich kenne doch die Namen nicht mehr.«

»Ich helfe dir. Ich sag dir die Namen, alles, was du brauchst. Ich bleib bei dir.«

Hanno drückt die Hand seines Vaters fester. Es ist jetzt fast Tag, die Sonne hell zwischen den Lamellen. Sie werden im Garten feiern können, wie Hanno es sich gewünscht hat, im hohen Gras, zwischen Spätsommerblüten und vier weißen Stehtischen, die Susanne rautenförmig anordnen will. Sie hat eine Zeichnung gemacht, Haus, Terrasse, Gartenzaun, die Rasenfläche ungefähr quadratisch, darauf die vier Punkte, wo die Tische stehen sollen.

»Wie lange warst du weg?«, fragt sein Vater.

»Fast dreißig Jahre.«

»Dreißig Jahre für ein bisschen Milch.«

»Ja, verrückt, oder?«

»Hier trinkt doch keiner Milch. Deine Mutter … Deine Mutter …«

»Sylvia.«

»Sylvia macht manchmal Milch in ihren Kaffee.«

»Sie fehlt dir, oder?«

»Wer fehlt?«

»Mama.«

»Was meinst du denn? Was hast du denn immer mit Mama, hör doch auf damit, ich habe hier schon Schmerzen, in der Schulter, die ganze Zeit schon!«

»Das ist bestimmt nur die Aufregung. Am Geburtstag ist jeder aufgeregt. Wir messen gleich Blutdruck, dann lass ich dir ein Bad ein.«

»Hanno?«

»Ja?«

»Das mit den Blechen ist ewig her, da kann nichts mehr passieren.«

»Ich weiß.«

»Wenn du mir die Namen nicht sagst, kommen die weg.«

»Ich sag dir die Namen, versprochen.«

Später fragt er Susanne nach den Blechen, aber sie bestreitet, dass es sie gegeben hat.

»Bleche im Garten? Auf keinen Fall. Daran würde ich mich erinnern.«

»Wieso bist du so sicher? Vielleicht hast du das gar nicht mitbekommen.«

»Glaub mir, da waren keine Bleche.«

Sie sieht ihn fast mitleidig an, während sie das Bügeleisen in langen Strichen über eine der Decken für den Buffettisch führt. Ein Blinder, der ihr die Farben erklären will. Der Dampf faucht in den dicken Stoff und steigt als Wolke auf, darin Susannes Gesicht, leicht gerötet und feucht, die Augen glänzend, schon seit sie am Morgen gekommen ist. Hanno hat ihre Aufregung sofort bemerkt. Ein festerer, längerer Kuss als sonst, kalte Fingerspitzen, die Hände betont ruhig auf seinem Nacken, bedachte Bewegungen, und trotzdem zittern sie ihr manchmal weg. Beim Spülen klirren die Gläser aneinander, mehrfach fallen Blumen herab, als sie die kleinen Sträuße für die Stehtische im Garten bindet.

»Mähst du den Rasen noch?«, fragt sie.

»Ich wollte das eigentlich so lassen.«

»Gut.«

Susanne legt die gebügelte Decke über den Buffettisch und streicht sie glatt, richtet die Kanten parallel zur Tischplatte aus. Keine Vorwürfe, kein Wort darüber, dass nichts fertig ist. Hanno wäre bereit, sich zu verteidigen, aber Susanne gibt ihm keinen Anlass dazu. In ihrer Aufregung dieses Tages steckt ein großzügiges Element, ein Element der Nachsicht mit ihm und seiner Unfähigkeit, die Dinge zu beenden. Ohne Murren legt sie ihre Vorstellung von der Feier über das Chaos, das er hinterlassen hat. Auf das angeschliffene Parkett im Flur stellt sie eine Bodenvase mit roten Dahlien. Die Blumen hat sie von der Gärtnerei in schwarzen Plastikeimern liefern lassen, die Sträuße bindet sie selbst, am Terrassentisch sitzend, während Hanno die Stehtische der Zeichnung entsprechend auf dem Rasen platziert. Tiefe Spurrillen wird der Rollstuhl im Gras hinterlassen, die Halme wird er niederwalzen, besonders bei engen Wendungen, wenn Hanno seinen Vater von Tisch zu Tisch, von Gruppe zu Gruppe schieben wird. Ein Abklappern der alten Bekannten, wer weiß, wie oft noch, bevor er sie überhaupt nicht mehr erkennt. Auch das wird in den nächsten Jahren nötig sein: ihn durch Abschiede zu begleiten, von Freunden und Bekannten, von Dingen, deren Funktion er nicht mehr versteht, von Erinnerungen, die sich aus ihrem Zusammenhang lösen und als freie Teilchen davonschweben.

Hanno prüft den Stand des letzten Tisches, ein wenig wackelig in dem hohen Gras. Susanne verteilt die selbst gebundenen Sträuße, dazu ein Windlicht auf jeden Tisch. Sie streifen einander, berühren sich. Hanno packt Susanne am Oberarm, und sie küssen sich lange. Das Gras an seinen Waden, die Stille. Die Sonne scheint jetzt schon heiß, wie soll es erst werden in dieser langen Zeit, die vor ihm liegt?

DREI

Das Catering wird pünktlich um halb zwölf geliefert. Die Schüsseln und Platten sind mit Frischhaltefolien abgedeckt, an denen Kondenströpfchen haften, darunter, undeutlich wie hinter regennassen Scheiben, die italienischen Vorspeisen und Salate. Susanne zieht die Folie vom Nudelsalat ab und belädt drei Teller mit je einer kleinen Portion. Niemand hat jetzt Appetit. Es ist zu heiß, zu früh, zu nah die Ankunft der Gäste, die für halb zwei bestellt sind. Absichtlich hat Susanne die Zeit so gelegt, dass Hannos Vater noch schläft, wenn sie kommen. Zur Begrüßung für jeden ein Getränk und ein paar Worte, ein kurzer Aufschub, bevor sie um zwei nach oben gehen und ihn aus dem Mittagsschlaf wecken wird, ihm die neuen Sachen anzieht, beige Hose, weißes Hemd, blaues Jackett, und ihn zu seinen Gästen in den Garten fährt. Susanne richtet den Blick auf den Teller in ihrer Hand. Das kleine Häufchen Salat, die Komponenten überzogen von einer öligen Schicht, Schmetterlingsnudeln, getrocknete Tomaten, Pinienkerne, Mozzarella, Basilikum, grob gestoßener Pfeffer. Das Stechen des Essigs in der Stirn. Sie konzentriert sich auf den Geruch, den sie mit der Atemluft einzieht, wie er in der Nase aufsteigt und knapp oberhalb der Nasenwurzel als eine feine Nadel in ihr Gehirn dringt, während die Luft ihre Lungen füllt, die ganz ohne ihr Zutun selbstständig atmen, ein und aus und wieder ein, in tiefen, mechanischen Zügen.

Beinahe hätte sie wieder zu weit gedacht.

Zu dem Moment, wenn sie es sagt, oder noch weiter, zu dem Moment, wenn es gesagt ist. Seit sie den Entschluss gefasst hat, fängt dort das unbekannte Land an, eine weiße Leere, in die sie alles verschiebt, was sie daran hindern könnte, zu sprechen. Zweifel, Gefühle. Die Vorstellung, wie ihr Leben danach sein wird, wie man sie ansehen, hinter ihrem Rücken über sie tuscheln wird. Sie trägt die Teller zum Esstisch, erst zwei, dann den dritten. Ein Stück Porzellan in Form eines Keils ist vom Rand ihres Tellers abgeplatzt, und sie stellt ihn so, dass die Spitze des Keils von ihr weg auf den Platz gegenüber zeigt. Den ganzen Tag beschäftigt sie sich schon mit solchen Kleinigkeiten. Salate, Blumensträuße, Kerzen, Keile und Kanten, die Anordnung der Gläser auf dem Buffet. Parallelität und Symmetrie. Dass die hellblauen Seidenbänder, die sie zwischen den Kerzenständern spannt, auf gleicher Höhe verlaufen und die Stehtische im Garten eine perfekte Raute bilden. Nur so bleibt sie in der Gegenwart, driftet nicht vor und zurück zwischen Dingen, die sie nicht kontrollieren kann. Lupus bellt, auch er ein Ding der Gegenwart. Sie füllt ihm den Napf, setzt sich wieder. Im Flur die Geräusche des Rollstuhls. Sie gehen ihm voraus wie Fanfaren, das Quietschen der Gummireifen auf dem Parkett, das metallische Knirschen in den Scharnieren.

Hier kommt der verschlissene König.

Hanno fährt ihn an seinen Platz, ein skeptischer Blick auf den Teller, bevor er zum Löffel greift. Sie sieht Herrn Holtz beim Essen zu; beobachtet die kleinen Bewegungen der Gesichtsmuskulatur, das Zucken des linken Mundwinkels, den hüpfenden Kehlkopf. In dem unbekannten Land, nachdem sie alles gesagt hat, wird auch sein Leben ein anderes sein. Seine Freunde und Bekannten werden wissen, was er getan hat, sein Sohn wird wissen, was er getan hat. Als sie vorhin Hannos Kuss erwiderte, hat sie nicht gewusst, warum, jetzt fragt sie sich, ob sie ihn milde stimmen, ihn vorbereiten wollte auf das, was kommt. Vater und Sohn, Nudeln kauend, Dressing im Mundwinkel und am Kinn. Susanne erinnert sich, wie sie beide im Gegenlicht an Sylvias Grab zum ersten Mal wieder nebeneinander sah, ihnen die Hand gab und sich nicht vorstellen konnte, dass sie miteinander verwandt waren. Inzwischen erkennt sie die Ähnlichkeit sogar an der Art, wie sie sitzen. Vorgebeugt, die Unterarme auf der Tischkante, die Köpfe schief zwischen den hochgezogenen Schultern.

»Kann ich was trinken?«, fragt Hannos Vater.

»Klar, zur Feier des Tages.«

Hanno geht in die Küche und kommt mit drei Flaschen Bier zurück. Er setzt sein Messer an und lässt die Kronkorken ploppend durch den Raum fliegen, unter den Tisch, hinter die Heizung, dann verteilt er reihum die Flaschen.

»Auf dich, Papa. Das ist dein Tag heute.«

Sie stoßen an. Das Klirren ist gedämpft, klingt nicht nach, weil Hannos Vater seine Flasche mit beiden Händen fest umklammert hält. Aus dem Hals steigt Schaum und setzt sich als leicht gewölbte Krone über die Öffnung. Er führt die Flasche zum Mund, schlürft im flachen Winkel, während Susanne ihr Bier, ohne getrunken zu haben, wieder absetzt. Auf dem Tisch ein feuchter Ring aus Kondenswasser. Eine geschlossene Form, die die Gegenwart in ihrem Inneren bewahrt und alles ausschließt, was gewesen ist, sein wird.

***

Hanno bringt seinen Vater zum Mittagsschlaf nach oben. Susanne wischt den Tisch ab und spült die benutzten Teller, holt die Blechwanne für die Getränke aus der Garage und stellt sie neben das Buffet. Aufblitzend die Vorstellung, dass der Sekt nach Hund schmeckt und niemand etwas sagt, um die Gastgeberin nicht zu beschämen. Sie riecht an der Wanne, aber da ist nichts, eine schwache, metallische Bitterkeit, die auch eingebildet sein kann. Vor zwei Wochen hat sie Lupus zuletzt darin gebadet. Sie hebt den Blick, dort liegt er im Garten unter einem der Stehtische, stoisch wie immer und auch jetzt, in dieser letzten Stunde, unbewegt, als wäre nichts. Susanne öffnet die Terrassentür. Hitze schlägt ihr entgegen, stumpf und trocken, und sie fragt sich nicht zum ersten Mal, ob sie nicht zu warme Kleidung für die Feier gewählt hat. Ein dunkelblauer Hosenanzug aus Baumwolle, dazu eine weiße Bluse, flache Schuhe. Die Sachen hängen auf einem Bügel in Sylvias altem Nähzimmer. Auf dem Weg kommt sie am Schlafzimmer vorbei, unbändig der Wunsch, zu lauschen und durch den Spalt zu schauen, aber sie beherrscht sich, geht weiter, ohne auch nur den Kopf zu drehen. Im Nähzimmer nimmt sie den Bügel vom Haken, prüft den Stoff zwischen zwei Fingern, hält den Anzug am ausgestreckten Arm ins Licht. Noch immer findet sie ihn angemessen: dezent, fast geschäftsmäßig, ohne jeden Firlefanz, der die Aufmerksamkeit von ihren Worten ablenken könnte, dabei nicht streng oder zaghaft, weder Uniform noch Büßerhemd. Sie hängt ihn zurück und zieht sich bis auf die Unterwäsche aus. Hanno kommt ins Zimmer und schließt die Tür hinter sich. Für eine Sekunde kann sie sich vorstellen, mit ihm zu schlafen, hier auf der Couch, die er für sie gekauft hat, unter einem dünnen Laken aus Sylvias Schrank, die Zeit bis zur Ankunft der Gäste zu überbrücken und nur darüber nachzudenken, wo ihre Finger hinsollen, zu spüren, wo seine Finger sind, und nichts sonst, kein ganzes Leben auf der Brust, keine Zukunft vor sich.

»Das wird nichts werden mit uns«, sagt sie.

»Ich weiß.«

Hanno bleibt, während sie sich anzieht. Es ist das letzte Mal, dass er sie so sieht, sie wissen es beide und lassen sich Zeit, gewähren einander die Blicke, die sie brauchen, um sich irgendwann einmal zu erinnern. Susanne zieht die Bluse über ihre Schultern und knöpft sie zu, zieht die Hose an, den Blazer, schlüpft zuletzt in die Schuhe und schließt den Gürtel im dritten Loch.

»Musst du dich nicht auch noch fertig machen?«, fragt sie.

Hanno nickt. Traurig sieht er aus und erleichtert, ein sanftes Lächeln, bevor er sich umdreht und das Zimmer verlässt.

Die letzten Minuten spielen Stunde, wollen nicht vergehen.

Susanne füllt die Wanne mit Eis und stellt die Getränke hinein, entfernt die Folien von den Schüsseln, zündet die Kerzen und Windlichter auf der Terrasse und im Garten an.

Dann ist alles getan.

Über dem Kühlschrank schlägt die Uhr um, noch dreizehn Minuten. Susanne setzt sich an den Küchentisch und verschränkt die Hände zu einem festen Knoten. Mit aller Macht drängen die Möglichkeiten noch einmal in ihr Bewusstsein. Nichts zu sagen. An Hannos Arm von Gast zu Gast zu schreiten, zu plaudern und zu lächeln, Sekt zu trinken, Tiramisu zu essen, den Rollstuhl so zu drehen, dass

Hannos Vater nicht in der prallen Sonne sitzt, mit einer Serviette die Krümel von seinem Mund zu wischen, Bier zu holen, Schnaps zu holen, ihn am Abend nach oben zu bringen und frisch zu machen, zuzusehen, wie er einschläft, zuckend und brabbelnd, das Fenster zu kippen wegen der Hitze.

Wortlos zu verschwinden.

Dort ist die Tür. Sie könnte aufstehen und gehen, in ihrem Zimmer wartet das Fernglas, eine lächerlich geringe Anstrengung, es anzuheben und vor die Augen zu führen. An die Härten des Stuhls, auf dem sie jahrelang am Fenster gesessen hat, wird sie sich schnell wieder gewöhnen. Das immer gleiche, bequeme Leid, erträglich, weil sie es kennt und weiß, dass es nicht schlimmer wird, wie sich die Kante der Sitzfläche in ihre Oberschenkel drückt und rote Striemen hinterlässt (sie hat sie im Spiegel gesehen). Eine feige Gewohnheit, so zu leiden. Wie soll sie die Striemen rechtfertigen, wie erklären, dass sie zurückkehrt, ohne gesprochen zu haben, sich auf den alten Stuhl setzt, als wäre nichts?

Die Uhr schlägt um, acht Minuten, und Susanne löst die Finger, steht auf, geht in den Flur. Eine Tapetenbahn hängt noch herab, in der Ecke gestapelt die Fotografien der Verwandtschaft, obenauf Hannos Kindergesicht mit den riesigen Zähnen. Er kommt die Treppe herunter, frisch rasiert und in einem weißen Hemd, immer noch traurig, Susanne sieht es ihm an, obwohl er versucht, die Traurigkeit tief in seinen dunklen Augen zu verstecken.

»Bereit?«, fragt er auf der vorletzten Stufe.

»Ja.«

»Sollen wir ihn nicht doch wecken, damit er von Anfang an dabei ist?«

»Nein, lass ihn schlafen. Er braucht seine Kraft, das wird ein harter Tag für ihn.«

Sie treten gemeinsam nach draußen. In der gleißenden Sonne tastet Susanne nach Hannos Hand, für Sekunden erblindet, bevor sie die Augen schließt und wieder öffnet, blasse, überbelichtete Farben, Gestalten auf dem Kiesweg, die unaufhaltsam näher kommen.

VIER

Ich schirme die Augen mit der Hand ab, blinzle gegen das Licht.

Ich sollte nicht hier sein.

Ich sollte nicht neben Hanno und Susanne auf dem Treppenabsatz stehen, als gehörte ich noch dazu, sollte nicht darüber nachdenken, ob meine Haare sitzen und meine Garderobe dem Anlass angemessen feierlich über meine Hüften fließt, sollte nicht zählen, wie viele Gäste kommen, wer zu früh ist, wer zu spät.

In meinem Leben, wie es hätte sein sollen, gibt es diese Menschen nicht mehr.

In diesem Leben, das ich mir so mühelos vorstellen kann, als hätte ich es in irgendeinem Winkel meiner Seele tatsächlich gelebt, nebenher oder nachts in meinen Träumen, in diesem Leben sind sie alle vor dreißig Jahren verschwunden, weil ich mit Hanno das Haus verlassen habe und für immer gegangen bin.

Wir haben versucht zu bleiben, aber es ging nicht.

In jedem Molekül des Hauses Carls Tat, verbaut in den Wänden, und nicht nur dort, auch die Luft war voll davon.

Ich konnte nicht atmen, ohne mir den Abend vorzustellen, beim Einatmen die Bilder in Zeitraffer bis zu dem Moment, als ich mich verabschiedete und ins Bett ging, beim Ausatmen in Zeitlupe das, was danach passiert sein musste. Unter mir, während ich schlief. Draußen das Verstummen der Leute, wenn ich mich näherte, sie setzten neu an, versuchten, etwas Belangloses zu sagen, verstummten wieder. An Hannos Schule gab es ein Wort für mich, Kinderfickerfotze. Ein halbes Jahr hielten wir es aus. Als wir das Haus verließen, hätte ich es anzünden wollen, Benzin auf die Böden und in die Vorhänge, über den Tisch, ins Treppenhaus, ein stilles Feuer, dort, wo wir standen, am Ende der Straße, und uns noch ein letztes Mal umdrehten.

In meinem Leben, wie es hätte sein sollen, war Carl schon lange weg. Er hatte den *Anstand* gehabt, zu gehen, wir sollten uns keine Sorgen machen, er käme schon zurecht. Was mit ihm geschehen ist, ist unerheblich. Es gab ein Verfahren oder nicht, er wurde verurteilt oder nicht, musste ins Gefängnis oder nicht. Hanno und ich leben ohne ein Wort über ihn. Eine Zweizimmerwohnung, Sozialbau, links die Küche, rechts Hannos Zimmer, geradeaus das Wohnzimmer, wo ich auf der Ausziehcouch schlafe, daneben das Bad, Toilette, Dusche, keine Wanne. Dünne Wände, die Nachbarn laut, fremdes Volk, und wir für sie noch fremder. Eine neue Arbeit. Irgendein Sekretariat, Möbel, Schrauben, Halbleitertechnik. Das Gehalt ein Schlag in den Magen. Kein Urlaub, keine Geräte, kein Schnickschnack, an Essen und Kleidung, was notwendig ist. Hanno und ich, schweigend über den Verzicht. Wir sprechen über seine neuen Freunde, die Schule. Hanno schafft sein Abitur mit einer Ehrenrunde, nach dem Wehrdienst bleibt er in der Stadt und studiert BWL oder Maschinenbau, wohnt anfangs noch bei mir, später im

Wohnheim. Ein guter Sohn. Jeden Sonntag kommt er zum Essen vorbei, sitzt in der Küche, während ich am Herd stehe und koche. Er erzählt von den Abschlussprüfungen, ich von meiner Arbeit. Im Hintergrund ein hohes, elektrisches Summen, das wir beide hören, ohne uns darüber verständigen zu müssen. Ein gemeinsamer Tinnitus, ausgelöst von Carl, von dem, was Carl mit Susanne getan hat.

Wenigstens bin ich nicht allein.

In meinem Leben, wie es hätte sein sollen, gibt es Réka oder Kinga, eine Ungarin aus Budapest, zwei oder drei Jahre jünger als ich, fünf oder zehn Kilo leichter. Kinga sagt »scheen« statt »schön«, scheen, dich zu sehen, scheen, dass du da bist, ohne dich war langweilig. Kinga und ich trinken Aprikosen-Pálinka mit Wasser verdünnt, grauenvoll, wir lachen bei jedem Schluck.

»Ein scheener Scheiß.«

Kinga wohnt am Ende des Flurs, jeden Morgen fährt sie im Aufzug mit mir nach unten. Sie hat ihren Mann schon vor langer Zeit verlassen. Das war nix mehr, sagt sie, nur noch Arbeit, Bier und Fernseher, keine Leidenschaft und auch kein Kind nicht. Der Pálinka macht den Himmel weich, jeden Freitag sitzen wir auf Kingas Balkon und trinken, apricot die Sonne im letzten Drittel.

Ich sage, mein Mann, mein Ex-Mann.

Die Sonne geht unter, Kinga hört zu, von einem Balkon unter uns steigt Zigarettenrauch auf, leise Stimmen, ab und zu ein Lachen. Stadtlichter, weit bis zum Fluss.

»Ein scheener Scheiß. Kannst du nix machen, kannst du nix für.«

Ein paar Minuten atme ich in Kingas Arm, gegen Kingas Hals, dann lassen wir das Wasser weg und trinken pur weiter. Grauenvoll. Es brennt, ich schlucke, heule, lache. Mit Kinga ist das Grauenvolle immer beides. Zum Heulen und zum Lachen, ein schlimmer, schrecklicher Witz. Ihr Bett ist gerade schmal genug für uns beide, Kinga brabbelnd und glucksend, während ich mit dem Gesicht zur Wand einschlafe.

Wir fahren gemeinsam in Urlaub. Hast du nicht Angst, deinem Mann zu begegnen, frage ich in Budapest, aber Kinga schüttelt den Kopf, *guckt Fernsehen jetzt, trinkt Bier, kann ein Erdbeben kommen, und geht der nicht raus.* Sie zeigt mir die Orte ihrer Kindheit, und ich vergleiche sie mit meinen, der Park, das Schwimmbad, das Haus, in dem ein Kiosk war. Alles ähnlich, nur größer, Kingas Häuser ein paar Stockwerke höher, der Park über einen Hügel hinweg bis zur Donau. In allen Städten entdecken wir Dinge, die uns an unsere Jugend erinnern, immer mehr, je älter wir werden. Ganz Rom nur für uns gemacht. Die Spanische Treppe wie früher bei Aldi, das Kolosseum ein scheener Mist. Paris, Madrid. Kopenhagen kommt uns vor, als hätten wir es mit unseren Bauklötzen selbst gebaut, genauso bunt, genauso schief, jedes Haus eine andere Farbe. Wir sitzen am Nyhavn und trinken Kaffee, beobachten die Leute auf der Straße, freuen uns über die Jungen, ärgern uns über die Alten. Mein Leben, wie es hätte sein sollen: einfach und unmittelbar. Arbeit, Haushalt, Reisen, zwei Menschen, die mir etwas bedeuten, vielleicht mehr, wenn Hanno heiratet und Kinder bekommt. Eine neue Generation, die Carl nicht kennt, von Carl nichts weiß, nicht weiß, was Carl getan hat. Natürlich fragen sie nach ihrem Opa, und wir sagen, er lebt irgendwo.

Er lebt irgendwo.

Allein oder mit einer neuen Partnerin, im Ausland, Marbella, Südfrankreich. Im Haus wahrscheinlich nicht mehr, oder hält er das aus, macht ihn das geil, die Nähe, die Erinnerung? Hannos Kinder fragen, warum nicht bei dir? Du bist doch seine Frau, da schläft man in einem Bett und macht sich morgens Brötchen. Ich erkläre ihnen, was Scheidung ist, das Abtrennen zweier Leben voneinander, nehme zwei Würstchen und reiße sie an der Pelle auseinander, halte sie hoch, seht ihr, zwei Leben, wo vorher eines war.

Hoffentlich hat Hanno Kinder.

Sie sind meine größte Freude, liquide Wesen, Lichtgeschwindigkeiten. Von jeder Reise bringe ich ihnen Schneekugeln mit, Kinga strickt bunte Schals und wickelt sie ihnen um den Hals, bis nur noch die Augen zu sehen sind. Es ist Winter, die Kälte steckt uns in den Knochen. Die Leichtbauweise der Blöcke, im Sommer schwitzen wir uns tot, im Winter erfrieren wir. Zum Glück hat Hanno ein Haus, in dem Kinga und ich unterkriechen können. Alte Katzen. Wir rollen uns vor der Heizung zusammen, spielen mit den Kindern wie mit Wollknäueln, zuppeln an ihnen herum, dröseln sie auf, packen sie mit den Pfoten, lassen nicht los, lassen nicht los. Kinga backt Plätzchen in seltsamen Formen und lässt sie im Ofen verbrennen. Hannos Frau stopft Beifuß in die Gans, setzt die Soße an. Im ganzen Haus Gerüche, verbrannter Teig, Zimt, Tannennadeln. Wie in jedem Jahr der schönste Baum, den wir je hatten. Ich schmücke ihn mit den Kindern, werfe Hände voll Lametta aus großer Entfernung hinein und schaue, was hängen bleibt. Die Zeit bis zur Bescherung fließt wie Sand. Wir singen Lieder und lesen die Weihnachtsgeschichte, dann schleicht Kinga hinaus, um sich umzuziehen. Roter Mantel, weißer Bart. Sie soll in dem Moment aus der Terrassentür huschen, wenn die Kinder das Wohnzimmer betreten, aber natürlich will sie nichts verpassen und bleibt stehen, eine Weihnachtsfrau mit blondierten Spitzen und hochhackigen Schuhen, der Bart unters Kinn gezogen, damit der Lippenstift nicht verwischt.

Weihnachten, Frühling, der Sommer kehrt zurück, und wir sitzen auf dem Balkon, trinken und lauschen den Stimmen, riechen den Rauch, sehen die Lichter. Weiter will ich nicht denken; nicht die hässlichen Sachen, Alter, Krankheit, Tod, nicht schon wieder sterben, nicht denken, wie Kinga stirbt. Dass ich ohne sie leben konnte, kommt mir jetzt schon seltsam vor. Überhaupt so zu leben, wie ich es getan habe, in diesem Haus mit diesem Mann. Jahrzehnte. Wie oft hat er danach noch mit mir geschlafen? Dutzende Male, auch wenn es schnell bergab ging, hundert Mal vielleicht noch die Ochsentour. Hat er an sie gedacht dabei? Hat er an Susanne gedacht, während er in mir war?

Sie ekelt mich an, wie sie dort steht.

Aufrecht und selbstbewusst, unangreifbar in ihrem schicken Kostüm, jetzt, wo alles zu spät ist. Warum hat sie damals nicht geschrien? Ich hätte sie gehört in meinem perlnachtblauen Zimmer, so dick sind die Wände nicht, wäre nach unten gerannt und zwischen die beiden gefahren, rechtzeitig, bevor irgendetwas anderes passiert wäre als ein kleiner, betrunkener Ausrutscher, über den man hätte hinwegsehen können. Wie schwer kann es sein zu schreien? Im Tagebuch hat sie nie erwähnt, dass Carl ihr den Mund zugehalten hätte, warum also diese Stille in meinem Haus, warum dieses Schweigen auch später noch? Susannchen, Susannchen. Ein Kleid, in dem man den ganzen Arsch sehen kann. Als hätte sie Carls Schwäche für junge, knackige Hintern gekannt, oder wie ist es sonst zu erklären, dass sie in einem solchen Kleid bei uns auftauchte und mit ihrem Hintern vor Carls Nase herumwackelte, bis er die Kontrolle verlor?

»Hörst du auf«, sagt Kinga.

»Bist du nicht beese auf das Kind, kann es nix für, ist es nur ein Kind gewesen.«

»Ich weiß.«

»Wirst du keine beese Alte, wo verbittert ist und auf die falschen Veegel schießt.«

In meinem Leben, wie es hätte sein sollen, schenkt Kinga nach, ein grauenvoller Scheiß, apricot die Sonne im letzten Drittel.

***

Keine Kinga, nirgendwo.

Alte Bekannte, alte Gesichter, alte Muster und Schleifen. Dort kommen sie über den Kiesweg, eine Elfi Dreißigacker, ein Klaus Dreiling, ein Bernd Siegrist; dicht an sie gedrängt, als fürchteten sie, verloren zu gehen, die verstorbenen Göttergatten Gerd und Waltraud, dazu eine Frau an Bernds Arm, die ich nicht kenne, hoch aufgeschossen und schlank, mit einem langen, fast noblen Pferdegesicht. Eine Zuchtstute aus bestem Stall. Wir haben Bernd immer für schwul gehalten, ein ewiger Junggeselle, kulturinteressiert, kleines, aber schickes Apartment in der Stadt. Gerds Spruch: *Da kommt unser Freund vom anderen Ufer des Rheins.* Kein Privatleben, zumindest nicht vor uns, viel Arbeit und ebenso viele Reisen. Neuseeland, Thailand, Rhodos.

Hintenrum hat der Bernd immer Sommer.

»Sieh an, sieh an«, sagt Gerd, grinsend, als er an mir vorbei ins Haus tritt.

Er ist im Januar 1993 bei einem Autounfall gestorben. A1 Salzburg–Wien, Blitzeis bei Feldham. Carl schloss sich zwei Tage im Arbeitszimmer ein, betrank sich, nüchterte aus, betrank sich noch einmal. Sein ältester und bester Freund. Sie sind zusammen zur Schule gegangen, Nachkriegsgestreune durch die Gärten und Felder, alte Schützengräben, in denen sie Verstecken spielten. Carl hat mir einmal davon erzählt, gemeinsamer Hunger, gemeinsam an den Sautrögen, aus denen sie die Reste kratzten. Wenn ich ihn später danach fragte, wollte er nicht mehr, *das war lange vor deiner Zeit*, sagte er und verstummte, behielt alles für sich, als hätte er schon zu viel gesagt.

Lange vor meiner Zeit.

Carl hat viele Erinnerungen, die dort enden, vor meiner Zeit, immer mehr, je weiter die Krankheit voranschreitet. Als stülpe sich sein Leben um und kehre die Kindheit nach außen, während die Jahre mit mir im Inneren verschwinden. Bald werde ich wieder am Anfang sein; in dem Moment, als Carl mich tanzen sieht, oder noch eine Stunde davor, zu Fuß auf dem Weg vom Bahnhofsviertel zum Haus, eine Unbekannte im geliehenen Kleid und mit zu großen Schuhen, die sich wie eine Hochstaplerin vorkommt.

Wir gehen in den Garten.

Hanno und Susanne geleiten die Gäste zu den Stehtischen, trampeln Bahnen in das hohe Gras, durch die die Gäste einzeln folgen, eine Art Urwaldexpedition, Familie Dreiling, aufgereiht wie die Perlen einer Kette. Am hinteren Tisch formiert sich der harte Kern. Bernd, Elfi, Gerd, Waltraud, Klaus, dazu die Stute, mit einer Selbstverständlichkeit, als wäre sie immer schon dabei gewesen.

Ich sage zu Kinga:

Es lohnt sich nicht, die Lebenden von den Toten zu unterscheiden.

Schau sie dir an, die gleiche Gier, das gleiche Desinteresse, wie sie nur darauf warten, für ihr Erscheinen entlohnt zu werden, Fleisch, Bier, Schnaps, Wein, alles da, und vielleicht ist das der einzige Unterschied, dass die Toten nicht fressen und saufen können, wie sie es als Lebende gewohnt waren.

»Was stehst du da so allein rum, Sylvia?«, ruft Gerd. »Komm doch zu uns.«

Er ist immer noch ganz der Alte, schwadroniert, gestikuliert, schiebt sich immer näher an die Stute, die aus großer Höhe ein wenig gelangweilt auf ihn herabschaut. Ich frage mich, ob er etwas weiß. Ob sie es alle gewusst haben und ich als Einzige nicht, ich und Karin, die neben mir steht, stumm wie meistens in den letzten Tagen, um einen Kopf geschrumpft, seit sie weiß, was passiert ist, die Haare platt und strähnig wie nach einem starken Regen. Sie ekelt mich genauso an wie ihre Tochter. Das Leiden Christi, jetzt, wo alles zu spät ist. Sie hat Jürgen verboten, an ihrer Seite zu gehen, also bleibt er zwei Schritte hinter ihr, hat ihm verboten zu sprechen, und er hält sich daran. Als hätte er je gesprochen. In meinem Leben, wie es hätte sein sollen, ist es auch ihm anders ergangen, Therapie, Selbstanzeige, was weiß ich, irgendetwas anderes als das Forellenbecken, irgendetwas anderes als dieser jämmerliche, selbstgerechte Tod. Vielleicht hätten Karin und er einen Weg gefunden. Vielleicht wäre ihr Krebs nie gekommen oder milder verlaufen, vielleicht hätte die Milde gereicht, um Susanne im Leben zu halten, vielleicht, vielleicht. Vielleicht sind sie selbst schuld an dem, was passiert ist.

Hörst du auf.

Wirst du keine beese Alte.

Ich nicke. Gerd verstummt, als wir an den Tisch treten, sein Blick ein einziges Gekleckere auf Karins Dekolleté.

»Eins muss man dir lassen, Karin, die Zeit kann dir nichts. Jürgen, du Glückspilz. Ich würde deiner Frau ja gerne ein Gläschen einstecken, aber du weißt ja …«

Er hebt entschuldigend die Arme und sucht die großen, dunklen Pferdeaugen der Stute, taucht ein und versinkt, rote Bäckchen und ein Grinsen auf dem Gesicht. Während er der Stute schöne Augen macht, steht Elfi keinen halben Meter entfernt und schaut durch ihn hindurch, erinnert sich vielleicht gerade an ihn, an die guten Zeiten, als sie gemeinsam hier gefeiert haben. Unsere erbärmliche Freiheit. Tun und lassen zu können, was wir wollen, ohne Verantwortung und Konsequenz, unbemerkt von der lebenden Welt, unbemerkt von unseren Frauen und Männern, unseren Söhnen und Töchtern, denen wir schamlos hinterherschnüffeln, als gönnten wir ihnen ihr Leben nicht. Hanno und Susanne kommen dazu und verteilen Getränke. Die offensichtliche Frage, Elfi mit dünner, brüchiger Stimme:

»Wo bleibt denn das Geburtstagskind?«

»Er macht noch seinen Mittagsschlaf«, sagt Hanno. »Er muss sich stärken für euch.«

Mein Sohn.

Er wirkt heiter, fast aufgekratzt. Die Gäste tun ihm gut, das Leben im Haus, Ines mit ihren Eltern, normale Leute, mit denen er Bekanntschaft machen könnte. Sein Kragen sitzt schief, und ich will hinfassen, immer noch die Sehnsucht, zu richten und zu ordnen, glätten, zuppeln, nesteln, Hannos Haare aus der Stirn streichen, damit man sein feines Gesicht sieht, die warmen, geduldigen Augen. Er wird nicht bleiben, wenn er erfährt, was sein Vater getan haben soll. Er wird ihn ins Heim bringen und das Haus verkaufen, wie soll er hier leben, ich selbst hätte es nicht gekonnt. Ein zweiter Abschied, diesmal für immer. Keine Telefonate mehr, nie mehr seine Stimme von irgendeinem Ort dieser Welt. Hanno reicht Elfi ein Glas Sekt von dem Tablett, das Susanne auf einer Hand balanciert.

Sie ist die Gastgeberin.

In einer knappen halben Stunde wird sie Carl nach unten holen und behaupten, dass er sie vor zweiunddreißig Jahren vergewaltigt hat. Ich weiß nichts von Verjährungsfristen, wie viel Zeit es braucht, bis jemand sagt, jetzt ist genug, weiß nicht, wie viel Carl ertragen kann, ob er überhaupt versteht, was mit ihm geschieht. Er ist nicht mehr derselbe wie damals. Die Krankheit hat seine Gehirnstruktur verändert, das Gewebe durchlöchert wie von Motten, graue Schatten auf den MRT-Bildern. Sie liegen alle in seiner Akte, Dutzende, eine Galerie des Niedergangs, der Transformation. Im Hämmern der Röhre haben seine Zehen immer gezuckt, trotz der Beruhigungsmittel. Bevor er eingefahren ist, haben wir uns verabschiedet, wusste ich denn, ob und wie er aus diesem Hochtechnologiemonster zurückkommt, und er war ja auch jedes Mal anders danach, verstört, stiller.

Er ist nicht mehr derselbe.

Wenn er gleich neben Susanne sitzt, während sie spricht, wird er nicht wissen, von wem die Rede ist. Er wird sich über die Stille wundern und über die sich verhärtenden Gesichter, Blicke, die ihn fixieren und nicht mehr loslassen, das gleiche panische Gefühl wie in der Röhre, fliehen zu wollen und nicht zu können. Er wird für etwas büßen müssen, was ein anderer getan hat. Die, die dort stehen, erkennen den Unterschied nicht. Für sie ist Carl eine gerade Linie von der Geburt bis zum Tod, einmal Carl, immer Carl, und nur ich weiß, wo das Alte abbricht und das Neue anfängt.

Ich sage zu Kinga:

So wie die Sikora sich am Buffet das Vitello tonnato mit der bloßen Hand in den Mund schaufelt; so wie sie, ohne zu kauen, schluckt; wie sie schmatzend die Thunfischcreme von ihren Fingern leckt und die Kapern zurück in die Hand spuckt; so werden sie Susannes Worte herunterschlingen und sich einscheißen vor Empörung und Glück über diese Ungeheuerlichkeit, die ihnen unerwartet zuteilwird.

Ausgerechnet Carl Holtz.

Ausgerechnet dieses anständige Haus, in dem immer alles perfekt und an seinem Platz war, der Rasen gemäht und die Beete in voller Pracht, die stabilen Möbel aus Teak vor der Glasfront, hinter der sich der Wohnbereich wie eine offene Landschaft erstreckt, Licht und Weite zu allen Seiten, ein kurzes Frösteln, wenn man den dunklen Flur betritt, aus dem ich noch das Beste gemacht habe, cremefarbene Tapeten und das silberne Aufblitzen der Bilderrahmen, auf der Treppe dann das Knirschen und der warme Geruch von Holz, Carl und ich, jünger werdend mit jedem Schritt, Kempten, Bad Gastein, Jungfraujoch, Rom und Pisa, zuletzt Sestri Levante, ein himbeerfarbener Traum. Die Tür zum Schlafzimmer steht wie immer offen, damit Carl rufen kann, wenn er aufwacht. Ich drücke mich durch den Spalt, spüre in meinem Rücken, wie Karin und Jürgen mir folgen, und warum auch nicht, es ist ihr gutes Recht genauso wie meines. Das Zimmer ist abgedunkelt, die Sonne zwischen den Lamellen, lauernd.

Carl schläft.

Ich trete zu ihm ans Bett und betrachte seine Ausmaße unter der Decke, wie viel Raum er immer noch einnimmt, der schwere Rumpf, die dicken Oberarme, bis zum Schluss ein mächtiger Mann, trotz seiner Krankheit. Wir hatten ein langes Leben zusammen. Es ist in einer Sekunde vergangen, wie ein Luftzug, der kaum merklich durch die geöffnete Tür weht, und ich drehe mich um, hinter mir Karin und Jürgen mit ernsten Gesichtern, dicht beieinander, im Einverständnis wie lange nicht mehr.

Keine Kinga, nirgendwo.

Ich hätte sie gebraucht, eine wie sie, aber ich hatte nur Carl. Sein Atem geht flach, unregelmäßig. Vorsichtig, wie um ihn nicht zu wecken, lege ich mich zu ihm, lege mich auf ihn, auf seinen Brustkorb, über seine Nase, über seinen Mund, Karin kommt dazu, dann Jürgen, es ist genug Platz, wir sind ganz leise.

FÜNF

Susanne versucht zuzuhören, aber es gelingt ihr nicht. Fetzen, als stünde sie ein gutes Stück vom Tisch der Dreilings entfernt in einem Wind, der zu ihr herüberweht, abgerissene Sätze, Namen und Orte ohne Zusammenhang. *... ja, wie Schwarzenegger ... Bot Conan ... bei Fouesnant, zwischen Cap Coz und Beg Meil ... eine schmale Sichel, kaum mehr als ein Fingernagel ...* Susanne schließt kurz die Augen und öffnet sie wieder, konzentriert sich wie eine Taubstumme auf die Mundbewegungen von Matthias und Ines, dann geht es besser.

»Voll schön da«, sagt Ines, »im Wasser gibt es einen Felsen, der ist wie ein Sessel oder wie so ein Sitzsack geformt, da kann man den ganzen Tag sitzen und denken, man ist allein auf der Welt.«

»Wir waren jetzt das zweite Mal da und fahren wahrscheinlich nächstes Jahr wieder hin«, sagt Matthias.

Nächstes Jahr. Der Zeitraum lässt Susanne schwindeln, unvorstellbar, so weit zu denken, über die nächsten Minuten hinaus, die sich weigern zu vergehen, sich widersetzen, sooft sie auch auf die Uhr schaut.

Fünf vor zwei.

»Ich hol ihn dann mal«, sagt sie.

»Soll ich das machen?«, fragt Hanno.

»Nein, bleib du hier, geht ganz schnell.«

Er wird allein zurechtkommen. Den ganzen Tag schon braucht er sie nicht, spricht und handelt für sich selbst, und sei es im Nichtstun, im Nichtmähen, im Nichttapezieren der Wände, ein sanfter Widerstand gegen sie und ihre Pläne, der Susanne zuerst irritiert, dann erleichtert hat. Sie betrachtet ihn kurz, das glatte Gesicht, jungenhaft, bevor sie sich abwendet und ins Haus geht. Widerstand und die Kräfte, die es dazu braucht. Vielleicht hätte sie ihn vorwarnen sollen, aber sie konnte es nicht. Zu deutlich das Gefühl, dass es nur einmal geht, einmal sprechen, einmal schweigen, einmal aushalten. Im Flur ist es kühl, Susanne spürt den Schweiß in allen Poren, den rasenden Schlag ihres Herzens beim Besteigen der Treppe.

Drei vor zwei.

Sie bleibt neben der Schlafzimmertür stehen, vierzehn Uhr, hat sie in ihr Tagebuch geschrieben, und keine Minute früher. Die Wand gegenüber ist weiß, die weiße Leere danach, das unbekannte Land. Raufaser, grob gekörnt, eine Struktur wie die Oberfläche des Mondes. Erhebungen und Täler; Muster, Gebirgszüge. Bewegungen im Augenwinkel. Wellen, die durch die Tapete zittern und in einem leisen Rauschen auslaufen. Keine Städte, keine Siedlungen, keine Anzeichen für menschliches Leben. Susanne strafft sich, öffnet die Tür zum Schlafzimmer mit einem leichten Stoß.

Weiß sofort, dass er tot ist.

Das Wissen geht ihren Füßen voraus, die noch auf der Schwelle stehen, drei lange Schritte, bis sie sich über ihn beugt und seinen Puls fühlt, seinen Atem fühlt, die Formalitäten erledigen, Puls, Atem, Augen, die Augen schließen.

Susanne schließt Carls Augen.

Unter den Lidern die festen Augäpfel. Die Decke hochziehen, ihn bedecken. Hände und Füße bedecken, den Hals bedecken, das Gesicht frei lassen. Das Gesicht nicht bedecken; nicht denken, nicht knien, nur handeln, unbedingt handeln, aufstehen, zur Tür gehen, das Haus verlassen. Susanne steht auf und geht zur Tür. Über die Treppe und den Flur verlässt sie das Haus, auf dem Kiesweg wieder Fetzen, Gelächter diesmal, das vom Garten herüberweht. Ungesehen erreicht sie ihr Zimmer und schließt die Tür, steht für Sekunden regungslos. Auf dem Schreibtisch das Heft, die Idee von ihrer Hand, die sich streckt, den Kugelschreiber nimmt, das Heft aufschlägt.

Sie weiß nicht, was sie schreiben soll.

Es ist alles gesagt, nichts, was sie hinzufügen könnte. Sie öffnet den Schrank, darin eine Reisetasche, unbenutzt, ein Geschenk ihrer Eltern zum 18. Geburtstag. Unterwäsche, Oberteile, Hosen, ein Kleid. Strümpfe, zwei Paar Schuhe. Waschzeug, Zahnbürste. Geld, Papiere, Kreditkarte. Ein Foto ihrer Mutter, keines von Jürgen. Das Fernglas lässt sie liegen. Kein Blick in den Garten, keine Miniaturen mehr, künstlich vergrößert, kein Heranzoomen von Einzelheiten, die für sich nichts bedeuten und zusammen nichts ergeben. Susanne schließt die Reisetasche und verlässt ihr Zimmer. Kehrt noch einmal um und nimmt das Heft vom Schreibtisch, schleicht auf dem gleichen Weg zurück, den sie gekommen ist. Im Flur hält sie inne, verdeckt von der Flügeltür, und sieht durch die breite Fensterfront des Wohnzimmers hinaus in den Garten. Plaudernd stehen die Gäste in der Sonne und warten darauf, dass Susanne mit dem Geburtstagskind nach unten kommt, Glückwünsche, anstoßen, hoch soll er leben, danach die Geschenke, Wein und Schnaps, in Zellophan verpackt, ein Fresskorb mit Schleife, Hundeaccessoires, auf dem Terrassentisch abgestellt zur späteren Übergabe. Susanne wendet sich ab, geht nach oben. In Hannos Zimmer setzt sie sich auf die Bettkante und legt das Heft auf sein Kopfkissen. Sie hat immer ordentlich geschrieben, gut leserlich, sodass es keine Entschuldigung für ihn gibt. Der Rahmen quietscht, als sie sich aufrichtet. Noch immer dasselbe Bett. Sie streicht die Decke glatt und geht, auf der Straße wendet sie sich nach rechts, zu Fuß zum Bahnhof, irgendein Zug, Regionalexpress. Im Fenster die Landschaft, Städte, Siedlungen, Anzeichen für menschliches Leben, wie zum Beweis auf jedem Feld eine Maschine, Traktoren und Mähdrescher, den Zug begleitend Wege, Absperrungen. Hinter Zweibrücken der erste bewusste Atemzug. Ein tiefes Zittern in Susannes Brust, beinahe ein Schluchzen. Sie legt eine Hand an die Scheibe, daneben die Stirn.

Er ist tot.

Es lässt sich denken, als Satz, als Sprache, ein Anfang.

***

In der Nacht liegt sie wie auf chemischen Wolken.

Ein Hotelbett, anorganisch, Laken und Wäsche steif von der industriellen Reinigung, weiß, alles weiß, Decken, Kissen, prall gefüllte Synthetikbezüge. Susanne wälzt sich von einer Seite zur anderen. Der Schlaf will nicht kommen. In Dauerschleife die Bilder von Hanno, der seinen Vater tot findet, wie er ihn noch über die Gewissheit hinaus beatmet und massiert, die letzten Schläge aufs Herz mehr für sich selbst als für seinen Vater. Matthias, der dazukommt und den Tod bestätigt. Die Gäste, einzeln ins Zimmer tretend, um sich zu verabschieden. Eine Frage über allen Köpfen:

Wo ist Susanne?

Zweimal wäre sie fast umgekehrt. Am Bahnhof in Saarbrücken, wo sie nur im Regionalexpress hätte sitzen bleiben müssen, um zehn Minuten nach ihrer Ankunft auf derselben Strecke in die Gegenrichtung zurückzufahren; beim Einchecken ins Hotel vor einer Stunde, als der Mann hinter dem Tresen ihr Schulfranzösisch nicht verstand, obwohl sie sich die Sätze zurechtgelegt hatte.

»What do you want, Madame?«

Was will sie?

Was hält sie zurück?

Die olivfarbene Haut des Mannes und seine pechschwarzen Augen.

Die ungewohnte Beschilderung in der Stadt.

Die Aussicht auf ihre erste Nacht in einem fremden Bett, in einem fremden Land, seit sie mit ihren Eltern vor zweiunddreißig Jahren in Italien war.

In Susanne pulsieren die Möglichkeiten, im Kern jeder Möglichkeit der Zwang, sie zu nutzen, etwas aus ihr zu machen, vielleicht (wahrscheinlich) zu scheitern. Die Geräusche: laute Musik auf der Straße, Mopeds, aufheulend in der Nacht. Sie wird lernen müssen, zu verzichten, auszuwählen. Sich nicht nur treiben zu lassen wie in den letzten Stunden, von Osten nach Westen in Richtung eines vagen Verdachts, der Andeutung eines Fetzens, den der Wind zu ihr hinüberweht.

Halb wach, halb Traum: ihre Eltern, die ihr zusehen, wie sie allein durch Frankreich reist, ihre Interaktionen begleiten, ängstlich und stolz bei jeder Transaktion, bei jedem gelungenen Kauf einer Fahrkarte, wie sie ohne Zwischenfall die Metro vom Gare de l'Est nach Montparnasse nimmt, zwischen allen Nationalitäten und Hautfarben der Welt, so kommt es ihr vor, Jürgen, zusammenzuckend bei jedem Mann, der sich ihr von hinten nähert. Sie weiß noch nicht, wie sie ihn in ihr neues Leben einordnen soll, welche Rolle er spielen wird. Der TGV fährt so schnell, dass sie ihn in der fliegenden Landschaft nicht verorten kann, nur die eigene Spiegelung im Fenster, darin aufscheinend ihr Vater als eine Möglichkeit unter vielen. Er wird warten müssen. Jetzt ist nicht die Zeit, jetzt ist eine scharfe Bremsung hinter Auray, ein durch den Gang rollender Koffer, Susanne gegen den Vordersitz gedrückt, ohne Atem, vollkommen erstarrt. Eine Durchsage, die sie nicht versteht. Der Zug fährt an, ewig, bis er die alte Geschwindigkeit erreicht, die alte Geräuschkulisse, flüsternde Gespräche, Musik unter Kopfhörern. Eine Frau holt den Koffer zurück, blickt sie an, zuckt mit den Schultern, als sie an ihr vorübergeht.

Es geht nicht ohne Rückschläge.

Susanne zittert bis Lorient, wieder der Impuls, auszusteigen und umzukehren, kaum weniger schwach als in Saarbrücken. Die deutsch-französische Freundschaft. Sie erinnert sich an den Tag, als sie in der vierten Klasse die Grundschule in Wissembourg besucht haben, die einander stumm gegenüberstehenden Kinderarmeen, wie perplex sie angesichts der rundum verglasten Kantine war, in der sie alle zu Mittag aßen, Hacksteak mit Pommes, ihre fast schmerzhafte Neugier, zu erfahren, was sonst noch anders war, wie die französischen Kinder in ihren Familien lebten. Halb wach, halb Traum: dass noch etwas übrig ist von diesem Mädchen, von ihrer Neugier, ihrem Mut, ihrem Hunger, wie sie die Abfahrt des Busses um zwei Stunden verzögerte, weil sie mit zwei französischen Mädchen durch ein Loch im Zaum entkam und durch die Stadt streifte, ein schwebender Zustand, in dem sie den Boden kaum berührte und das Sprechen nicht vermisste. Sie gingen nebeneinander, herrenlos, über die gesamte Breite der Straße. Staub in der Luft, glitzernde Pollen, die alten Fachwerkhäuser gespiegelt im Wasser der Lauter. Auf einer Brücke pflückten sie Geranienblüten aus einem Blumenkasten und warfen sie ins Wasser. Still ans Geländer gelehnt, als Verbündete, stand mit ihnen die Zeit und betrachtete die Blüten, die sich nicht entfernten, sondern in gemächlichen Kreisen auf der Stelle rotierten. Niemand kam, niemand vertrieb sie von der Brücke. Eines der Mädchen spuckte ins Wasser, dann die andere, dann auch Susanne, bis sie alle Blüten getroffen hatten. Auf dem Rückweg zur Schule hatten sie ohne Unterbrechung gegrinst, die Hände in den Händen der anderen.

Dass davon noch etwas übrig ist. Vom Leben.

***

Es hat angefangen zu regnen.

Den ganzen Tag schon dichte Wolken über dem Atlantik, jetzt die ersten Tropfen, während Susanne über den Sand zum Wasser geht, kein Mensch in der diesigen Luft, vom Meer ein Wind, der sich in der Bucht zu verfangen scheint und mit jeder Minute stärker wird.

Den Felsen hat sie sofort entdeckt.

Nachdem sie mit dem Bus zur falschen Seite der Bucht gefahren und zurückgelaufen ist, länger gelaufen ist als jemals zuvor in ihrem Leben, am Wasser entlang oder auf den Straßen hinter den Häusern am Wasser, vorbei an Campingplätzen und Hotels, durch kleine Wäldchen oder Baumgruppen, zuletzt, außerhalb von Fouesnant, auf schmalen Straßen zwischen abgeernteten Weizenfeldern, nachdem sie glaubte, zu weit gelaufen zu sein, und mitten auf der Straße hockend aufgeben wollte, gegen alle Signale des Körpers schließlich doch weiterging, bis sie linker Hand endlich die Hütten der *Bot Conan Lodge* entdeckte, die man ihr im Ort beschrieben hatte, und zwischen den letzten Bäumen hindurch den Strand betrat, nach alldem hat sie den Felsen sofort entdeckt.

Susanne stellt die Reisetasche ab und zieht die Schuhe aus, kalt der Sand unter ihren Füßen, noch kälter die Brandung, als sie ins Wasser tritt und mit einem Ausfallschritt ihr rechtes Bein auf den Felsen setzt. Sie beugt sich vor, zieht sich hoch, rutscht ab, schlägt mit dem Knie an, zieht noch einmal, sitzt. Sofort wird ihre Hose nass. Die schartigen Riste des Felsens schneiden in ihre Oberschenkel und Rückenwirbel, krümelige Steinchen unter ihren Handflächen und Fußsohlen, die feuchte Kuhle, in der sie sitzt, zu klein für ihren Hintern.

Susanne muss lachen.

Nur eine Vierzehnjährige, der die Welt gehört, kann diesen Brocken für einen Sessel halten und glauben, die Natur habe ihn zu ihrem Wohlbefinden hier ins Meer geworfen. Sie stellt sich Ines vor, wie sie in einer geschmeidigen Bewegung auf den Felsen gleitet, sich rekelt und anschmiegt, muss lachen über die Erwartungen, die sie hatte, im Sessel zu liegen, in der Sonne, stundenlang, sich durchwärmen zu lassen, sitzen und denken, man sei allein auf der Welt, während am Strand die Kinder spielen. Sanfte Stimmchen, das Plätschern der Wellen, Möwengeschrei. Susanne rutscht aus der Kuhle und stößt sich das Steißbein, muss lachen über die Vorstellung, ihre Eltern könnten sie so sehen, ihre besorgten Blicke, warum sitzt sie da auf diesem Stein, wo ist die Würde, mit nassem Arsch im Regen zu hocken und zu frieren, auf einen Horizont zu starren, den sie nicht sieht, weil die Wolken so tief hängen, dass Himmel und Meer in einem Grau verschwimmen. Susanne zieht die Knie an die Brust gegen die Kälte. Auf dem unruhigen Wasser verfolgt sie das Auf und Ab eines Vogels, der in den Wellentälern versinkt und mit den Kämmen wieder aufsteigt, in sich ruhend, den Kräften folgend, ohne ihnen zu gehorchen. Sie wird gleich gehen, nur kurz bleiben, nur kurz Luft holen für den Weg, der vor ihr liegt.

Wo die Würde ist?

Genau hier, in diesem Moment.

1986

NULL

Hanno schläft nicht.

Er kann nicht schlafen, nicht in diesem Bett, liegt seit Stunden hellwach und betrachtet abwechselnd die im Mondlicht grauen Möbel, den Schrank, den Schreibtisch, die Stühle. Eine Totenstille, eine Stille von echtem Gewicht wie eine schwere Decke über den Dingen. Die Feier ist längst vorbei und mit ihr die Geräusche, zuletzt sein Vater im Bad, pissend, spülend, das Rauschen des Wassers in den Leitungen.

Hanno steht auf, zieht sich T-Shirt und Hose über den verschwitzten Körper, an die Füße nichts. Barfuß gehen, leise über den Flur zur Treppe, die knarrenden Stufen vermeiden.

Unter der Stille die nervöse Energie aller Dinge.

Hanno legt eine Hand auf das Treppengeländer, spürt seinen Herzschlag als Vibration im Inneren des Hauses. Es arbeitet, seit er mit Susanne zusammen gewesen ist. Ein System in den Wänden, Decken und Böden, in den Kabeln, den Rohrleitungen. Alientechnologie. Sein Inneres gespiegelt im Haus, die gleiche unterdrückte Erregung, die gleiche Erhabenheit des Wachens über den Schlaf.

Das Haus ist wach.

Hanno geht durch die Räume im Erdgeschoss. Magische Orte: Hier in der Küche hat Susanne am Tisch gesessen, hier im Wohnzimmer stand sie ans Sofa gelehnt. Im Arbeitszimmer kalter Rauch, umgekippte Flaschen. Hier hat sie ihm ihr Glas angeboten, und er hätte seine Lippen dorthin legen können, wo ihre kurz zuvor gewesen waren. Er sieht sich um, schwache Lichtreflexionen im Regal, auf dem Teppich, dem Glastisch. Unmöglich zu sagen, welches ihr Glas war. Er nimmt eines vom Schreibtisch und riecht daran, stellt es wieder ab. Die Fläche leer, wie freigeräumt. Hanno öffnet die Schreibtischschublade. Er hat Lust, seinen Vater zu bestehlen, aber er beherrscht sich. Fasst das Geld nur an und blättert es durch, bevor er das Bündel verkehrt herum zurücklegt. Fluchtgedanken, aufblitzend, mit Susanne im Auto, am Strand. Er wird ihr am Montag in der Schule begegnen. Sie wird ihn ansehen und mit dem ersten Blick alles entscheiden. Hanno verlässt das Arbeitszimmer und geht in den Garten. Feuchtes Gras unter den Fußsohlen, die Luft angenehm kühl im Gesicht und auf den Armen. Sie werden etwas sein, was er sich jetzt noch nicht vorstellen kann, eine große Sache, unerhört, einmalig.

Er wird.

Sie wird.

Sie werden.

Das Haus der Dreyers ist dunkel, Susannes Fenster ein schwarzer Fleck. Er stellt sie sich schlafend vor, unter einem Laken, das sie bis zum Kinn gezogen hat. Mehr nicht. Äste schwanken von einem leichten Wind bewegt durch sein Blickfeld, und er dreht sich um, kehrt ins Haus zurück. Leise gehen, die knarrenden Stufen vermeiden. In den Wänden das System seines Herzschlags, unablässig vibrierend, ein wenig ruhiger jetzt.

MIX
Papier aus verantwortungsvollen Quellen
FSC® C014496

ISBN 978-3-7160-2804-9

Originalausgabe
1. Auflage 2021

Gesetzt aus der Minion Pro
Satz: Pinkuin Satz und Datentechnik, Berlin
Druck und Bindung: GGP Media GmbH, Pößneck
Printed in Germany

www.arche-verlag.com
www.facebook.com/ArcheVerlag
www.instagram.com/arche_verlag